恋は乱反射する。
1st Love〈初恋〉

「……もっと教えてあげてもいいよ。どうする」

　吸って、舐めて、噛まれたあとに聞こえた囁きに、澄音は反射的にうなずいた。

　口づけの意味を考えるような余裕もなにもなく、ただやさしい声を発する宗佑に、怯えきった心は縋りついた。

「怖いこと、しない……？」

「しないよ。澄音がしてほしいならうんと、気持ちいいことだけにしてあげる」

恋は乱反射する。
1st Love〈初恋〉

崎谷はるひ

14500

角川ルビー文庫

目次

口絵・本文イラスト／冬乃郁也

恋は乱反射する。

1st Love 〈初恋〉

おとぎ話のなかにはいつも、教訓が含《ふく》まれている。ひとを傷つけたり、試《ため》したりだましたり、ずるいことをしようとすると罰《ばち》があたるんだよと、大抵《たいてい》の物語はそう締《し》めくくられている。

けれど、『白雪姫《しらゆきひめ》』に出てくるお后《きさき》さまのことを、緒方澄音《おがたすみと》は少しだけ、かわいそうだなと思ったことがある。

誰《だれ》よりいちばんきれいになりたかった彼女は、たしかに悪いことをした。嫉妬《しっと》し、憎《にく》み、お姫さまを殺そうとした。報《むく》いを受けるのは当然だと、お話だけ読んだらそう思う。

けれど澄音は思うのだ。鏡が、本当のことさえ言わなければ、きっとみんな幸せだったのに。ほんのちょっとの嘘《うそ》があれば、誰もあんないやな目に遭《あ》わなくて、すんだのに。

「嘘、ついてあげればいいのに。なんでこの鏡、お后さまのいやなことばっかり言うの？　どうして、黙《だま》っていられないの？　ちょっとだけ、我慢《がまん》すればよかったのに」

そう言うと、かつて小さな澄音に絵本を読んで聞かせてくれた青年は、とても不思議な顔で笑った。

「そうだね、やさしい嘘もあるね。なにもかも、真実を口にすればいいってもんじゃない」

宇梶宗佑《うかじそうすけ》の声は、小さな澄音をじっと見つめて、哀《かな》しそうな、寂《さび》しそうな響《ひび》きに紡《つむ》がれた。

まだ十年も生きていない澄音が、なぜそんな大人びたことを告げるのか、彼はとてもよく知っていたからだ。

「澄音は、頭がいいんだね。いろんなことを、よくわかってる」

「ぼく、学校ちゃんと行ってないよ……」

「勉強することと、頭がいいことは違《ちが》うよ。でも、せっかく賢《かしこ》いんだから、ちゃんと身体《からだ》を治して、学校に行けるようにしようね」

宗佑の手にある、話のきっかけとなった絵本は、もうだいぶ色あせている。澄音がまだ二歳くらいだったころ、宗佑が買ってきてくれたものだ。

「ところで、澄音。この本はどうするの。押入に入れる？」

「うん、えっと……ううん。出しておく」

いらないものの箱のなかにしまおうか、どうしようかと迷ったあと、思い出深いその絵本を澄音は本棚《ほんだな》にしまいながら、小さな不安を口にした。

「ぼく、新しい学校、ちゃんと行けるかなあ。いじめられないかな？」

くすくすと笑う宗佑が澄音の小さな頭をくしゃりと撫《な》でてくる。

「だいじょうぶ、校風もいいところだし、きっと気にいるよ」

「でも、あの……私立ってお金、かかるんでしょう？」

問いかけると、宗佑は目を丸くした。そして八歳の子どもの発した、こまっしゃくれた心配の言葉に噴《ふ》きだし、さらに澄音の頭をくしゃくしゃにする。

「子どもはお金の心配をしなくていいんだよ」

「でも、でも、パパもママも、ぼくのことお金かかるっていつも、怒《おこ》ったよ」

本当にいいの、と首をかしげると、宗佑は哀しそうな目をして、けれどやはりにっこりと笑ってみせた。

甘く端整《たんせい》な顔立ちは、笑うとなおいっそう魅惑《みわく》的で、澄音はぼんやりとその顔に見惚《みと》れる。

「……そんな心配はもう、いらないんだよ、澄音。それに俺は弁護士さんになったからね。ばりばり稼《かせ》ぐよ」

「弁護士さんって、お金稼げるの？」

「そう。だからそんな心配をするのは俺に失礼。ごめんなさい、しなさい」

小さい鼻をぴんと弾《はじ》いた宗佑は、いたずらっぽく片目を瞑《つぶ》る。いつもこうして、澄音の心を軽くしてくれる彼は、素直《すなお》に「ごめんなさい」と頭を下げた澄音を、大事そうに長い腕《うで》に抱《かか》えこむ。

「それに、子どもの養育費を親が出すのは義務なんだ。それについて不平を言うのは彼らが悪い。そういうことも、ちゃんとしてあげたから、本当に心配はいらない」

「……そう、なの？」

澄音を抱《だ》きしめ、頬《ほお》ずりするやさしい仕種《しぐさ》と、言葉の厳しさが嚙《か》みあわない。少し怖《こわ》くて、でも頼《たの》もしい。おずおずと小さな手で長い腕を摑《つか》むと、彼の高い鼻梁《びりょう》で頰を押された。

「そう。澄音はなあんにも、心配しなくていい。ここに、こうしていればいい」

低いやさしい声が、信じるに値《あたい》するとわかっているだけに、澄音はなにも言えなくなる。だが、さらりとした宗佑の頬が自分のそれに触《ふ》れることを、澄音は身をすくめて拒《こば》もうとした。

「どうしたの」

「ぼく……顔、きたないよ」

荒《あ》れた肌《はだ》を恥《は》じ入るように、小さな声でそっと宗佑を押し返し、澄音はうつむいた。

「宗佑おにいちゃん、さわらないほうがいいよ」

おにいちゃん、などと呼んでいるけれど、宗佑は澄音の兄ではない。澄音の父親の、歳《とし》の離《はな》れた従弟《いとこ》という、少し遠い親戚《しんせき》だ。

彼は学生時代、進学のために、四年間だけ澄音の家に下宿していた。澄音が産まれたころから離婚《りこん》だ別れるだと揉《も》める両親は、病弱な子どもを持てあまし、縁戚《えんせき》である宗佑に面倒《めんどう》を見ろと押しつけた。

しかしそもそも、下宿させてやる代わりに子どもの世話をしろなどと、いまどき通じる話でもない。澄音自身、うとましいと邪険《じゃけん》にされてもしかたがなかったと思うのに、宗佑は実の親以上に細やかに、澄音の世話を焼いてくれた。

悪いことをしたときは、理屈《りくつ》のとおった叱責《しっせき》を。反省を見せたら許しを。そして不安になったときには抱いてなだめ、それ以外のすべてはどこまでも甘く、やさしく、澄音を包む。

いまもまた、かすかに揺《ゆ》れる心をちゃんと見抜《みぬ》いて、さらさらした少年の髪《かみ》を撫でてくれる。

「きたなくなんかない。澄音は顔の造りはとってもかわいいんだよ」

「でも……触《さわ》るとがさがさしてるよ。いやでしょう?」

「いやなんかじゃないよ。いまは病気で、肌が荒れてるからね。でも治ったらきっと、つるつるのほっぺたになる。むかしから、言ってるだろう？」

もっと小さなころ、ろくに学校に行けない澄音のために、宗佑はさきほど本棚にしまった白雪姫の絵本を読んでくれた。そして何度も、こんなふうにリンゴのほっぺたになるように頑張《がんば》ろうねと、薬剤《やくざい》で荒れた小さな手を握《にぎ》ってくれた。

もう忘れちゃったかな、と問われて、澄音はふるふるとかぶりを振《ふ》る。

「覚えてる。がんばる」

「よし。いい子だ」

ぎゅっと抱きしめられ、頬をくっつけていとおしんでくれる宗佑に、澄音は赤くなる。母親にもろくに抱かれたことのない澄音は、宗佑のくれる惜《お》しみない愛情表現に、どうしても戸惑《とまど》ってしまうのだ。

（いいのかなあ……）

正直、遠い親戚でしかない宗佑が、どうしてそこまでしてくれるのか、物心ついたころから澄音はひどく不思議だった。なぜなら、自分はとても、かわいくない子どもだったからだ。

がりがりに痩《や》せた澄音の肌は、小児喘息《しょうにぜんそく》から来る慢性《まんせい》的なむくみにステロイド剤《ざい》による肌荒れ、発疹《はっしん》など、正直ひどい状態だった。

顔色も悪く、粘膜《ねんまく》も荒れているからいつも洟《はなみず》が止まらなくて、美貌《びぼう》が自慢《じまん》だった母親などは「ぶさいくな子、汚《きたな》い子」といつも顔をしかめていたのだ。

そんな、見た目にもうつくしくない病弱な子どもを、心からかわいがってくれたのは宗佑だけだった。だが、そんな宗佑にも、澄音はずっと遠慮《えんりょ》がちに接していた。

自意識が芽生えるころにはなおのこと、男らしくうつくしい宗佑の前にいる、みっともない自分が哀しくてしかたなかった。

——おにいちゃん、ぼくお洟《はな》出てるよ、きたないよ。

自分でも鏡を見るたび哀しくなるほど、みにくい顔の子どもなど、誰も触りたがらない。なにより、きれいな宗佑に自分などが近づいてはいけない気がしていた。

けれど宗佑はいつも、触らないほうがいい、と身を縮める澄音に少し哀しそうに微笑《ほほえ》みかけたあと、ひょいと長い腕で抱き寄せた。

——お洟出てるなら、拭《ふ》けばいいだろう。薬もつけようね。ちょっとずつ頑張って、治せばいいんだよ。

看護師でもそこまでは、というほど丁寧《ていねい》に、粘液でがびがびの顔をあたたかい濡《ぬ》れたタオルで拭《ぬぐ》い、その手で丁寧に薬をつけて、膝《ひざ》のうえに抱きしめてくれた。

母親にもそんなに甘く接してもらえたことはない。毎度のことながらどうしていいのかと目を白黒させる澄音の小さな頭を撫で、宗佑はにっこりと笑いかけてくれた。

「澄音はとってもいい子で、本当にかわいいんだよ。俺の言うことが、信じられない？　俺は、澄音に嘘はつかないだろう？」

「……うん。嘘つかない」

二重のくっきりとした目をなごませ、まっすぐに澄音を覗《のぞ》きこむ宗佑のまなざしはどこまでもやさしい。そうして笑《え》みを向けられると、いつでも澄音はぽうっとなってしまう。

(なんだか、夢のなかみたいだ)

澄音にとって宗佑は、絵本のなかの王子さまよりかっこよかった。そして事実、澄音の危機を察した彼は、白馬の王子よろしく現れ、助けてくれたのだ。

だから澄音は、この場所にいる。きれいな、新築マンションの3LDK。澄音と宗佑の、ふたりの城。

その真んなかで、きれいな王子さまに抱っこされているのが、きれいなお姫《ひめ》さまではなくてちっぽけでかわいくない自分なのが、不思議で哀《かな》しい。分不相応、という言葉をまだ知らない澄音は、居心地の悪さをごまかすようにきょろりと周囲を見まわしてみる。

「このおうち、きれいだねえ」

引《ひ》っ越《こ》しの片づけはだいぶ済んだ。今日から澄音は、この家で、このひとと、ふたりで暮らすのだ。新しい部屋のすっきりした清潔さより、その事実が嬉《うれ》しくて目を輝《かがや》かせると、宗佑も満足そうにうなずいた。

「まだ新しいマンションだからね。……でも、もう少し経《た》ったら、広いところに引っ越そう」

どうして？　と宗佑を見あげると、彼は聡明《そうめい》そうな目で遠くを見ている。

「澄音が大きくなったら、ここじゃ手狭《てぜま》になる。いまはいいけれどね。それまでには俺もちゃんと独立して事務所をかまえたいと思っているし」

「……ぼく、大きくなるまでいていいの？」

素朴《そぼく》な、そして不安を孕《はら》んだ疑問に、宗佑は無言で抱く腕を強くする。

「いつまでだって、澄音は、ここにいていいんだよ」

言葉ではなく安心を与《あた》えるように、宗佑はゆらゆらと小さな身体《からだ》を揺らしてくる。その力強さが嬉しくて、なつかしくて、澄音は涙《なみだ》ぐみそうになった。

（また、抱っこしてもらえたんだ……）

この大きな手にあやされていた至福の時間は、二年にわたってとぎれていた。

澄音が六歳のとき、宗佑が大学を卒業し、家を出ていったからだ。在学中に司法試験に一発で合格した彼は、卒業後すぐ弁護士になるべく司法修習所に通うことになっていたし、そもそも緒方家への下宿は大学在学中のみ、という約束になっていたらしい。

どれほどやさしくされても、宗佑は家の人間ではない。あらかじめ、わかっていたこととはいえ、澄音は彼が去ることが、寂《さび》しくてたまらなかった。

出ていくときにも、宗佑はずいぶんと澄音を気にかけてくれていた。一緒《いっしょ》に暮らしていたぶん、澄音の両親がどれだけひとり息子《むすこ》を放置しているのか、彼は誰《だれ》よりよく知っていたのだ。

――いいかい、なにかあったらすぐ俺に電話をしなさい。遠慮しなくていいんだよ。

――だいじょうぶだよ。ぼくもう、ひとりでなんでもできるよ。だから、勉強して、早く弁護士さんになってね。

大好きな彼がいなくなるのは哀しかったけれど、澄音は泣かないように頑張った。

——ひとりで、ぼくはだいじょうぶ。

いい子にしていなければ、やさしい彼でも澄音をきらってしまうかもしれない。それはとてもいやだったからだ。そんな澄音を見透《みす》かしたように、宗佑は笑いながらも哀しい目をした。

——わかった。じゃあ、弁護士バッジを手に入れたら、まっさきに澄音に見せにくる。信じなさい、約束だと指切りをした宗佑を、けなげな言葉で送りだしたあと——澄音は家のなかで、またひとりになった。

宗佑のように丁寧な食事を心がけてくれる親ではなかったため、せっかくきれいになってきた肌はまた荒れ、発作《ほっさ》も頻発《ひんぱつ》するようになった。

——また病院？　本当に面倒な子。

そう言われるのが哀しくて、できるだけひとりでなんでもできるように頑張った。洗濯《せんたく》や掃除《そうじ》は家政婦さんがしてくれていたけれど、寂しい夜一緒に眠《ねむ》ってくれることはしなかった。澄音の食事に関しても病院からの制限が出ているので、管理栄養士資格を持っていない家政婦さんには食事の世話までは頼《たの》めないという理由で、契約《けいやく》の範疇《はんちゅう》にはなかったのだ。

そしてどうなったかと言えば、親たちは「適当な外食で済ませろ、つらければ勝手に病院に行け」と子どもにお金だけ与えた。

結果、店屋物と菓子《かし》パンだけで食事をすませていた澄音はまた具合が悪くなっていった。せっかく宗佑が気をつけて、だいぶよくなりかけていた身体も、肌も、以前のようにぼろぼろになった。それを知っている彼は、悔《く》やむような声を発する。

「……迎《むか》えに来るまで、二年も待たせてしまったよ。ごめんね、澄音」

「ううん。いいよ」

「よくはないよ。俺があの家を出るときにいっそ、連れていってあげられればよかった」

それが無理なことだったと知っているから、宗佑の顔には苦渋《くじゅう》が浮《う》かぶ。けれど澄音は言葉だけでも嬉しいと、濁《にご》りのない笑みを浮かべた。

「おにいちゃん、ちゃんと来てくれたもん。約束守ってくれた。嬉しかったよ」

助けてくれて、ありがとう。そう告げると、彼はますます厳しい顔になる。

「助けられたなんて、言うんじゃないよ。あまり、パパたちのことを悪く言いたくはないけれど、あのひとたちがちゃんときみを見ていれば、そもそもあんな事故は起きなかったんだ」

苦々しく澄音の親を糾弾《きゅうだん》する宗佑の言葉に、澄音は目を伏《ふ》せるしかない。そして、親たちについて、なんの感慨《かんがい》もわかなくなっている自分を、静かに自覚した。

（だって、あれはもう、しょうがないんだ……）

緒方家を出て二年の間に、宗佑は最短期間で司法修習《しゅうりょう》を修了し、早々に大手の弁護士事務所へ就職した。そして遠い親戚《しんせき》の小さな子どもとの約束を、宗佑はちゃんと覚えていてくれた。ひまわりを象《かたど》った金色の弁護士バッジを手に入れた彼は、事務所での初日の仕事を終えたその足で、まっすぐに澄音のもとへと向かってくれたのだ。

だが――その日、澄音は少し熱があった。ひどく汗《あせ》をかいたのが気持ち悪くて、宗佑が家に来ることもなにも知らず、ひとり、風呂《ふろ》に入ろうとしていた。

両親は毎度のごとく愛人のところにさっさと出かけていって、澄音が不調を訴《うった》えると、鬱陶《うっとう》しそうに眉《まゆ》をひそめ、とにかく早く寝《ね》ろと言っただけだった。

(パパもママも、ぼくをいらないんだな)

ちょっと哀しくなって、咳《せき》をしながら服を脱《ぬ》いだ。宗佑がいれば一緒に入ってくれるのに、と思いながらめそめそ泣いた澄音は、子どもひとりで入るには少し高さのある湯船に脚《あし》をかけた瞬間《しゅんかん》、ひゅっと喉《のど》が鳴るのを知った。

喘息《ぜんそく》の予兆である、呼吸の乱れ。ここで咳《せ》きこんではまずいとあわてて喉を押さえた瞬間、手が滑《すべ》った。そのまま頭から湯船に落ちたとき、苦しくて苦しくてたまらなかった。

(たすけて、だれか、たすけて)

がぼがぼともがきながら、胸を掻《か》きむしり腕《うで》を伸《の》ばした。でもこの小さな手を取ってくれる人が誰もいないと気づいた瞬間、ふっと澄音はあきらめたのだ。

(だって、どうせ誰も)

こんな面倒《めんどう》な子どもはいらない。絶望を抱《かか》えるにはあまりに澄音は幼くて、もう面倒くさい、と目を閉じた。

そして次に目を覚ましたのは、病院のベッドのうえだった。宗佑にぎゅっと手を握《にぎ》られて、彼の泣いたような赤い目を見て、とても澄音は驚《おどろ》いた。

大人の男のひとが、泣くなんて、想像したこともなかったから。

「頼むから、具合の悪いときはちゃんと言いなさい。あんな思いは、二度としたくない」

「うん、ごめんね、おにいちゃん……」

一時は本当に危なかったのだとあとで知らされたけれども、自分を必死に案じてくれる宗佑が嬉しかった。なにより、あの約束がなければ、澄音は溺《おぼ》れたことを宗佑に発見されることもなく、湯船のなかで冷たくなっていただろう。

それをわかっているからこそ、宗佑は苦い声を発するのだ。

「ごめんじゃない。俺が澄音のことをこれ以上、放《ほう》っておけなかったんだよ。俺のうちに来たほうが、ずっとましだろうと思えてしかたなかった」

危篤《きとく》状態に陥《おちい》った澄音のもとにだけは、さすがに両親は顔を出したらしい。だが澄音の意識が回復するのも待たず、またさっさと愛人宅へ戻《もど》ってしまった。

退院してからも親たちの態度はなんら、変わることはなかった。むしろ大事になったことへ迷惑《めいわく》ばかり覚えていたようで、澄音への風あたりは強くなるばかり。

懲《こ》りない彼らは離婚《りこん》に向けて何度かの修羅場《しゅらば》を起こし、それは裁判まで持ちこまれた。見栄《みえ》っ張《ぱ》りの両親は、世間の目を気にしてか、それとも相手にどんな『もの』でさえ取られるのがいやなのか、形ばかりは「自分が澄音を引き取る」と言い張った。

——ねえ澄音、ママのほうが好きでしょう？

——なに言ってるんだ、パパのほうがいいに決まってる。

相手に勝ちを譲《ゆず》りたくないがゆえに猫撫《ねこな》で声を出す親は、なんだか不思議な生き物に見えた。そして澄音が戸惑《とまど》っていると、今度はこちらに怒《いか》りの矛先《ほこさき》が向けられた。

澄音を巻きこんでの罵《のの》りあいの真っ最中、過剰《かじょう》なストレスにまた発作を起こした澄音を助けてくれたのは結局、宗佑だった。

——自分たちの権利を争う前に、子どもがどういう状態にあるのかちゃんと見ろ！　そんなにこじれるなら法廷《ほうてい》で争えばいい、不毛な状況《じょうきょう》に澄音を巻きこむな！

もういいかげんにしろと言い放ち、宗佑は半ば強引《ごういん》に自分の家へ澄音を連れ帰った。そしてあまりに無責任な彼らに対し、澄音の代理として裁判をさっさと起こした宗佑は、圧倒《あっとう》的な勝利でもってすべての養育権利を親から取りあげ、養育費の請求《せいきゅう》をした。

澄音の父母は、周囲の冷静な大人たちが批判した折の言葉を借りるならば育児能力に欠けた、ある種大人になりきれない人種で、澄音に対して行った行為《こうい》は育児放棄《ほうき》——ネグレクト、と言われるものなのだそうだ。湯船で溺れたことをはじめ、数々の事実を並べ立てれば、親たちに判定を覆《くつがえ》す要素はあまりに少なかった。

最終的には、宗佑がバックについた澄音側の圧倒的勝利となり、彼らは事実上、澄音の親ではなくなった。そして養育費の取り決めについて多少の不服はあったようだが、じっさいのところは宗佑がさらうようにして連れ帰ってくれたことに、ほっとしているようだった。

澄音が宗佑に引き取られたことを機に、父と母は、めいめい勝手に愛人のところに引っ越《こ》していったらしい。たぶんそれでよかったのではないかと思う。

毎晩お互《たが》いの愛人にかかる費用や、どんなセックスをしたのかまで、大声で暴露《ばくろ》しあっているよりは、さっさと身ぎれいになったほうがたぶん、あのひとたちにはいいのだろう。

「……しょうがないよ。パパもママも、ぼくのこといらないんだもん」

澄音は平気だと笑ってかぶりを振《ふ》る。歳《とし》に見合わないあきらめを浮かべた少年を抱《だ》きしめ、宗佑は自分こそがつらそうな声を出した。

「澄音は――本当に、パパとママに会いたくない？」

「いらない」

気遣《きづか》うように問われて、澄音はふるふると首を振った。そして無意識のまま身を丸め、小さな手で小さな耳を押さえる。親のことを思いだすとすっかりくせになったそれは、聞きたくない話を延々と聞かされた澄音の、つたないなりに必死な自衛行動だ。

離婚の話がこじれ、自分の前だというのに互いを激しく罵りあった親たち。言葉の意味はよくわからなくても、耳にするだけでおなかがよじれるような、いやな罵声《ばせい》。

やめて、やめてと泣いたのに少しも聞いてくれなかった。とても怖《こわ》くてみにくかった彼らに怯《おび》え、喘息の発作を起こしてひっくり返っても、彼らは気づきもしなかった。

そして澄音が目を覚ますと、いつでも宗佑だけがいた。咳と呼吸困難にぼんやりした意識のなかで、力強い腕が抱きしめてくれたことを澄音はちゃんと知っている。

「もうしばらく会いたくない。ぼく、宗佑おにいちゃんと一緒《いっしょ》がいい」

決然と告げる澄音に、宗佑は痛ましいという顔を隠《かく》さない。そして澄音の小さな耳を覆《おお》った手をやさしくほどき、あたたかい大きな手のひらできゅっと握ってくれる。

「俺も澄音が心配だから、連れて帰ったんだよ。でもそれで、本当によかったのかな？」

心配そうに問う宗佑に、澄音は一も二もなくうなずく。

「これからは俺が澄音の家族だからね」

「うん……」

大好きな宗佑と暮らせるのは嬉《うれ》しい。けれど、まだ二十代の彼にとって、小学生の澄音を引き取るのは大変なことなのではないかと、それだけは子どもの頭でも理解していた。

「でもぼく、邪魔《じゃま》じゃない？」

父や母のように宗佑にまでうとまれてしまったら、どうしたらいいだろう。不安でいっぱいになりながら問うと、彼は澄音の恐怖《きょうふ》をしっかり否定してくれる。

「邪魔じゃないよ。澄音とまた一緒に暮らせるならそのほうが、俺は嬉しいよ」

「じゃあ、おにいちゃんがいい。パパもママもきらい。宗佑おにいちゃんがすき」

ぽろぽろ泣きながら、宗佑の胸にしがみつく。抱っこされたまま小さな頭を撫でてもらって、やさしい手つきが嬉しかった。

「……うん。俺も澄音が大好きだよ。泣かなくて、いいんだからね」

胸を痛めた少年を抱いて、宗佑は甘い慈《いつく》しみを与《あた》えてくれた。それがせつなくてもっとしがみつくと、広い胸のなかに包むようにして抱かれた。甘い声が、自分のすべてを肯定《こうてい》してくれる。たまらない安堵《あんど》感《かん》に、ほっと息が漏《も》れた。

「かわいそうに……澄音。もうだいじょうぶだから、なんにも心配しなくていい」

「うん」

「これからは、どこにも行かないし、澄音のこともどこにも行かせないから。安心しなさい」

むしろ遅《おそ》くなってすまなかったと詫《わ》びるような宗佑の言葉が、ずきずきと胸を疼《うず》かせる。

(おにいちゃん、大好き)

呼吸ができなくなった澄音を抱《かか》えて病院に走ってくれたのも、自分のことばかりの親を叱《しか》りつけ、もうこの子は俺が引き取ると言い放ったのも、すべてこの宗佑だった。

嘘《うそ》ばっかりの大人たち。やさしいのは宗佑だけ。でも澄音はちゃんとわかっている。

(いちばん嘘つきなのは、ぼくだ)

親が自分を捨てたことなど、本当はどうでもいい。宗佑にこうして甘やかされることが嬉しくてたまらない。むしろあのふたりにネグレクトされた子どもでよかったとさえ思う自分を、まだこのときの澄音は明確に意識はしていなかった。

鏡よ鏡。本当のことなど言わないで、どうかぼくをこのひとの、いちばんかわいい子どもでいさせてください。そのためならなんでもします。

「いい子だね、澄音。俺が護《まも》ってあげるから、ここにいなさい」

王子さまみたいな宗佑の声は、とてつもなく甘い。白雪姫の食べた毒入りのリンゴも、こんなふうにとろりと甘かったのだろうかと、濡《ぬ》れた目を閉じた澄音はぼんやり思っていた。

＊　＊　＊

都内でも有名な私立聖上《せいじょう》学院大学は、幼稚舎《ようちしゃ》から一貫《いっかん》したエスカレーター方式をとっている。

現在、高校三年生となる澄音の通う高等部は、大学と同じ敷地《しきち》内にあるのだが、幼稚舎から初等部、中等部に関しては、情操教育にどうとかで、電車で数駅という少し離《はな》れた緑豊かな街に存在する。

いかにも成金な雰囲気《ふんいき》の強い中等部までの面子《メンツ》とは違《ちが》い、偏差値《へんさち》を引き上げるために外部生の受け入れ間口が広い高等部からは、雑多な顔ぶれが存在する。とはいえ、おおむねの学生が持ち上がり組なので、全体の気配はどうにもおぼっちゃま学校なわけだ。

「おお。お迎《むか》え組がまたぞろぞろと……BMWにベンツに……あれはレクサスか？」

敷地内のロータリーに並ぶ、良家の子女を迎えに来た高級車の群れ。それをしらけた目で眺《なが》める榎本月花《えのもとるか》は、品のいい唇《くちびる》を下品に歪《ゆが》め、キャラメルマキアートをすする。あまりに強い視線に澄音のほうがたじろぎ、思わずたしなめた。

「あんまりじろじろ見ないほうがいいよ、月花」

「だって呆《あき》れるじゃん。コーコーセーにもなって、お車つきってのはどうなのかしらね」

各界の著名人の息子《むすこ》や芸能人などもたくさんいるこの学校のなかでも、かなり目を惹《ひ》く存在である月花は、澄音の幼馴染《おさななじ》みでもあり、いちばん親しい友人でもある。授業が終わり、いつものようにふたりで敷地内のなじみのカフェでお茶を飲んでいた。中庭に面した部分がオープンスペースになっているため、構内でひと休みする生徒らも多いのだが、そこから見渡《みわた》せる毎度の光景には、澄音もなんとなく苦笑いを浮《う》かべてしまうものがある。

だが、あまりに辛辣《しんらつ》な彼女の言葉には、小さく反論した。

「……月花だって今朝、タクシー乗りつけたじゃん」

いわゆる成金おぼっちゃま学校、と周囲から揶揄《やゆ》されるのはしかたないにしても、内部の人間が批判的なのはどうだろうと、澄音は思うのだ。

いま月花と澄音が平然と座っているこのカフェにしても、青山《あおやま》の有名店の支店なのだ。学内にあるには少しどうかと思うのだが、少子化に悩《なや》む昨今、少しでも『サービス』をよくしようと考えた経営者側の思惑《おもわく》に、まんまと乗っている自分たちがいるのは事実なのだから。

そんな澄音の控《ひか》えめな意思表示は、月花の声にばっさりと切り捨てられていく。

「だって昨日遅くまで撮影《さつえい》で、遅刻《ちこく》しそうだったし。だいたいあたしは自分の金だもん」

小さいころから売れっ子モデルだったこの美少女は、まだ澄音と同じ十八歳であるにもかかわらず、けっこうな高額所得者だ。すでに自分名義のマンションまで持っていて、趣味《しゅみ》は財テクを豪語《ごうご》している。

「パパだのママだのにお迎えに来られてるのとは、わけが違うわよ」

「まあ、そりゃ、そうだけど……」

おのれの金をどう使おうと自分の勝手だ。うつくしい脚《あし》を組んだまま、ふんぞり返って月花は言い放つ。それを言われればぐうの音も出ず、澄音は弱く笑うしかない。

「でも、ぼくもたまに迎えに来てもらっちゃうし。そこ突《つ》っこまれると言葉がないよ」

「あんたの場合は身体弱《からだ》いからでしょ。健康ならひとりで帰れっつうの。話一緒にしなさんな」

事情による必然と、ただの甘ったれは違うと言ってのける月花は、プロフェッショナルなうえにシビアだ。だが情がないわけではない。

「寒くなってきたんだから、また発作《ほっさ》が出ないようにしなさいよね」

「うん、ありがと」

賢《かしこ》く美人で気が強く、大人顔負けにしっかりしていて、澄音はその潔《いさぎよ》い言動を好ましいとも思っているし、引っ込み思案な自分と対照的な月花には、ずいぶん助けられている。

しかし、ときどき突拍子《とっぴょうし》もないことを言いはじめるのが、月花の玉に瑕《きず》だ。

「ところでさあ、澄音。うちらつきあおうか？」

「……は？」

いままでの会話の流れはどこへやら、ちょっと裏原宿《うらはらじゅく》まで買いものに行くわよと、そんな口調でぺろんと言い放った。フリーズした澄音が目を瞠《みは》れば、月花はきれいな猫《ねこ》っぽい目を細めて食べかけのクレープを齧《かじ》る。

「つきあうって、どこ行くの」

「基本のボケかましてんじゃないわよ。男女交際しましょうかっつってんの」

語弊《ごへい》のないようにと言い直した彼女のどこかいたずらっぽい目つきに、なにかの冗談《じょうだん》だろうと思いつつも混乱した。

「なんで、ぼくと月花が？」

小学校からのつきあいの月花とは、まったく色気のある関係ではない。むろん、つきあおうと申し出た本人が、澄音を好きなわけでもないことは重々承知しているから、澄音は戸惑《とまど》いばかりを持てあます。

「ていうか、ぼく、さっきまで、相談してたと思うんだけど……」

「ああ、うん。高校卒業したら、家を出たい、って話でしょ？」

高級車の群れに目を止めた月花が話の流れをぶった斬《ぎ》るまで、澄音は自分の卒業後についての身の振《ふ》りかたを相談していた。

「そうだよ。就職するまでの間、しばらく月花の部屋に居候《いそうろう》させてもらえないか、って……それがどうして『つきあおう』につながるのさ」

話が見えないという澄音の困惑《こんわく》顔に、月花は「そこはあとで話す」と言って、手入れの行き届いた指をびしりとつきつけた。

「だいたいあんた、就職決まるまでとかいうけどさ。大学どうすんの。もう高三の冬になるのよ？　推薦《すいせん》決まってるんだし、無駄《むだ》な苦労しないでこのままあがっとけばいいでしょ」

「でもそれじゃいつまで経《た》ったって、家を出られないし」

「そもそも就職活動だってしてないじゃない。虚弱《きょじゃく》体質の高卒なんか、働き口ないわよ」

「もう滅多《めった》に喘息《ぜんそく》はないよ。だから大学も行かないで働けばと思って……」

現実を見ろとシビアに言われ、澄音は小さく肩《かた》をすくめる。だが弱々しい反論は歯牙《しが》にもかけず、「滅多にでしょ」と月花はにべもない。

「根本的に身体弱いのはなんも変わってないんだし。せめて大学行ってなんか資格でも取って、机にしがみついてていい仕事に就《つ》ける努力はしなさいよ。それともなに？　あんたあたしのヒモにでもなる？」

「や、ヒモとか、そんなつもりは……」

「ないならなに。具体的な将来の展望は。就職のめどは？　ほら言ってごらんなさい」

「うう……」

「……ないんでしょうが」

うなってうつむくばかりの澄音に、月花は呆れた顔を見せた。彼女のえらそうな言いざまには根拠《こんきょ》があるだけに、ぐうの音も出ないというところだ。

（しっかりしてるもんね、月花……）

ショーモデルになるには、一六三センチの月花はとても身長が足りない。いまのうちに人脈を作り金を貯《た》め、生活基盤《きばん》をしっかりさせて二十五歳までにはモデルクラブを立ちあげるのだという将来設計は、成長の止まった十四歳のころに決めたのだそうだ。おかげで現在の収入も貯蓄額《ちょちく》も、そこらのサラリーマンのお父さんより上をいく。

この年代では考えられないくらいにシビアな彼女の言に、澄音はそれでも弱々しく反論した。

「なんにも、ないけど。でも家賃だって入れるつもりだし……迷惑《めいわく》、かけないし」

たしかに澄音は無力だが、離婚《りこん》した親双方《そうほう》からの養育費が、有り余るほど振り込まれている。

だからこそ学費の高いことで有名なこの高校にも通えるわけだが、月花は自分の稼《かせ》ぎで支払《しはら》い、澄音は親の金というあたりでかなり立場の差があった。

「ったってそれ結局親の金でしょ？　いい？　金ってのは使ってるとなくなるのよ？」

「わ、わかってるよ」

わかってないよ、とうろんげな顔をした月花はぎろりと大きな目で睨《にら》んでくる。

「だいたいさ。また肺炎《はいえん》でも起こしたらどうすんの。感染症《かんせんしょう》だって怖《こわ》いよ？　抵抗《ていこう》力弱いくせに。そんで入院でもすりゃ一発で貯金なんか消えるわよ」

ごもっともな指摘《してき》に澄音は首をすくめ、うなるしかない。澄音は生まれつき病弱で、小児喘《しょうにぜん》息のひどい時期があった。そして十八になるいまでも完治したとは言いがたいし、風邪《かぜ》を引くと必ずこじらせ、大抵肺炎一歩手前までいってしまう。

「だいたいあんたの健康管理してんの宗佑さんでしょ。あたしそこまでできないよ」

「月花に頼《たの》んでなんかないよ……それに、自分でちゃんとするよ」

月花の言うとおりこの十年、毎日の食事から運動量まで、医師の決めたそれのとおりにきっちりこなすよう協力——というか指示してきたのもすべて宗佑だった。

「自分で、自分でっていうけど。あんたのその貯金にしてもなんにしても、宗佑さんがいればこそできてることじゃない。依存《いぞん》しきってる状態、自覚してんの？」

「……してるよ」

月花の言うとおり、澄音の手元にある金は、民事専門の弁護士である宗佑がその知識をおおいに活《い》かし、育児放棄《ほうき》をしたふたりを徹底追及《てっていついきゅう》して『ぶんどった』ものだ。そのうえ、澄音が居候していることについて一銭も要求するどころか、ほとんどの生活費を彼が出してくれてしまっているので、澄音名義の貯金通帳の額は、ちょっとすごいことになっている。

「だからもう、頼《たよ》りたくないんだよ。月花にも頼ろうと思ってない。でも、いまのまま、ぼくがあの家にいたら、ずっと……宗佑さんに甘やかされ続けちゃう」

自分がなにもできないことは知っている。ひとにくらべてあまりに脆弱《ぜいじゃく》な身体のことも。けれど、あのままあまりにも居心地のよすぎる、すべてが澄音のために整えられた環境《かんきょう》にいては、本当にだめになってしまいそうで怖い。なにより——あの家にいる以上、澄音は自立を考えるよりももっと、頭をいっぱいにすることが多くて、どうにもできなくなってしまうのだ。

「ひとりになってみたいんだ……」

うつむいたままぼそぼそと告げると、月花はふんと鼻を鳴らした。

「べつに同居はかまわないんだけどさ、あたし根本的に、逃《に》げの態勢って好きじゃないのよね」

「逃げって……なにが」

「逃げてるじゃないのよ、宗佑さんから」

ずばりと切りこんできた本題に、澄音は言葉もない。黙《だま》ってうつむくと、月花はさらにつけつけと言う。

「不毛な片思いがしんどいのもわかるけど、それ根本的な解決策じゃないでしょ」

「……わかってる」

ようやくそのひとことだけを返すと、月花は深々と嘆息《たんそく》する。無言のまま非難するような目を向けられ、澄音はもう一度、強くうなずいてみせた。

「ほんとに、わかってるよ。でも、家を出たいんだ。これ以上、面倒《めんどう》みてもらいたくないんだ」

「これ以上もクソもさあ、あんたいくつから宗佑さんの世話になってんのよ」

「実質的には、ほとんど、生まれたときからだけど」

宗佑と澄音がはじめて出会ったのは、彼が十八歳、澄音が二歳のときのことだ。さすがに出会いの日のことはろくに覚えていないけれど、幼いころの記憶《きおく》のすべてに、彼の姿がある。

それこそ、宗佑にはべったりに甘やかされ、澄音も甘えてきた自覚はある。世界一大好きな宗佑と一緒《いっしょ》にいられることで、澄音はむしろ離婚した両親に感謝したいくらいだった。

引き取られたいきさつがいきさつのためか、彼は澄音をいまだにほんの小さな子どものように扱《あつか》うし、態度もなにもおそろしく甘い。

だがそこに恋愛《れんあい》感情などという不純物を混ぜたのは澄音だけの話で、彼にはそんなつもりは毛頭ないのも知っている。それがつらくて逃げようと思っているのも本音で、もうひとつにはこれ以上、彼の重荷になりたくないという気持ちもあった。

「いつまでも宗佑さんに迷惑かけたくないんだよ」

「迷惑ぅ？　あれは好きでやってんじゃないの？」

うじうじとした澄音の言葉を、月花は鼻で笑い飛ばした。

「だいたい、将来だなんだとかおためごかし言って、問題の争点すり替《か》えなさんな。あたしはそういう消極的な方法は好かん」

「そんな……好かんったって、どうしろって？」

「だから。好きなら好きで、ずばっと言って、ずばっとふられてきなさいって、前から言ってるでしょ」

ぐずぐずするな、と犬でも払《はら》うように手を振られ、他人事《ひとごと》だと思って、と澄音は唇《くちびる》を噛《か》む。そんなことができれば苦労はしない。

「……だって、宗佑さん困るに決まってるもん。言えないよ」

面倒を見ざるを得ない親戚《しんせき》で、男の澄音が好きだなどと言えば、ふつう困惑するだけだろう。しかも十六も年下の子どもでは、よしんば澄音が女の子だったにしてもあまり見こみはない気がする。うじうじと呟《つぶや》けば、月花はふんと鼻を鳴らす。

「困るねえ……宗佑さん、んなケツの穴の小さい男に思えないけどねえ」

上品な唇で品のない呟きを漏《も》らした彼女は、妙《みょう》に男っぽい感じにさらさらの髪《かみ》をばさりとかきあげ、まっすぐで長い、自慢《じまん》の脚《あし》を組み替えた。

見飽《みあ》きるほどに毎日見ている顔とはいえ、月花はやはり一瞬《いっしゅん》見惚《みと》れてしまうほど、すさまじい美少女だ。性格はきついけれど、澄音には基本的にやさしいし、同い年のくせに姉のように振《ふ》る舞《ま》いたがるところも、かまわれたがりの澄音としてはきらいではない。

（ふつうならきっと、月花のことを好きになるんだよね）

だがどんなに月花がきれいに成長しようとも、どれほど気持ちを分かち合っても、それは恋《こい》にはならなかった。むしろ、いつまでも自分を子ども扱いする保護者にだけ、澄音の心は奪《うば》われたままなのだ。

「だいたい、宗佑さんの甘さってふつうじゃないし。告《こく》ったところで拒否《きょひ》らないと思うんだけど」

「……その根拠はなんだよ」

無責任に言うなよと澄音が睨めば「じゃあ言うけど」と月花はにんまり笑った。

「あんたたちいくつまで一緒にお風呂《ふろ》入ってたっけか？」

突《つ》っこまれたくない事実を口にされ、澄音はぐっと息を呑《の》む。

「ちゅ……中学入るまでだよ……」

本当は中学にあがってからも、宗佑と一緒に入浴することもあった。だがうっかり目の前の幼馴染《おさななじ》みにそれを漏らしたとき「それおかしい」と言われて澄音はショックを受けた。

「それにしてもふつうじゃないでしょ。保護者と一緒に入るなんて、いいとこ小学校の低学年までの話じゃない。そんで頭から脚のさきまで丸洗い？　赤ん坊《ぼう》じゃあるまいしさ」

「だから、もう、してないってば」

あのとき、月花にきれいな眉《まゆ》をひそめられ、いままでなんの疑問も持たなかったことが「おかしいこと」なのだと知らされた。その場であわてて「小学校までの話」だと取り繕《つくろ》ったけれども、なんだか自分がひどい嘘《うそ》つきになった気がした。

（それに……月花におかしいって言われて、よかったんだ）

そのころには澄音は、一緒に風呂に入る宗佑の身体《からだ》に妙にどぎまぎとすることが多くなっていた。それだけではなく、ときどきには身体の一部が変化しそうになることもあって、宗佑にその恥《は》ずかしい場所を知られるのが怖くて、湯船で必死に小さくなっていた。

——月花ちゃんに、おかしいって言われたし。ひとりでもう、平気だから。

月花には悪いけれど、彼女の指摘を言い訳に、ひとりで入浴すると宣言したのはそのせいもある。

「あの過保護っぷり見てると、脈はあると思うんだけど」

「過保護だから困るんだろ。そんなつもりはないのに好かれて、迷惑《めいわく》じゃないか」

甘すぎ、と月花が呆《あき》れるのは道理だと思う。宗佑がそれこそ澄音を、目のなかに入れても痛くないというほどかわいがってくれているのは知っている。だが遠い親戚で、幼いころに面倒を見てくれた彼は、その保護者的な感情の延長線上で甘いだけの話だ。

「そうかあ？　そうかなあ……そんなんで思春期の男、いい歳《とし》こいて風呂に入れるまでする？」

「あれは、風呂で溺《おぼ》れたことあったからで……心配されたんだってば」

もうその話から離《はな》れてくれと、澄音は顔を赤らめる。

「ぼく本当に、たくさんあのひとに迷惑かけちゃったんだよ。きっと宗佑さんにとっては、赤ん坊と同じなんだよ」

それこそがつらいなどと思うのは贅沢《ぜいたく》だ。わかっているから、どうしても声は弱くなる。

「まーねえ……宗佑さんの心配もわかんないじゃないけど。あんたほんとにひどかったし」

なだめるような月花の声に、澄音はいっそう情けなくなった。

「ほんとに、風呂で溺れて死にかけるなんて、つまんないギャグみたいだよね」

「じっさい死にかけたんでしょ。……無理して笑いなさんな」

当時の状況《じょうきょう》を知る月花は、澄音の頭をよしよしと撫《な》でてくる。やめてくれといくら言っても、この子ども扱いはあらたまらない。

何度も澄音が発作《ほっさ》を起こした場に居合わせたため、彼女の声にも実感がこもった。結局のところ、月花自身も澄音にはかなり甘いのだ。

（もう、みんな過保護なのは一緒だよ）

いつでもどこでも、澄音は「おみそ」だ。同い年の男の子と遊ぼうにも身体がついていかなくて、周囲は宗佑や月花のように自分でなんでもやっつけるタイプに固められ、ぬくぬくしたまま生きてきた。

死ぬほどの病気でもないのに、情けない。けれどじっさい身体がきかないから、もどかしくてしかたない。そういう矛盾《むじゅん》が、少年のプライドを微妙《びみょう》に傷つける。

「だって……こんなどうしようもないやつ、誰《だれ》も好きになんないよ」

「いんじゃないの。あんた顔だけはいいんだし」

しょんぼり肩《かた》を落とした澄音は、モデルゆえに審美眼《しんびがん》の厳しい月花が絶賛する、きれいな二《ふた》重《え》の目を伏《ふ》せた。小さくため息をついた唇は噛みしめたせいで赤らんでいる。

幼いころには喘息《ぜんそく》とそれの治療《ちりょう》に伴《ともな》う薬剤《やくざい》の副作用でひどい状態だった澄音だが、宗佑の完《かん》璧《ぺき》な健康管理のもとに、肌荒《はだあ》れやむくみはほぼ完治した。病的に痩《や》せていた身体も、栄養をとるようにと心がけてくれた宗佑のおかげで、いまはひとよりちょっと小柄《こがら》で痩せ型、という程度におさまっている。

いまだ咳《せき》や呼吸困難の発作が起きるとはいえ、見た目にはだいぶ健康に見えるようになった。するとかつて宗佑が言ったとおり、澄音の容姿は美貌《びぼう》が自慢だった母ゆずりの、すっきりと優美でうつくしいものになった。

ことに成長期特有の不安定な線の細さは、中性的な印象を与《あた》えるらしく、たまに私服で月花と街を歩けば、ふたり揃《そろ》ってナンパやスカウトをされることも少なくない。

だが、幼いころから親にも周囲にも「きたない、みっともない」と言われ続けた澄音は、自分の容姿が褒《ほ》められても、少しも嬉《うれ》しいと思えないのだ。

「だけって言うなよ……顔なんか歳取ったら役にも立たない」

ぶつぶつとこぼした澄音に不服そうに、彼女は目をつり上げた。

「いじけて贅沢言うんじゃないわよ。その顔さえありゃ、その気になれば一財産築けるっつの。それができないのはあんたに覇気《はき》がないからでしょ！」

「痛い痛いっ、つねらないで！」

顔が命のモデルの前でよくぞ言ったと頬《ほお》をつねりあげた月花は、まあいいわ、とあっさり凶《きょう》暴《ぼう》な指を離した。

「まあともかく。だから言ってんじゃん、つきあおうかって」

「だからって、そのだからはどこにかかるんだよ」

「立派にかかってんじゃないの。あんたほんっと頭いいのに鈍《にぶ》いわね」

わからないから説明してくれと言っているのに、月花は呆れたように言い放ち、てい、と額をつついてくる。爪《つめ》が長いのでかなり痛い。むくれて澄音が上目に睨《にら》むと、彼女はにんまりと、あからさまになにかを企《たくら》む笑《え》みを浮《う》かべた。

「しょうがないな。鈍くて引っ込み思案でおくての澄音ちゃんに説明してあげるわ。正攻法《せいこうほう》で聞けないなら、まず反応を見ようって言ってるの」

「え……？」

「だから。宗佑さんに、あたしとつきあうことになったって言ってみたら？　それで、どうリアクションするかたしかめればいいじゃない」

「そんな、嘘つくみたいなのやだよ！　それに、本気にされない気がするんだけど……」

見知らぬ女の子ならばともかく、幼馴染みの月花と澄音の、まるで姉弟《きょうだい》のような関係を宗佑はよく知っている。いまさらおつきあいしますと言ったところで「ふうん」で終わってしまいそうな気がする――と眉を寄せれば「だからじゃん」と月花は言う。

「あんたみたいなタイプの子がね、そこいらの女子引っかけられるわけないでしょ。その点あたしなら、まあしょうがないから責任取ってやるかと思うわけよ」

「わけよって言われても……」

澄音が眉をひそめると、月花はステージで見せるような鮮《あざ》やかな表情へと笑みの種類を変え、わざとらしく自慢《じまん》の長い髪《かみ》を揺《ゆ》らしてみせた。

「まあ、なに？　あたしみたいな子が、かわいがってる親戚《しんせき》の子のカノジョになったらふつうはすごい喜ぶと思うのね。自分で言うけど美人だし頭いいし稼《かせ》ぎあるし礼儀《れいぎ》正しいし。ちょっと裏表激しいけど」

「月花……ほんとに自分でそこまで言う？」

「腹芸は社会人の基本よ。なにもだましてるわけじゃないんだからいいでしょ」

月花の特技は猫《ねこ》かぶりだ。身内や親しい相手の前では強烈《きょうれつ》にきつい性格だが、そんなものを前面に出してはマイナスになるとちゃんと知っている。

「だいたいね、あんたなんでもてないかわかってる？　その美少女顔よ。自分よりきれいなカレシ連れて歩きたいわけないでしょ。その点あたしならまあ、イーブンってとこじゃん。つまりまあ、あたしレベルの女子じゃないと信憑性《しんぴょうせい》もないってもんよ」

「びしょーじょでイーブンって……それ、自分自慢なのそれとも褒めてるの、月花」

「両方」

きっぱりと言われ、澄音はため息をつく。もう、俺さま——いや月花は女の子だからわ、た、し、さまか——ぶりもここまでいくと清々《すがすが》しい。いっそ拍手《はくしゅ》をしたい気分になった。

「なんでそんなに自信満々なの？」

「あたりまえでしょ。日夜お手入れして品質保持を心がけてる売り物に、自信持たないでどーすんの」

品質保持ときたかと、澄音は失笑《しっしょう》するしかない。まったくもって月花はおのれのルックスを商品とみなしていて、そのシビアさたるや澄音のような軟弱者《なんじゃくもの》にはついていけないものがある。

「宗佑さんだって、あんたがいきなり独立しまーすなんたって、納得《なっとく》しないでしょ。でも彼女と同棲《どうせい》したいですって言えば、言い訳立つでしょ」

「あー……まあ、それは、うん」

家を出るにあたり、そもそも宗佑の許可を取らねば身動きが取れない。澄音に関するすべては弁護士でもある彼が一手に引き受けているため、正直言えば澄音名義の貯金に関しても、彼の許可なく動かせないのだ。

たしかに月花の言うとおり、それくらいしなければ身動きも取れないとは思うものの。

「……とりあえず、提案は保留にさせて」

やはりささいな嘘《うそ》ですら、宗佑につきたくはない。

いまでさえ、大きな嘘を抱《かか》えているのだ。彼を好きで、どうしようもなく好きで、けれどそれをごまかしたまま、子どものふりで甘えている。まして相手の反応を見るための嘘など、澄音にはとても耐《た》えられない。

そう思って、真剣《しんけん》に見つめたさきの月花はといえば、にやにやと笑うばかりだった。

「んー、ま、いっけどね。どっちでも。おもしろいから」

「おもしろがるなよ！」

本気で悩《なや》んでいるのにと澄音が口を尖《とが》らせても、月花はどこ吹《ふ》く風だ。本当に彼女のように強くなれたら、いっそよかったと思うけれど、到底《とうてい》なれるわけもないことも知っている。

「決めたら教えて」

にっこり笑う月花の、手入れの完璧な唇《くちびる》はとてもきれいな形になった。

＊　＊　＊

澄音と宗佑が暮らすマンションビルは、一階に宗佑の持っている法律事務所がある。

三階建てのマンションビルの二階から上は住居スペースになっているが、毎日登下校の際にまずは事務所に顔を出し、挨拶《あいさつ》をするのが澄音の日課だ。

ドアを開けようとしたとき、澄音が取っ手に手をかけるより早く、すらりとした女性が顔を出した。

「あら、澄音さん。おかえりなさい」

「こんにちは、香川《かがわ》さん」

声をかけてきたのは、この事務所で宗佑の秘書をやってくれている香川栄美《えみ》だった。すっきりしたラインのコートを纏《まと》った彼女は、二十八歳という年齢《ねんれい》に見合うしっとりとした雰囲気《ふんいき》の美人で、仕事ぶりも有能だ。

香川は女性にしては背が高いほうで、おまけにヒールのある靴《くつ》を履《は》いているものだから澄音よりかなり目線が上になる。理知的な美貌を見あげ、澄音はふと首をかしげた。

「どこかお出かけですか?」

「いいえ、今日は予定があって、少し早くあがらせていただくの。先生は奥にいらっしゃるわよ」

どうぞ、とドアを手で押さえられ、まるでこちらがエスコートされた女性のような扱《あつか》いに、澄音は複雑になる。

「今日は少し風が冷たいから、あったかくしてくださいね」

「……すみません」

気をつけてね、とにっこり微笑《ほほえ》む香川も、澄音の身体《からだ》の弱さは知っている。そう言った本人はきれいな脚《あし》を見せつけるようなスリット入りのタイトスカートで、つかつかと足取りも軽く去っていった。

(気をつけろかあ……)

どうしてこう、行く先々で自分は気遣《きづか》われてしまうのだろう。我が身の虚弱《きょじゃく》さがいっそ憎《にく》いと思いつつも、澄音は人気のない事務所のなかへと進んだ。オフィスを見まわせば、机のうえには宗佑の仕事が順調であると知らしめるように、資料や案件についての書類が山積みにされている。むろん香川の手によって整理され、けっして雑然とした気配はないけれども、これだけの仕事をこなしているのだな、と感心するような気分になった。

宗佑は幼い澄音に宣言したとおり、早々に弁護士としての実績を積み、三十四歳になる現在、『宇梶法律事務所』の主《あるじ》となって、このビルまるごとを自分の根城として造りあげてしまった。

むろんビルの入手や事務所の設立資金については、けっこうな資産家である宇梶の実家の助けも借りたそうだけれども、基本的にこの事務所が宗佑の実力で築き上げたものであることには変わりない。またそうでなければ、若手弁護士のもとにひっきりなしに依頼《いらい》が来ることもないだろう。

（あ、いた……）

パーティションで区切られた事務所の、いちばん奥まったスペースにはぎっしりと書類のつまった書架《しょか》がある。その前にあるデスクに、高い位置にある腰《こし》を引っかけるようにしてもたれ、長い脚を軽く組んだ宗佑が、むずかしい顔でファイルをめくっていた。

なにか捜《さが》し物でもしていたのか、スーツの上着は脱《ぬ》いだまま、ネクタイを肩《かた》に払《はら》うようにした宗佑の横顔にしばし見惚《みと》れたあと、澄音はそろりと声をかける。

「宗佑さん、ただいま」

「……ああ、おかえり澄音。今日は寒かったけど、平気だった？」

邪魔《じゃま》にならないだろうかと、控《ひか》えめな音量で告げたのに、宗佑はすぐに気づいてファイルを閉じる。仕事中の険しい表情から一転した、やわらかい笑顔に騒《さわ》ぐ胸を気取られないよう、澄音もまた笑顔を作る。

「平気だよ。それより香川さん、今日はもう帰っちゃったの？」

「ああ。同窓会があるらしくてね。今日は来客もないし、早退してかまわないと言ったんだ。ところで、もう少しで終わるけれど、夕飯は待てる？　戻《もど》ったらすぐ作るから」

「あ、いいよ！　自分で適当にするし。まだ忙《いそが》しいんでしょ」

片づけに入ろうとする宗佑にあわてて手を振《ふ》るが「もう区切りがついたんだよ」と微笑む彼は聞いてくれない。澄音はますます焦《あせ》ってしまう。

「あの、もうぼく、家に戻ってるから。宗佑さんはちゃんと自分のこととしてて」

「だめだよ。放《ほう》っておくと澄音はすぐに食べなくなる。この間もそれで貧血を起こしたんだろう。凱風《がいち》が、ちゃんと食べさせておけとうるさかったんだ」

め、と子どもを叱《しか》るようにわざとしかめ面《つら》をされ、澄音は首をすくめるしかない。

井上《いのうえ》凱風という青年は宗佑の甥《おい》であり、澄音にとっても遠い親戚になる。私立聖上学院大学の三年生で、年かさの幼馴染《おさななじ》みのような存在だ。

周囲にもお互《たが》いが親戚であるのが知れ渡《わた》っていて、澄音が校内で発作《ほっさ》を起こしかけたときには、逐一《ちくいち》彼に連絡《れんらく》が行ってしまうため、凱風としては面倒《めんどう》に感じているらしい。

「凱風くんは、あのとき、ぼくの面倒見させられて機嫌《きげん》悪かったから……」

澄音自身、おちおち遊んでもいられない凱風に申し訳なく思うから、つい語尾《ごび》が小さくなる。

だが宗佑は、あっさりと「知ったことか」と言い放つのだ。

「おおかたデートの邪魔をされたからだろう。あの男の機嫌なんか放っておきなさい」

「でも、みんなに迷惑《めいわく》かけるの、いやだ、よ……っ」

誰《だれ》も彼もに心配されて、情けない。気が急《せ》いた澄音は早口に言葉を発したからか、喉《のど》がつまって軽く咳《せ》きこんだ。案の定、宗佑はその凜々《りり》しい眉《まゆ》をくっと寄せる。

「ほら、咳《せき》が出た。ちょっとそこに座りなさい」

「い、いまのはちが……喉がつまっただけで」

「――澄音」

平気なのにと顔をあげると、宗佑が困った顔で名前を呼ぶ。男らしく整った顔で苦い表情を浮《う》かべられると、つい小さくなってしまうのは、幼いころから心配をかけた彼に申し訳ないというすりこみがあるからだ。

「これをかけて。すぐにあたたかいものを持ってくるから飲んでいなさい」

「平気なのに……」

来客用のソファに座らされ、宗佑の上着を肩からかけられる。大柄《おおがら》な宗佑のスーツは澄音が纏《まと》えばショートコートのようになってしまって、こんなに体格差がある相手にはさぞかし自分は子どもじみて見えるのだろうと思えた。宗佑と澄音の年齢差は十六歳、身長はたぶん、はっきりとはわからないが歳《とし》と同じかそれ以上の数字の開きがあるだろう。いつまで経《た》っても、大人と子どもという構図が変わらないのがせつなくて苦しい。

物思いに沈《しず》んでいる間に、甘い香《かお》りと湯気の立つカップを手にした宗佑が澄音のもとへ戻ってくる。喉にいいという柚茶《ゆずちゃ》は、気《き》の利く香川があるとき購入《こうにゅう》してきて以来、この事務所で欠かされたことがない。来客用ではなく、澄音のために。

「これを飲んで、あったまったらすぐ上に行くよ。それから、お風呂《ふろ》に入りなさい」

「あ、あの……ひ、ひとりでいいからね？」

甘い柚茶に口をつけたとたん、風呂と言われてどきんとした澄音は、あわてて釘《くぎ》を刺《さ》す。

月花にはむかしのことだと言い張ったけれども、じつはあれは嘘《うそ》だ。澄音が少しでも具合を悪くしたりすると、宗佑は浴室までついてきかねない。さすがに一緒《いっしょ》に入るまではしなくとも、身体を洗ったり様子を見られることはたびたびあった。

いまでは澄音も、十代の半ばを超《こ》えた少年が保護者と一緒に風呂に入るのがどれだけ妙《みょう》なことかわかっている。第二次性徴《せいちょう》もとうに迎《むか》えた澄音にそこまでする宗佑は、いささか過剰《かじょう》――いや、異常なまでに過保護だということも。

「もう子どもじゃないんだから、ほんとに風呂とか、ひとりで平気だから」

だが、そうした複雑な気持ちを、宗佑はいっさい取りあおうとしない。むしろわがままを言うんじゃないと、すっきりと男らしい顔をきつく歪《ゆが》めた。

「恥《は》ずかしがってる場合じゃないだろう。また発作を起こして溺《おぼ》れたらどうするんだ」

「だからっ……もうそれから十年くらい経つでしょう？　あれから一度もないんだし」

吸入器は念のために持ち歩いているが、一時期は手放せなかったステロイド剤《ざい》の服用も、もうやめて久しい。副作用で荒《あ》れていた肌《はだ》もきれいになったし、顔がむくむこともない。見た目に健康に見えるということは、つまりそう身体もひどい状態ではないという証明だろう。

なによりあのひどい発作は、両親の不仲に対するストレスがもっともひどい引き金になっていたようで、宗佑とふたりで暮らし、彼が与《あた》えてくれる愛情にどっぷりと浸《ひた》るようになってから、だいぶ健康になったのだ。

「宗佑さん、心配しすぎだよ。もうこのところは滅多《めった》に発作もないし――」

「澄音。過信しちゃだめだ」

だからそんなに甘やかさなくてもいい、と続けるつもりだった澄音の言葉は、宗佑の苦い呟《つぶや》きに遮《さえぎ》られた。

「小さいころのことだしはっきり覚えてないだろうけど、きみはあのとき死にかけたんだよ」

それを言われてしまえばますます言葉もなく、澄音はただうつむく。

風呂で溺れたあのとき、澄音がかなり危険な状態になったのは事実だ。死にかけたというのもなんにもおおげさな話ではなく、澄音自身がそのことをろくに覚えていないのは、数日間意識をなくす事態にまで陥《おちい》ったせいだと周囲からも聞かされて知っている。

「あの日。澄音を驚《おどろ》かせようと思って訪ねていったらどれだけ呼んでも返事はないし、電話にも誰も出ない。そのくせ電気はつけっぱなし、外のガスメーターは動きっぱなしで……いやな予感がして風呂場を見れば、澄音は頭から浸《つ》かったまま、ぴくりともしてなかったんだ」

当時のことを思いだしたのか、宗佑の顔に苦渋《くじゅう》が滲《にじ》む。その目には十年も前の、幼く痛々しい澄音の姿がまだ焼きついているのだろう。痛いくらいに手をぎゅっと握《にぎ》られて、澄音は苦しげな宗佑の顔をひたむきに見つめた。

「念のため、あの家の合鍵《あいかぎ》を持ったままでいてよかったよ。そうじゃなければ訪ねていったところで、澄音を救えなかった」

「……うん」

その件を持ちだされてしまうと、うなずくしかない。

弁護士になったらバッジを見せに来る。そんなささやかな約束をちゃんと、宗佑は司法修習所での忙しい日々のなかでも、忘れずにいてくれた。もしも宗佑が二年の月日に約束を失念していたならばと考えると、さすがにぞっとする。

「ひとりでだいじょうぶだからと言われて、様子もろくに見にいかなくて。俺がどれだけ後悔《こうかい》したかわからない。澄音が危ないのかと思ったら、俺のほうが死にそうだった」

熱に浮かされていた澄音にとって、溺れた当時の記憶《きおく》は、あまり定かではない。ただ、つらそうな赤い目をした宗佑が真っ青な顔で自分の名を呼び、必死の腕《うで》でかき抱《いだ》いてきたことだけは、とてもよく覚えている。

――澄音、澄音……！　よかった……！

あとにもさきにも、宗佑が泣いた顔を見せたのはあれっきりだ。真っ青になって震《ふる》えて、何度も何度も自分の名を呼び、生きていることをたしかめていた。あんな苦しそうな顔をしていた宗佑など、澄音も二度と見たくない。

あのときの宗佑の悲壮《ひそう》な表情と、震えながら澄音を抱きしめた腕の強さを思いだすと、嬉《うれ》しさと申し訳なさがこみあげ、澄音はなんとも言えない気分になる。

「あんな思いは一度でたくさんだ。二度と、あんな澄音は見たくないんだ。だから、用心してくれと言ってるんだよ」

「気をつける。……ごめんなさい」

せつなく眉をひそめた宗佑に、大事にされる喜びと、同時に申し訳なさを覚えてしまう。

二十代の半ばで子どもを引き取った彼に、どれだけの犠牲《ぎせい》を強《し》いてきたのか計り知れない。親にほったらかされ、死にかけた自分を引き取ってくれただけでもありがたいと思うけれど、宗佑の保護者っぷりは月花をして「ふつうじゃない」と言わしめるものだ。

病弱な澄音の身体《からだ》を気遣《きづか》い、ふつうの治療《ちりょう》はむろんのこと、食事から環境《かんきょう》からなにから気をつけてくれた。他人まかせでは心許《こころもと》ないと、大手事務所でイソ弁と呼ばれる雇《やと》われ弁護士の立場で、どれほど忙しくても絶対に澄音の世話をしに家に戻ってきたほどだ。

事務所兼《けん》自宅のこのマンションビルを購入したのも、澄音の面倒を見るのに他人の都合で振り回される通いの仕事ではどうしようもない。だったらさっさと事務所をかまえ独立したほうがいいからと、そんな理由を訊《き》かされたときはさすがに澄音もひっくり返った。

(このひとの人生を、ぼくは、ぼくのためのものにしてしまった)

自分というお荷物さえいなければ、もっと宗佑は自由だった。二十代の遊べる盛りを――むろん多忙《たぼう》な弁護士という仕事に就《つ》いて遊べたかどうかはべつにしても――プライベートはすべて病気の子どもの世話をするなどと、ふつう耐《た》えられるものではないだろう。

おまけに宗佑が少しもそれを気に病《や》んでいるふうでも、悔《く》いているふうでもないから、澄音はますますどうしていいのかわからなくなるのだ。

「最近はやっと落ち着いてきただけだよ。無理をしてはいけないのは、わかるだろう」

「はい」

言い含《ふく》める宗佑は、澄音の頬《ほお》を何度も撫《な》でている。すべすべになった手触《てざわ》りを慈《いつく》しむようなそれに、くすぐったさと恥ずかしさ、そしてじんわりした快楽を澄音は覚えた。

「顔も、せっかくこんなにきれいになったんだ。ゆっくり気をつけていかないと」

はい、とうなずくのは、このなめらかな肌を保つため、宗佑がどれだけ気をつけてくれているか知っているからだ。いまでこそ、月花に「美少女顔」などと言われる澄音だけれど、小さなころは本当にひどいものだった。そしてそのひどい状態の自分を誰《だれ》より知っていて、変わらず慈しんでくれる宗佑の前では、澄音に抗《あらが》う術《すべ》はない。

すべてを自分に捧《ささ》げてくれた宗佑に、どう詫《わ》びていいのかわからないほど、申し訳なさを感じている。同時にそれほど彼を独占《どくせん》し続けてきたことに、うしろ暗いような喜びが湧《わ》きあがる。

そんな自分はとてもみにくくて、とても矮小《わいしょう》で――どれほど顔立ちがきれいになったとしても、なんの意味もないなどと思ってしまう。

それでも、宗佑が慈しみ、大事にしてくれる『澄音』の身体をぞんざいに扱《あつか》ったり、卑屈《ひくつ》なことを言ったりだけはしたくない。宗佑を、哀《かな》しませたくないからだ。

「いい子だから、俺の言うことを聞いてくれるね？」

「はい……」

こくりとうなずくと、幼いころそのままの仕種《しぐさ》で宗佑が頭を抱《かか》えこみ、髪《かみ》を撫でてくる。

間近に見つめると、宗佑の目が明るい茶色であるのがよくわかる。彼の髪は清潔な黒さがあるのだが、虹彩《こうさい》の色は光を透《す》かすと金に見えるほどに明るく、そういうところも童話のなかの王子さまのようだ。

見つめられると、吸いこまれそうで怖《こわ》くなる。とっさにうつむいた澄音は甘く香る彼のフレグランスに息苦しさを覚え、ぎゅっと目を閉じた。

「澄音が元気でいるためなら、俺はなんでもするからね」

髪に口づけるようにして囁《ささや》かれ、曖昧《あいまい》にうなずきながらも、どうしようもなく苦しい。

だってそれは澄音の求める愛情じゃない。これだけ宗佑に手間をかけさせ、そんな苦しさを覚える自分が見苦しくてあさましくて、哀しい。

(……大好き。宗佑さん)

抱《だ》きしめられると、喜びと同時に、澄音の胸は絶望にふさがれもする。こんなにもこのひとは自分のことを思ってくれて、でもそれは澄音が隠《かく》し持っているような、熱の高い気持ちからではありえない。

誰よりも大事にしてくれる。愛情もくれる。けれどそれは、恋《こい》じゃない――。

ただそれだけでこんなに苦しく、恨《うら》みがましいものを覚える自分は贅沢《ぜいたく》でわがままだ。わかっているから、歪《ゆが》んだ笑《え》みを浮《う》かべた澄音の声は、嗄《しわが》れたようにかすれてしまう。

「なんでも、なんて言ったら、香川さん……に、やきもち妬《や》かれちゃうね」

みにくいことを言うなと思いつつ、探《さぐ》るように告げれば苦笑《くしよう》された。

「――彼女は、そんなことは言わないよ」

あっさりとした言いざまに、自分でふった話題だというのに澄音は傷ついた。

宗佑と香川がつきあっていることは、知っている。ふだんはお互《たが》い大人らしく、そうべたつ

いた態度をとったりはしないけれども、仕事のうえではあうんの呼吸で通じるほどに信頼《しんらい》しあったパートナーだし、見た目にも年齢《ねんれい》的にもお似合いだ。

その事実を知ったきっかけは、二年ほど前にさかのぼる。

ある日のこと、澄音は宗佑と食事に行く約束があったのだが、時間になっても迎《むか》えに来ないのを訝《いぶか》り事務所を訪《おとず》れた。そして苦笑する香川に、なかに入って待っていてくれと招かれた。

——ちょっと面倒《めんどう》なお客さまだから、もう少しここで待っていてくれるかしら。頃合《ころあ》いを見て、澄音さんが来たって声をかけるから。

どういう意味だろう、と澄音が首をかしげると、パーティションの向こうからはしきりに喋《しゃべ》りまくる男性の声が聞こえてきた。

——先方もけっこう乗り気なんだよ。どうかな宇梶くん、べつにすぐのすぐというわけでもなし、会ってみるだけでも。

——ですから、わたしはまだそういうつもりはありませんし……。

——まあそう言わないで、こちらの顔も立ててくれよ。なにもすぐ結論を出さなくても。

(これって、お見合い?)

相手は言葉をうまく濁《にご》しているけれども、宗佑のうんざりしたような声から推察するに、どう考えてもそうだった。

一時期、宗佑が独立する前の上司だった男性に、彼はずいぶんと見合いを勧《すす》められていた。おそらくはなんらかのコネクションを作るための画策だったのだろうけれども、自宅や事務所に押しかけてまで話を進めようとする相手に、呆《あき》れたような困り顔をよくしていた。

目顔で香川に問いかけると、彼女もまた呆れたようにかぶりを振《ふ》ってみせる。どうやら香川も困惑《こんわく》しているらしいと悟《さと》り、しかたなく、彼女を相手にお茶を飲んでいた。

だが、相手は執拗《しつよう》で、のらりくらりと躱《かわ》す宗佑の態度にもめげようとしない。少しも話がとぎれなくて、切りあげようともしない。

（どのタイミングで、ぼく、出ていけばいいのかなあ）

このままでは食事の予約に間に合わなくなるのではないか。いっそ、無神経な子どものふりで自分が出ていってしまうほうがいいのかと、澄音が時計をちらちら眺《なが》めはじめたころ、さすがに業《ごう》を煮《に》やしたのだろう。

かつての上司相手に、とりつく島もない声で、宗佑は言ったのだ。

――いいかげん見合いは勘弁《かんべん》していただけませんか。わたしは現在、香川くんと交際していますし、それなりの予定もありますので。

ふだん穏《おだ》やかな宗佑にしてはめずらしい、吐《は》き捨てるような声だった。だがその声音《こわね》以上に、澄音は言葉の内容に驚《おどろ》いて、息もできないままでいた。

（交際？　それなりの予定……って）

一瞬《いっしゅん》、また発作《ほっさ》を起こしたのかと思うほど、息が苦しくなった。

そのころ澄音はすでに、ぼんやりと宗佑への気持ちを自覚しはじめていた。

だが、あくまで淡《あわ》い憧《あこが》れにすぎないとごまかせていた感情が、もはや取り返しもつかないほどの強いものなのだと思い知ったのはたぶん、その瞬間だろう。

うかがうように目の前の香川へと視線を向けると、彼女は苦笑を浮かべただけだった。ただぽつんと、澄音の問うようなまなざしに対して、はにかんだような顔でこう呟《つぶや》いた。

——先生も、困ったひとね。

落ち着き払《はら》った彼女の、照れたような困ったような声。その瞬間に覚えた絶望は、それからずっと澄音の心にしこりを残したままでいる。

そのせいでいまだに、とても誠実でよくしてくれる香川に素直《すなお》に接することができない。

「宗佑さん、いつ、結婚《けっこん》……するの？」

「さあ？　そんなことはわからないな。相手あってのことだしね」

胸苦《むなぐる》しさを隠して問いかけると、軽い笑いを含ませた声で彼は答えた。

やわらかく明るい、それだけに意図の読みとれない声に澄音がかすかに震《ふる》えると、宗佑はふっと表情を曇《くも》らせた。

「ほら、震えてる。やっぱり寒いんだろう。もう仕事は切りあげるからとにかく、おとなくしておいで」

「あ……あの」

そのあと、澄音になにを言う暇《ひま》も与《あた》えず、立ちあがった彼は早々に片づけに入ってしまう。

広い背中は澄音の紡《つむ》ぐ「否《いな》」など聞く気はないと告げていて、ため息をひとつこぼす以外に、もうなんの言葉も出なかった。

澄音は半分抱きかかえるようにして家に戻《もど》された。さすがに横抱きで運ぼうとする宗佑には、自分で歩けると強く拒否《きょひ》したけれど、ならば代わりに風呂《ふろ》に入らせると言われて拒《こば》めなかった。

「熱くはない？　流すからね」

「うん……」

泡《あわ》まみれになった頭を抱《かか》えられたままうなずいて、澄音はとにかく裸《はだか》の身体《からだ》を小さく縮めた。

さすがに宗佑が一緒《いっしょ》に入るというのは強固に拒んだので、彼は着衣のままだった。

だが、頭から丸洗いにされ、ときおり濡《ぬ》れたシャツが身体に触《ふ》れるとびくっとする。自分ひとりが肌《はだ》をさらしている事実を思い知らされ、全身を赤く染めたまま息を殺すしかなくて、泣きたいほど恥《は》ずかしかった。

（ほんとに弱い）

身体だけでなく心も弱い。情けなくてたまらないときつく目を瞑《つぶ》っていれば、髪を洗い流した宗佑が「もういいよ」と告げた。

「あとはよくあたたまって、出るときには言いなさい」

「はい……」

夕食の支度《したく》をするからと、濡れたシャツの腕《うで》をまくって宗佑は浴室を出て行く。そこでようやく、澄音は深々と安堵《あんど》のため息をついて、細い身体を湯に沈《しず》めた。

顔がのぼせそうに赤いのは、足指の間まで洗ってくれる宗佑の手の心地よさに、反応しかかった自分をどうにかこらえていたせいなのだ。

「ふつうじゃない、かあ」

しっとりと潤《うるお》った湯気のなか呟く、澄音の声だけが乾《かわ》いている。

——あの過保護っぷり見てると、脈はあると思うんだけど。

月花の指摘《してき》はある意味事実だろうと思う。

ふつう成人まであと数年という少年相手に、こんなにまで世話をするのは行きすぎなのだ。

宗佑の向ける愛情が、世間一般《いっぱん》の保護者にしては濃《こ》すぎるのは自覚している。

この浴室にしたところで、澄音のために暖房《だんぼう》設備まで導入し、湯冷めをすることなど万が一にもありえない状態に常に保たれている。マンションビルを購入《こうにゅう》した際にも、シックハウス症《しょう》候群《こうぐん》などにならないよう、壁紙《かべがみ》からなにから内装をまるごと改築させたのも知っていた。

スキンシップも多く、誰《だれ》よりも自分を優先してくれるそれは、たしかに少し「ふつうではない」と肌身に感じてもいる。

（こんなことばっかりされたら、期待しちゃうよ）

本音を言えば、ときどき、宗佑も自分を好きなのではないかと思うこともある。

けれど同時に、そう考えるのは自分が彼をそういう意味で好いているから、都合よく勘違《かんちが》いしているのではないかとも思え、だからよけいに澄音は混乱するのだ。

彼は香川とつきあっているはずで、けれど決定的なひとことを言われたわけでもない。

幾度《いくど》か、香川とのことについて遠回しに問いかけたことがある。そのたび、さきほどのように答えにもならない答えしか、宗佑からは返ってこない。

（まともに答えるまでもない、ってことなのかな……）

きっぱり否定しないところを見るに、察しろということなのだろう、とは思う。

なにより澄音を打ちのめしたのは、その事実を知る以前も以後も、ふたりの態度はまるで変わったところもなかったことだ。それが、もうすっかり落ち着くほどに長いつきあいであるのだと、澄音には思えてならない。けれど、つきあっているにしては、あまりに甘さを感じない。あれは結局、ただの見合いへの牽制《けんせい》なのだろうか。それとも、すべてが澄音の都合のいい勘違いなのだろうか。

「ねえ、どっち……？　宗佑さん」

好き嫌《きら》いで割り切れたらいっそよかった。彼が自分を好きなのは――愛してくれているのは確実で、けれどその意味合いが重すぎるから、子どものころのように無邪気《むじゃき》に問えない。

親子でも兄弟でもない、けれど他人と言うには密接すぎる関係のおかげで、身動きができない恋心《こいごころ》に、澄音は煮つまりきっている。

「どういうふうに、ぼくを好き……？」

問うても詮《せん》無い言葉が、湯気に混じって消えていく。宗佑自身にそれを届けることはできない。なぜならば答えは見えているからだ。

なにより欲《ほっ》して、けれどなにより残酷《ざんこく》な言葉を笑いながら宗佑は告げるに決まっている。

——俺は澄音の全部が大事で、好きだよ。

「……っ、そんなんじゃないのに」

甘く低い声さえも聞こえるようで、澄音は濡れた腕で目もとを覆《おお》った。

したたり落ちる水滴《すいてき》は、まるで流せない涙《なみだ》のように澄音の頬《ほお》を濡らして落ちていく。

唇《くちびる》だけが、皮肉な笑《え》みに歪《ゆが》んでいた。

＊　＊　＊

澄音がその日の授業を終え、敷地《しきち》内を横切って帰宅する途中《とちゅう》に見かけたのは、派手な女の子を連れた凱風の姿だった。相手も同時にこちらを視界に入れたようで、あっさりと長い腕をあげて近寄ってくる。

「おう、澄音。もう帰り？」

宗佑の甥《おい》である凱風はこの大学の芸術学部書道科の三年で、飛び抜《ぬ》けた長身にモデルめいた甘さのある顔立ち、そして——身持ちの悪さで、学内のちょっとした有名人だ。

非常に印象深い、くっきりとした二重《ふたえ》の目はやや垂れ目気味だが、ひどく鋭《するど》い。日本人にしては全体に色素の薄《うす》い彼は、虹彩《こうさい》の色が薄いせいか表情が読みづらい。モデルめいて整った容姿のせいも相まって、黙《だま》っているとひどく冷たそうにも見える。

おまけに凱風自身が他人との協調性というものに重きを置かず、非常にシニカル、かつぶっきらぼうな言動を取るため、慣れない人間にとってはいささか近寄りがたいタイプだろう。

だが、澄音にとっては兄のような幼馴染《おさななじ》みでもあり、彼の雑な言葉も性格も悪気はなく、ただ単に面倒《めんどう》くさがりなのだと知っている。なにより、あの宗佑の甥であるから、怖《こわ》くない。

「凱風くんはデート？」

「つか、いま帰り」

くあ、と眠《ねむ》そうにあくびをする凱風の目もとは赤い。澄音はうろんな顔になってしまう。

「帰りって……もう、午後だよ」

「だーから、朝帰りならぬ昼帰り」

しゃあしゃあと言ってのけた凱風は、この寒空にミニスカートを穿《は》き、デコルテゾーンを堂々と見せつけた女の子をその長い腕にぶらさげたままでいる。昨晩の所行を隠《かく》す気もない発言と、隣《となり》にいる女の子の顔が以前見た子と違うことに、澄音は二重に呆《あき》れかえった。

（なんでこう、オープンなのかなあ。凱風くんて）

来るもの拒まずというか、来るのが多すぎて振《ふ》り払《はら》うのがめんどくさいというか、とにかくモテまくる凱風だが、日替《ひが》わりの彼女らはその事実を知っているのか、いないのか。

なにより、一応未成年の親戚《しんせき》である自分の前で、堂々セックスしましたと言わんばかりの態度を取るのはどうなのだろうと、毎度ながら思ってしまう。

半ば呆れと感服を同時に覚えつつ、ちらっとそちらを見れば、化粧《けしょう》が少し濃い目のそのひとは澄音をうさんくさそうに睨《にら》んだ。

「ねえ凱風、これ、誰？」

警戒心《けいかいしん》もばりばりの態度に、澄音は苦笑《くしょう》が浮《う》かんだ。なぜか知らないが、凱風の彼女――それは日替わり状態だけれども――らに、いつも澄音はきらわれるのだ。

だが凱風が「親戚」と短く告げたとたん、彼女は笑顔を全開にした。そんな女の子の反応などどうでもよさそうに、凱風はだらだらと立ち話を続ける。

「つか、めずらしいなひとりで。月花どうした」

「今日は仕事だって……」

こんな話をしていていいのかと澄音は思うのだが、凱風は話を切りあげる気配もない。おまけに、親戚のひとことでいったんは納得《なっとく》したらしいけれど、こちらをうかがう彼女はあきらかに澄音を邪魔《じゃま》に思っているらしい。

(気持ちはわかるけど、ぼくを睨まないでほしいなあ……)

凱風の全体に気だるそうな空気が、昨晩の彼のすごした時間を物語る。色素の薄い目がじんわりと潤《うる》んでいて、まばたきをすれば長い睫毛《まつげ》が影《かげ》を落とした。

長めの髪《かみ》が乱れていて、それすらもさまになる。親戚という間柄《あいだがら》ながら、毎度無駄《むだ》に色気のある男だと思う。澄音はすでに慣れたのでどうという感慨《かんがい》もないのだが、こんな男が目の前にいたときに、女性が心中穏《おだ》やかならないだろうことくらいは、想像がつく。

「あの……凱風くん。デート中でしょ？　喋《しゃべ》ってて、いいの？」

澄音としてはこれ以上睨まれるのもいやだし、気を利《き》かせて言ったつもりだった。そうでないと、凱風はたぶん話をやめないし、彼女に延々睨まれるのは澄音だ。

そもそも澄音も、朝まで一緒《いっしょ》にすごしましたという意味がわからないほど、子どもでもない。かといってそれを平然と受け流すほど大人でもないので、いささか気まずいのだ。

凱風は基本的に空気を読むだとか、察するということをしない。本当は鋭いくせに、あえて見ないふりで傍若無人《ぼうじゃくぶじん》に振る舞《ま》うところがあるので、澄音も要求や言葉ははっきりするようにしているのだが、この場合は裏目に出たようだった。

「ああ、そっか。んじゃおまえ、帰れば？」

「……は？」

ぎょっとしたのは、凱風が帰れと言い放ったのは澄音にではなかったからだ。いまのいままで豊満な胸を押しあてるようにしていた女の子の腕《うで》を、いかにも億劫《おっくう》そうにふりほどき、彼はさらに言葉を重ねる。

「は、じゃねえじゃん。言ったまんま。もう、用もねえだろ」

当然、マスカラたっぷりの睫毛は忙《せわ》しなくまばたきを繰《く》り返し、きれいなルージュを引いた唇はひくりと憤《いきどお》りにひきつっている。澄音もまた、違う意味で顔をひきつらせ、青ざめた。

「ちょっと凱風、それどういう意味？」

「どうもこうも。俺こいつと話したいし。おまえ、邪魔だし」

邪魔という言葉に、彼女は本格的に澄音を睨みつけてくる。困惑《こんわく》して首をすくめれば、悪意の強いまなざしの前に凱風がすっと大きな身体《からだ》を割りこんだ。

「おい、睨んでんじゃねえよ。澄音がびびんだろ」

その庇《かば》うような態度も気にくわないのか、彼女は凱風の長い腕を摑《つか》んで、詰問《きつもん》するかのように語気を強める。

「……この子、なんなの？　親戚とか言ってたけど、いとことか？　それともそれ、嘘《うそ》？」

「嘘じゃねえけど、……おい澄音、俺とおまえってなんになるんだ？」

「なにって……な、なんだっけ？」

問われて、言葉に窮《きゅう》したのは、凱風との親戚関係が遠すぎてどう言うのが正しいのか一瞬《いっしゅん》わからなかったからだ。父の従弟《いとこ》の甥というのを表すのに、なんという言葉が適切なのだろう。

迷って言葉を探す澄音の態度に、彼女はなにか誤解したようで、血相を変えて詰《つ》め寄ってくる。

「ねえ、まさかあの噂《うわさ》ほんとなの？　凱風の本命は女じゃなくて美少年だって……」

「は、はい⁉　なんですかそれ」

今度は澄音が目を剝《む》く番だった。なにがどうしてそんな話になっているやら、と頭が痛くなっていれば、しれっとしたまま凱風は言う。

「噂は知らない。けど、なんにせよおまえが本命じゃないのはホント」

次の瞬間、凱風の頰が高く鳴った。ひゃ、と首をすくめたのは澄音ひとりで、叩《たた》かれた凱風は平然としたものだ。

「なんで叩くかな。だいたい勝手についてきたのそっちだろ。つか、うざいんだけど」

「黙りなさいよ、このヤリチン！」

「うっせえよ。ひとのこと言えるか尻軽《しりがる》」

「サイッテー！」

殺伐《さつばつ》とした言葉を交《か》わし睨みあったあと、ふん、と女のほうが顔を背《そむ》けて去っていく。呆気《あっけ》にとられた澄音の前で、凱風は凶器《きょうき》のような爪《つめ》のせいで疵《きず》のついた頬を軽くさすると、暫定《ざんてい》彼女のうしろ姿を見送りながらやれやれとため息をついた。

「腰《こし》立たねえって言うから送ってやったのに、元気だなあ」

「凱風くん……いまのはいくらなんでも、ひどいんじゃない？」

思わず目を据《す》わらせた澄音に「なんでだよ」と彼は悪びれない。

「ひどいったっておまえ、会ったその日にノリノリで腰振って乗っかってくる女だぞ？　俺が一方的に怒《おこ》られる筋合いねえよ」

「いや、だって、そういうの共同責任でしょ……」

それにしてもマナーはあるだろう、と澄音はくらくらする頭を押さえた。

「誰でもいいとか、そういうのよしなよ」

「なんだ、説教か？　澄音のくせに生意気」

にやにやと笑った凱風が澄音の髪をつまんで、からかうようにつんと引く。小さいころから見知っているせいか、凱風も澄音に対してのスキンシップは小学生レベルで気やすい。だが、女の子に対してあれほどそっけないくせに、澄音にだけは頭を撫《な》でたり髪を触《さわ》ったりということを人前でも平気でするから、皆勘違《みなかんちが》いしてしまうんではないのだろうか。

「説教とかじゃなくて。ぼく、凱風くんが変なふうに誤解されるのいやだよ」

「誤解ってヤリチン？　ま、それはあながち誤解ってんでも――」

「じゃなくて！　最低とか言われちゃう言動は気をつけなよ」

まじめに言っているんだと、澄音は背の高い青年に真摯《しんし》なまなざしを向けた。

「いったい、どうしちゃったの？　最近なんか、遊びかた、変だよ」

「……べつに変でもなんでもねえだろ。俺がこんななのは、前からだろ」

「そりゃそうだけど、ちょっと節操なさすぎるよ」

凱風の入れ食い状態は中学時代からすでにその片鱗《へんりん》を見せてはいたが、ここ数年とみにひどい気がする。どこかすさんでいるような、投げやりな遊びかたをするようなタイプではなかったのに、あえて揉《も》める種を自分でまいているような気がして、はらはらするのだ。

基本的に彼は器用だし、賢《かしこ》いことを知っている。自分に敵ができないように立ち回ることくらいできるはずなのに、あえてしていないような雰囲気《ふんいき》が、どうにも危《あや》うく思えてしまう。

「それに……ほんとに好きなひとができたときにどうするんだよ。そのひとにまで、だらしないやつだと思われたら、あとでつらいのは凱風くんじゃないか」

わかってくれと告げれば、彼はなぜかすうっと表情をなくす。見たことのない表情に、澄音は驚《おどろ》いた。

「……どしたの。ほんとに、なんかある？」

「なんでもねえよ。ちょっとそこで休もうぜ」

澄音が目を丸くすると、ごまかすように表情を変える。いつもどおりのシニカルな表情で彼が誘《さそ》ったのは、いつものカフェだ。あからさまなごまかしに、澄音は眉《まゆ》をひそめた。

（なんなんだろ）

凱風は大抵《たいてい》、しらけたような冷めた笑《え》みを浮かべていることが多い男で、表情からはその内心がうかがい知れないところがある。それがこういうふうに真顔になると、さらに近寄りがたい空気になって、そういうところも宗佑とよく似ていると思った。

「カフェオレでいいだろ」

「あ、うん」

ラウンジでさっさと澄音とふたりぶんの飲み物を頼《たの》み、日当たりのいい席を確保する凱風の大きな背中には、さっきの女の子に対して見せた面倒《めんどう》そうな気配はない。ごくあたりまえに澄音の世話を焼く彼に、ここにも過保護なのがひとりいた……と澄音は内心ため息をつく。

宗佑、月花、凱風。抜《ぬ》きんでて目立ち、なおかつ人並み以上の能力を持った人間で固められた周囲に、大事に大事にされている自分は、いつまで赤ん坊《ぼう》のままなのだろう。

ことに凱風は叔父甥《おじおい》という近い血のせいか、すらりとした長身のシルエットのせいもあるのだろう、ふとした仕種《しぐさ》が宗佑に似て思えるから、ときどき澄音の心臓に悪い。

宗佑の清潔な美貌《びぼう》とはある意味対極にある印象ながら、大柄《おおがら》でひと目を惹《ひ》くという意味では似ているのかもしれない。そして、女性が放《ほう》っておかないタイプであるところも。

（……そういえば、凱風くんならあのこと、知ってるかな）

ふとした連想に、澄音は前々から問いたかったことを凱風に投げかけてみる。

「ねえ、あのさ。凱風くんちも東京だよね、もともと。宗佑さんは違うけど」

「ん？　ああ。それがどした」

「いや……なんで宗佑さん、凱風くんちじゃなくって、うちに下宿してたのかなって」

凱風の父と、その弟である宗佑の実家は神戸にある。おまけに同じ親戚《しんせき》関係とはいえ、親等の問題で言えば澄音より凱風のほうが血のつながりにせよなんにせよ近い。

宗佑からすると凱風は直系の甥だが、澄音は縁戚《えんせき》のいとこの息子《むすこ》だ。これは従甥《じゅうせい》というらしいが、一般《いっぱん》にはその続柄を明確に表す単語さえぱっと出てこないだろう。

だから大学進学で上京した宗佑が下宿するとなれば、凱風の家に身を寄せるのがふつうではないのだろうかと、これは以前からの疑問だった。それに対し、凱風はあっさりと答えてみせる。

「あ、そりゃ話は簡単。俺んちの親父《おやじ》と宗兄さんが、当時大げんか中だったから」

「え、そうなの？」

まったく知らなかったと澄音が目を瞠《みは》れば「おまえ赤ん坊だっただろうが」と凱風は笑う。

「ま、つっても単に兄弟げんかの域で、すぐ和解したんだけどな。そもそも親父、婿養子《むこようし》なんでさ。うちに呼ぶのはいろいろ、ジジババの手前もあって面倒ではあったらしい」

とはいえ、優秀《ゆうしゅう》な宗佑は、凱風の両親やその祖父母にも覚えめでたく、本来なら数年間の下宿生活はつつがなく井上家で行われるはずだった。ところがその際に、下宿の費用を入れる入れないでまず宇梶の親と凱風の父が揉め、そこにもってきて飄々《ひょうひょう》とした宗佑にもともと思うところのあった凱風の父が、感情をぶつけてしまったのだそうだ。

「そんなこんなで受験直前に、えらいこじれて。でも進学だけは決まってるだろ。で、住むとこ探すまでの間、おまえんちにちょっと泊《と》まるはずだったのが……ずるずるいったらしい」

「ずるずるって、なんで？　だったらいっそ、ひとり暮らしすればよかったんじゃないの？」

幼稚舎《ようちしゃ》から聖上学院に通っている事実からでも、凱風の家が裕福《ゆうふく》なのは言うまでもない。

宗佑の実家にしても同じことで、だから彼は司法試験合格までの間も、なんら金銭面では苦労することなく勉強に打ち込めたという事実は知っている。

たぶん宗佑ひとりが暮らすためにマンションを借りるなり、あの祖父母ならば難なくできたはずだが、と澄音が首をかしげれば、凱風はめずらしく言いにくそうに口をもごつかせた。

「……なにか、あるの？」

いやな予感を覚えて問うと、ここまで言えば一緒《いっしょ》かとため息をついて、凱風は続けた。

「じつは、おまえんちってちょっと親戚の間でも特殊《とくしゅ》でさ。まあ、いまんとこ東京組がうちとおまえんちしかないからってんで宗兄さんも泊まったらしいんだけど……迷惑《めいわく》な顔をされたのはかなり、されたらしいんだよな」

「ああ……うん。そうだろうね」

それは納得《なっとく》、と澄音はため息をつく。すでに最近では顔も思いだせない両親だが、あのふたりがおそろしく個人主義的――悪く言えば自己中心的なのは、息子の澄音がいちばん知っている。しかし、となればますます疑問は湧《わ》いた。

「うち、絶対居心地悪いと思うもん。でも……じゃあなんで卒業までいたんだろう?」

ますますわからないと首をかしげた澄音に、凱風は苦い顔のままぼそりと言った。

「そりゃ、おまえがいたからだろ」

「え?」

「おまえが死にかけてたのって、八歳のときだけじゃねえって、知ってたか? そんでもって、それ全部宗兄さんが面倒《めんどう》見てたってのも」

さすがにそこまでは知らなかったと、澄音は目を瞠る。

「そんなに……何度も?」

「俺も当時のことはさすがによくは知らないけど。あとあと、うちの親父がおふくろ相手にぼそぼそ喋《しゃべ》ってたことつなぎ合わせると……おまえ、宗兄さんがはじめて緒方の家に行った日に、吐《は》いて喉《のど》つまらせてたんだと」

あまりつきあいのない親戚の家に泊まるだけでも肩身《かたみ》が狭《せま》かったというのに、訪問すれば穏《おだ》やかに迎《むか》えられるどころか、のっけからあの両親は修羅《しゅら》場《ば》の真っ最中。おまけにその横ではまだ二歳になるかならないかの澄音が、ひきつけを起こしていた。

「それでもけんかやめないんで、なんなんだと思って混乱しつつ、澄音抱《かか》えて病院に走ったのが宗兄さん。このままじゃ澄音が死んじまうって、真っ青になってたらしい」

「そんな……の、知らなかった」

出会いが死にかけていたなんて、まったく初耳だったと澄音は青ざめる。言わなければよかったか、という顔をしつつも、凱風はここまで言えば一緒だと思ったのだろう。

「それでまあ、緒方んちはなんなんだって、うちの親父にとりあえず話して。そんでまあ、うちで病院の手配はしたらしい。俺もガキのころのことで、そこらへんは聞いた話だけど」

当時十八歳の宗佑はさすがにショックで、けんかの最中であるのも忘れて、凱風の父に相談したそうだ。このままでは澄音が殺される。宗兄さんに、放っておいていいのかと。

「でもうちの親父は……ごめんな。宗兄さんに、やっかいごとはほっとけって言ったらしい」

「ううん。ふつうそうだと思う」

親戚関係というのはときに、こじれれば、他人より面倒なことになりかねない。通常の場合凱風の父親の判断が常識的なわけで、澄音もそれについて恨《うら》むような気持ちはなかった。

「でも、宗兄さんとしてはほっとけねえからって、残ることにしたんだとさ。学生がひとんちの事情に首突《つ》っこむなって、親父はそうとう怒《おこ》ったらしいけど聞かなくて……あれは半分、意地もあったんだろうなあ」

そのおかげで宗佑はますます凱風の父親とは揉めたらしいが、ついに澄音を引き取るに至っては、周囲ももう好きにしろと末弟を放置することにしたらしい。

「あとはおまえの知ってるとおり。いまに至るまで、嬉々《きき》としておまえの保護者やってるよ」

少し喋りすぎたという顔の凱風にかぶりを振《ふ》って、澄音はうつむいたまま深々と息をついた。

「そう。……そんなに前からぼく、迷惑かけてたんだね、宗佑さんに」

「迷惑、とは思ってねえと思うけど」

気にすんな、と頭を軽くはたかれたが、澄音は素直《すなお》にうなずけなかった。

「だってそのせいで、おじさんとけんかしたんでしょ？」

「つったって俺とかおふくろとはつきあいあるし、ありゃ親父が怒ったポーズ取ってねえとさまになんねえだけの話だ。つうか、おまえに対する宗兄さんの溺愛《できあい》っぷりは、すでに病気の域だと思うぜ、俺」

「病気って……」

皮肉に凱風は笑うけれど、澄音は少しも笑えない。どころか、溺愛という言葉に重さばかりを感じて、つらくなる。だがそのままを見せるわけにいかず、表情をごまかすと、ふっと顔をしかめたまま、凱風は問いかけてきた。

「おまえのほうこそ、息苦しくねえの？」

「なにが？」

「正直なとこ、もう十八にもなって、門限決められてんのはどうよ」

「だってしかたないよ。どこかで具合悪くなっても怖《こわ》いし」

もっと自由になりたくはないのかと問う凱風に、澄音は曖昧《あいまい》にかぶりを振り、笑う。なにかをあきらめたような目をした澄音の顔をじっと見つめたあとに、凱風はぽつりと言った。

「……おまえのそれって、どこまで病気？」

「え？」

探《さぐ》りを入れるかのような言葉に、どきりとする。強《こわ》ばった澄音の、ほんのささいな表情さえ見落とすまいとするように、凱風はその目を鋭《するど》くした。

「診断《しんだん》では、もうだいぶ小児喘息《しょうにぜんそく》の症状《しょうじょう》はおさまってるって聞いたんだよ。けどまだ発作《ほっさ》が起きるのって、やっぱストレスだろ。だから訊《き》いてんだよ。過保護にされすぎても自家中毒は起きるぞ」

「自家中毒って……そんなんじゃ、ないよ」

まるで宗佑こそが澄音のストレスの原因かのように言われて目を瞠れば、凱風はどこかもどかしげな顔で、苦い声を発した。

「ストレッサーってのは、無意識にあるのがいちばんやっかいなんだよ。もっと、宗兄さんに遠慮《えんりょ》してねえで、自由にやってみたらどうなんだよ」

考えたこともないことを言われているのに、どうしてか澄音の胸には焦《あせ》りにも似た不安が拡がっていく。まさかと笑い飛ばしたいのに、凱風は追及《ついきゅう》の手をゆるめなかった。

「つか、お目付にって、俺がいる学校に放りこむ時点でふつうじゃないだろうよ」

「う……ん」

呆《あき》れたように凱風が言い放ったのは事実だ。澄音が宗佑に引き取られたのち、この学校に編入することになったのも、そこに凱風が幼稚舎からいたから、という理由なのだ。

最初に引き合わせられたとき、中等部に進んでいた凱風は、小柄《こがら》な澄音からすれば大人みたいな体格に見えた。

――いい？　なにかあったら凱風になんでも言いなさい。

——げえ、うっぜえ。なんで俺がガキの面倒見なきゃなんねえの!?

整ってはいるがくせのある派手な顔立ちを歪《ゆが》め、吐き捨てた凱風に澄音は怯《おび》えたが、そんな甥《おい》を宗佑はひと睨《にら》みで黙《だま》らせた。

——ガキがひとのことをガキと言うな。これは命令。凱風は好きに使いなさい、澄音。

——ちょっと宗兄さん、横暴!

ぎゃあぎゃあと抗議《こうぎ》した凱風だが、所詮《しょせん》大人に勝てるものではない。なにより、しゃれにならないくらいにしょっちゅう倒《たお》れる澄音を知ってしまえば、彼も面倒を見ざるを得ない、というところで、いまではすっかり月花についで、保護者その二と化している。

「凱風くんにも迷惑だよね……なんかあるたび、呼びつけられて」

「ああ、まあな。女とホテルにいたのにおまえが貧血起こしたせいですっ飛んで行く羽目になるし。……明石《あかし》には説教されるし」

いやなことを思いだしたと、凱風は舌打ちをして顔を歪める。そして澄音はますます小さくなった。

「明石くんにも、今度また、謝らなきゃ……」

明石頼《らい》というのは凱風の友人で、高校から聖上に入った外部生だ。凱風と同じく大学部書道科の三年だが、いわゆる委員長タイプの優等生で、きまじめで少しかたいところがあるが、基本はやさしく面倒見がいい。

凱風を呼びだしたそのときも、月花と明石と三人でこのカフェにいたのだが、急に冷えこみのきつくなった外気温に澄音が貧血を起こし、明石が凱風の携帯《けいたい》に連絡したのだ。

「……ぼくも明石くんくらい、しっかりしてればよかったな」

端整《たんせい》な顔の明石は、なんでもてきぱきこなしてしまう。だからこそひとに、その名前のとおりに頼《たよ》られてしまうらしいが、いつも涼《すず》しい顔でやりすごす。彼の作品も見たことがあるけれど、清冽《せいれつ》な明石らしいきれいな書で、教授の覚えもめでたく、外部生らしく成績も優秀《ゆうしゅう》。これという特技らしいもののなにもない澄音は、少し羨《うらや》ましい。

凱風や宗佑ほどではないが背も高く、すらりとしたバランスのいい明石の体格に、月花とどっこいの身長しかない澄音は憧《あこが》れるものがある。

「かっこいいし、頼れるし。明石くんみたいになれたら、きっと誰《だれ》にも迷惑《めいわく》かけないよね」

しょんぼりと澄音が呟《つぶや》けば、凱風はなぜか苦笑《くしょう》した。

「頼れる、ねえ。あいつあれで、けっこう抜《ぬ》けてるぞ」

「え？　嘘《うそ》」

「ほんと。キャパ限界まで抱《かか》えこむから取りこぼしはあるし、融通《ゆうずう》はきかねえし。そのくせクソまじめだから、他人に頼るとかそういうのもぜんぜん、思いつきもしねえ」

ばかなんだ、と告げるわりにどこか凱風は楽しげで、しかし同時に苦々しそうでもあった。

「もうちょっと、要領よくすりゃいいってのにさ。すぐテンパるし、見てらんねえよ」

「凱風くんは、明石くんのこと心配してんだね」

「……え」

ぶつぶつ言うわりには、どこか情の感じられる声に澄音が思わず笑うと、凱風はふっと目を瞠《みは》り、口をつぐんでしまった。

（あれ……なんだろ）

その微妙《びみょう》な表情は、さきほど「本気で好きな相手ができたらどうするのだ」と澄音が問いかけたときのものと、少し似ている気がする。いずれにしろ、長年のつきあいである澄音でさえ、あまり見たことのない顔、そして聞いたことのない声だった。

「心配、とかじゃねえよ。イラっとすんの」

「でもそのわりに、よくつるんでるじゃない。親友っていうの？　いいな」

澄音は病弱なせいか同世代の男子とあまりうち解けられず、もっとも親しいのは月花だ。明石と凱風のように、言いたいことを言いあって、それでも仲良くしていられるのは羨ましい。

だがそれに対して、凱風はますます苦い顔で吐《は》き捨てた。

「べつに親友とかじゃねえよ。そんなサムいもんになりたいわけじゃ、ねえし」

「じゃあ、なんていうの？」

凱風らしくもない、曖昧な声。ますます不思議で澄音がじっと年かさの青年を眺《なが》めると、彼は一瞬《いっしゅん》だけ目を伏《ふ》せたのち「なんだろうな」と呟く。だがその言葉について澄音が言及《げんきゅう》するより早く、彼は表情も声もいつものとおりになってしまった。

「……ま、おまえには無理だろ。ああいう苦労性《しょう》のいいひと系になるには、心も身体《からだ》も基礎《きそ》体力が必要だし」

「無理かあ……そうだよね」

　切って捨てられ、澄音はなんだかがっかりしてしまう。凱風はそんな澄音に小さく笑ったあと、「それはともかく」と表情をあらためた。

「いまの状態じゃあ、軟拘束《なんこうそく》受けてんのと一緒《いっしょ》だろ？　ちょっと遅《おそ》くなったり、なにかありゃ、俺のところにエマージェンシーコールで、生活時間もなにもかも決められて――」

　話がもとに戻《もど》ってしまった。けれどそれ以上を追及されたくはなく、澄音はにこっと笑う。

「ごめんね、凱風くんにも、いっつも面倒かけて」

「……んなこと言ってんじゃねえんだけどよ」

　意図的に澄音がはぐらかしたのはわかったのだろう。ぴくりと眉《まゆ》を寄せた凱風はなおもなにか言おうとしたけれど、結局は口をつぐんだ。

（そんなに、縛《しば》られて見えるのかな）

　それとも凱風は、諾々《だくだく》と宗佑の言うままますごす澄音を、気概《きがい》が足りないと責めているのだろうか。たしかに彼のように、ある種傍若無人《ぼうじゃくぶじん》なまでに好き勝手生きるタイプの青年からすれば、いつまでもおとなしいいい子ちゃんでいる自分は情けなくも歯がゆいのだろう。

「……やっぱり、ちゃんとしないとね」

「なにか言ったか？」

　目を伏せてぽつりと呟いたそれは、凱風には聞き取れなかったようだ。なんでもないよとかぶりを振《ふ》り、澄音は無理に作った笑《え》みを浮《う》かべる。

「そろそろぼく、帰るね。凱風くんもちゃんと授業受けたほうがいいよ。……あ、そうだ。カフェオレ、いくら？」

「うっせえよ。単位は足りてるからいいんですー。おまえに金出させたりしねえよ、おごりだ」

「ありがと、ごちそうさま。じゃあね」

ぺしっと軽く頭をはたかれ、笑いながら手を振った。だが凱風に背を向け、カフェをあとにしたとたん、澄音の顔からはいっさいの表情が消えていく。

「どうすれば、いいのかな」

ひとり呟いて、寒さのせいばかりでなくひきつる頬《ほお》をさする。もういまは、笑っていいのか、泣いていいのかさえ少しもわからなくて、今日はひとりでよかったと思った。

（宗佑さんはやっぱり、ぼくの親みたいな気分で、いるんだろうな）

凱風の話に、澄音はあらゆる意味でとどめを刺《さ》された気分だった。物心ついて以来の甘さは、結局澄音の願ったような――都合よく解釈《かいしゃく》しようとしていたような、恋情《れんじょう》からのものなどではない。経験から来る、必然の危機意識だったのだ。

初対面から何度も何度も死にかけて、しかもそれを親に見放されていた子どもを相手にして、どうやったら冷たく接することができるというのだろう。ことに宗佑ほど情の厚い男であれば、責任感も相まって、過保護になるのはあたりまえだ。澄音の件で実の兄、凱風の父親との関係までこじれたというのなら、凱風の言ったとおり、宗佑自体が意固地になっている部分もあるのかもしれない。

(恥《は》ずかしい)

ちょっとは好きでいてくれるのだろうかなんて、どこまでおめでたいのか。

つきんと胸が痛くなって、そこを押さえれば軽い咳《せき》がひとつ出た。だがそれを必死に呑《の》みこみ、ぐぐっと鳴る気管支をこらえて、押しこめる。咳を頻発《ひんぱつ》するとそのうち、痙攣《けいれん》を起こしたり肋骨《あばらぼね》を折ることさえあるので、多少の不快感は堪《こら》えるくせがついていた。

(こんなふうに、気持ちも呑みこんでしまえればいいのに)

胸からこみあげてくる痛みをやりすごす方法は覚えたのに、恋心《こいごころ》だけはうまくいかない。

——もっと、宗兄さんに遠慮《えんりょ》してねえで、自由にやってみたらどうなんだよ。

凱風はああ言うけれど、澄音は自由になんかなりたくはない。いつまでも宗佑に子どものように甘えて、彼の腕《うで》のなかだけですごしたい。縛られるならもっといっそ、どうしようもないほど縛られたいのに、それが無理だとわかっている。

「あきらめたい、なあ」

年が明けて春になれば、推薦《すいせん》の確定している澄音はほぼ自動的に聖上学院大学へと進学する。そうなってしまえば腰《こし》の重い自分はまた踏《ふ》ん切りがつかなくなって——いずれ宗佑が香川なり、ほかの誰かと結婚《けっこん》する日まで、あの居心地のいい場所にしがみついてしまうだろう。

宗佑のことだから、たとえ妻帯者になったところで澄音に出て行けとは言うまい。むしろ本当に、奥さんになるひととふたりで、我が子のようにかわいがってくれるのだろう。

(耐《た》えられないよ、そんなの)

自虐的《じぎゃく》な想像に昏《くら》い嗤《わら》いをこぼして、澄音は地面をじっと見つめたまま歩く。いつの間にか自宅付近までたどり着いていて、そういえば、この土地に事務所をかまえたのも、澄音が通学に楽なようにという、宗佑の配慮《はいりょ》だったことを思いだした。

(ぼくは宗佑さんに、どれだけ与《あた》えられてきたんだろう)

そのうえ彼の気持ちまで欲しいなどと、いいかげん望みすぎなのだ。

自嘲《じちょう》を浮かべてふと顔をあげた瞬間、通りの向こうではちょうど事務所のドアが開き、宗佑が壮年《そうねん》の男性を伴《ともな》ってなかから出てくるのが見えた。

「あ……」

声をかけようとして果たせず、とっさに澄音は脇道《わきみち》に身体を隠《かく》してしまった。

どうして自分がそんな真似《まね》をしたのかもわからずうろたえていると、あとを追ってきた香川が宗佑に「先生」と声をかける。

「すぐそこまでと言っても、冷えますから。ちゃんとお召《め》しになってください」

「ああ、すみません。ありがとう」

ゼニアのコートを手にした香川が宗佑の広い背中に質のいいそれを着せかけ、マフラーを整える慣れた手つきで、宗佑もそれをあたりまえのように受けとめている。

(な……)

衝撃《しょうげき》に目を瞠っていると、傍《かたわ》らにいた恰幅《かっぷく》のいい男性が微笑《ほほえ》ましいような、あてられたような顔で笑っている。

「いやはや、お熱いことで……いいですね、お若い方は」

「なにをおっしゃるんですか、斉藤《さいとう》さん」

冷やかすような男性の声に、香川が苦笑《くしょう》を浮かべた。書類袋《ぶくろ》を手にしている宗佑は香川にいくつかの連絡事項《れんらくじこう》を言づてたのちに、背を向けた。

「それじゃ行ってきます。打ち合わせが終わるのが少し遅くなるので、澄音にはそう伝えて」

「了解《りょうかい》いたしました。いってらっしゃいませ」

どうやら仕事関係の相手なのだろう男性と、なにかむずかしい話をしながら去っていく宗佑の足取りは速い。すっきりとしたコートを翻《ひるがえ》しながら歩く彼を見送って、澄音はじくじくと疼《うず》く指先をきつく握《にぎ》りしめた。

香川と宗佑の、あんなやりとりははじめて見た。

(ひょっとして……ぼくに、遠慮していたのかな)

いままで、一度としてあんな慣れたそぶりなどしたこともなかった。けれどそれはもしかすると、子どもな自分の前で見せるには、よくないことだとでも思っていたのかもしれない。そう思うと、意味もなく、乾《かわ》いた嗤いがこぼれていく。

「……はは。もう、決定的じゃん」

身支度《みじたく》を整える彼らの一連の動作は、ごく近しい男女の親しげな様子がうかがえるもので、澄音にはとても自然な光景に見えた。だが、それだけに息が止まりそうなほどの衝撃を受けたのも事実だ。

もしも宗佑が結婚したら、あんな姿を毎日のように見なければならないのだ。それだけではなく、澄音には見えないどこかであの長い腕は、澄音に与えるのとはまるで違《ちが》う意味合いで女性を抱《だ》きしめ、そしてそれ以上の親密なことも――。

「いやだよ……そんなの」

想像しただけで胸が破れそうだった。ひゅっと喉《のど》が鳴り、いやな兆候《ちょうこう》の咳が溢《あふ》れだすのを今度こそ止められない。

(痛い、痛い)

激しく咳《せ》きこんでいると肺が破れそうな痛みが襲《おそ》ってきて、いっそこの苦しさのまま死んでしまえたら楽なのにと、そんなばかなことを考えた、そのときだ。

「……澄音さん? ちょっと、だいじょうぶ⁉」

香川の声が、荒《あら》い呼吸と咳の音の合間に聞こえた。おそらく、咳きこんだ澄音に気づいて、来てくれたのだろう。ほっそりとして見えるのに案外と強い力で、彼女はうずくまる澄音を引き寄せ、抱きかかえるようにして事務所へと連れていく。

何度も澄音の発作《ほっさ》に立ち会っているというだけではなく、有能な香川の処置は早かった。加湿器《かしつき》をソファの前に置き、澄音のために用意されている毛布で身体《からだ》をくるんだあとに、吸入器を口元へとあててくる。

「だいじょうぶかしら。苦しかったらお医者さまを呼ぶから……それとも、先生を呼びましょうか?」

「っ……い、らない」

心配そうに背中をさすってくれる手のぬくもりに、なんの淀《よど》みもないだけに苦しい。きっと彼女なら、澄音のような邪魔《じゃま》な子どもがいたところで宗佑とうまくやっていけるだろうし、家庭もあたたかいものが作れるのだろう。

（いやだ、いやだ、いやだ！）

それがたまらなく苦しくて、やさしい手を力なく振《ふ》り払《はら》い、澄音は小さく身体を丸めた。

「……っといて……！」

「ああ、ごめんなさい。そっとしておいたほうがいいのね？」

癇癪《かんしゃく》を起こしたような態度に怒《おこ》りもせず、やさしく微笑んだ彼女は「お茶を淹《い》れるからね」とその場を離《はな》れていく。そのことでますます澄音は追いつめられ、自己嫌悪《けんお》に沈《しず》みきった。

（ぼくは、最低だ）

なんの罪もない香川にやつあたりして、なんていやな人間なのだろう。そこで笑って流してしまえる彼女にくらべて、本当にどうしようもなく情けない。

香川は、宗佑が事務所をかまえる前からの知人らしい。有能な秘書で、独立するにあたって宗佑みずから引っぱってきたのだと聞いていた。たしかに彼女であれば、公私にわたって完璧《かんぺき》なパートナーになるのだろう。

澄音のことも熟知しているから、きっと結婚したところで邪険《じゃけん》にすることもなく、穏《おだ》やかに気遣《きづか》ってくれて、やさしくしてくれて――宗佑の妻として、姉のように母のように、大事にしてくれるだろう。

(そんなの、いらない)

いずれ来るのであろう、宗佑が誰《だれ》かのものになる日に怯《おび》え続けるより、もうさっさと逃《に》げてしまいたい。決定的ななにかが訪《おとず》れるのだとしても、目の前で見るのは耐えられない。

(もうだめだよ、月花。助けて)

心のなか、誰より澄音を理解している幼馴染《おさななじ》みに縋《すが》った。そうしてすぐ、ひとに頼《たよ》る自分が情けなくはあっても、どうしていいのか本当に、わからなかった。

身体だけでもなく、心まで弱い自分が、本当にきらいだと心底思った。

一日も早くこのあたたかい、そして息苦しい場所から逃げだしたい。思いつめる澄音の瞳《ひとみ》には、苦しい涙《なみだ》が滲《にじ》んでいた。

＊　　＊　　＊

ひさしぶりの発作に苦しんだ翌日。澄音は、月花のマンションへと赴《おもむ》いた。

発作を起こしたことを、宗佑には絶対に言わないでくれと香川に頼《たの》みこんだ。そうでなければまた、しばらく外出も、学校へ行くことさえも許可されなくなってしまうからだ。

「この間の件、ちょっと早めたいんだ」

これから仕事の打ち合わせがあるという月花はせっせとメイクに爪《つめ》の手入れをしていたのだ

が、澄音の言葉に手を止める。

「冬休みあたりから月花の家に居候《いそうろう》、できないかな。ほんとに、しばらくでいいんだけど」

思いつめた顔で打診《だしん》すると、女ともだちは一瞬《いっしゅん》黙《だま》りこみ、じっと澄音の目を見つめてきた。

「なに。本気？」

「うん、本気。あと、カムフラージュの件も、お願いしていい？」

「んー、まあいっけど……」

「どうせ年明けからは自由登校になるし。その間に、ある程度の荷物運んで来ちゃいたいんだ」

自分から言いだしたくせに戸惑《とまど》ったような顔をして、月花は整えた爪のさきにコーティング剤《ざい》を塗《ぬ》りつける。

「あんたにしちゃずいぶん、急ぐわね」

「……急ぎたいんだ」

本当ならもう今日からでも、この部屋に住み着いてしまいたい。女子高生がひとり暮らしをするには広すぎる5ＬＤＫをぐるりと見まわし、澄音は呟《つぶや》く。その憂《うれ》いを含《ふく》んだ横顔を物思わしげに見つめていた月花は、ふっと乾きかけの爪を吹《ふ》いただけで、なにを問うこともしない。

「んじゃま。とりあえず交際宣言でもかましとく？」

けろりとした口ぶりが、むしろ澄音をほっとさせる。了承《りょうしょう》を得られたことに安堵《あんど》して、強《こわ》ばっていた肩《かた》の力を抜《ぬ》いたけれど、そこにはまたべつの重さがのしかかる。

こんなくだらない真似《まね》に大事な友人を巻きこんで、嘘《うそ》をついたまま、あのやさしいひとから逃げるのだ。あたたかく居心地のいい巣のなかから、羽根も生えそろわないまま飛び立つ雛《ひな》のように不格好に。

「忙《いそが》しいのにごめん。よければ、都合のいい日にでも宗佑さんの事務所に来てくれたら……助かるけど」

澄音が肩をすくめれば、コート剤の上からさらになにやら塗りつけている月花は、真剣《しんけん》な顔で自分の爪を見つめながら呟く。

「あら、直《じか》に言う気？　だめよそんなの」

「え、どういうこと？」

「こういうのは、他人の口から耳に入るほうが真実みが増すの。だから宗佑さんに直に言うんじゃなくって、まずは……そうね、明石くんと凱風あたりに言いにいこ。そんで凱風の口から宗佑さんの耳に入れればいいじゃん」

突拍子《とっぴょうし》もない月花の提案に、澄音はあんぐりと口を開けた。

「ま、待ってよ。凱風くんはその、証人になってもらうにしても、なんで明石くんまで巻きこむの？　関係ないじゃん」

ちょっとなんだかおおげさな話になりはしないか。第三者までおおっぴらにするとなれば、逆に面倒《めんどう》な気がすると澄音が眉《まゆ》をひそめたが、「だからこそよ」と月花は言う。

「凱風だけだとやらせくさいじゃん。あいつ勘《かん》だけはいいから、なんか勘づくかもしれないし。それに明石くんの反応も見たいし」

「反応って……」

「あのひとまじめだからさー。こういう色恋沙汰《いろこいざた》に関しては疎《うと》そうだし、おろおろしたりしたらかわいいかなと思って」

できた、とネイルアートのほどこされた爪を満足げに眺《なが》めた月花は澄音の顔など見てもいない。

「月花、そんな理由なの？」

「だって、あんたの延々煮詰《につ》まった愚痴《ぐち》を聞くのも飽《あ》きたし。少しくらい引っ掻《か》き回したいじゃん、いろいろと」

なにをどう引っ掻き回すつもりなのだろう。きれいなグラデーションを描《えが》いた爪を眺める美少女モデルの真意がわからず、澄音は途方《とほう》にくれた。

彼女がどうしてこんなお膳立《ぜんだ》てをしようとするのか、正直まったく、わからない。

（なに考えてるんだ、いったい）

もしかして本当におもしろがっているだけなのか。お気に入りの明石をからかうネタにする気満々の月花をうろんに眺めれば、シャドウを入れなくても青みがかった、うつくしい瞼《まぶた》を伏《ふ》せた月花はぽつりと言う。

「……あたしはいいよ。ほんとにどこにも行くとこなくなったら、澄音がうちに来たってかまわないよ」

「月花……？」

「逃げるのは好かんって言ったけど。本気で消えようとしてるやつほっとくほど鬼《おに》じゃない」

そのひとことにはっとすれば、月花はじっと澄音を見つめていた。澄音が上辺でごまかし続ける本音も、投げやりになりかけている心も、見透《みす》かすように。

「澄音、いい？　あんたが宗佑さんから逃げるのはもう、好きにしていい。けどあたしまで捨てたら本気で怒るからね」

「捨てるなんて、そんな」

「あんたって思いつめそうだから。全部放《ほう》り投げて誰も知らないとこに行きたいとか、そんなこと考えてる気がしたの」

「そこまで、考えてるわけ、じゃ――」

言いかけた唇《くちびる》は奇妙《きみょう》なふうにひきつって歪《ゆが》み、澄音の言葉を封《ふう》じこめる。やはり彼女はなにもかもお見通しだったのだと、自分の浅さに嗤《わら》いがこぼれた。

（ばれてた、か）

本当は月花の家にも、そう長くいるつもりはなかった。あてがあるわけではないけれど――無事に宗佑から預金やそのほかのものを引きだし、なんらかの生活基盤《きばん》が整ったなら、彼を知るすべてのひとたちの前から消えたいと考えていた。

「あんた、あんなきまじめな明石くんに、自分の勝手で意味もなく嘘ついて、それで平気で逃げられるなら、逃げてみなさいよ。やれるもんならやりなさいよ」

「月花……」

「あんたはもうちょっと外に関《かか》わりなよ。あたしを巻きこんで、明石くんに嘘ついて、凱風に嘘ついて、宗佑さんから逃げて。それで罪悪感持って、少しは縛《しば》られればいいのよ。それで何年か経《た》って、あれは嘘でしたごめんなさいって、言えばいいのよ」

言葉もなく、澄音は月花の強いまなざしの前でうなだれる。澄音の弱くずるい逃げを許さないと、どんな方法であれ枷《かせ》を作ってやると、めちゃくちゃな言い分で告げる月花に、なんだか泣きたくなってしまった。

事実、こんな茶番劇を仕立てあげる意味などどこにもない。反応を見たいだけなら、ただ澄音が宗佑に、彼女ができたとひとつ嘘をつけばそれで終わるだけの話だ。

けれど、それだけではだめなのだと月花は知っていた。こんなくだらない真似に引きずりこみでもしない限り、澄音がどこへ消えるかわからないと、とっくに見透かしていた。

「言っておくけど、あんたみたいな苦労知らず、ひとりでなんて生きていけるわけないからね」

「ひどいなあ」

笑いながら、じんわり涙ぐむ。この行動派の勝ち気な女王さまは、本当にえらそうでしっちゃかめっちゃかで、それでも澄音のことをたぶん、とても大事に思ってくれているのだ。

「事実よ。それに、そんなことしたらあたし、泣くからね」

絶対許さないからねと、ぴかぴかの爪をつきつけて月花はきっぱり言い放つ。

「あたしの親友ってあんたしかいないんだから。どんなにぬるいつきあいの連中、山のようにいたって、あたしがほんとの本音で物言えるの、澄音しかいないんだからね」

「……うん」

小さいころから不規則なモデルという職業柄《しょくぎょうがら》、同世代の女の子と月花はあまり仲良くできなかった。いまはだいぶ自分でスケジュールも調整するようになったけれど、時間が取れたところで、彼女の飛び抜けた容姿と、辛辣《しんらつ》な言動のせいで女の子たちはどこか一歩引いたままでいる。

同じように身体《からだ》が弱く、友人ができにくかった澄音と月花とは正反対のようでまったく同じものを抱《かか》えていて、だからこんなに長い間、お互《たが》いを大事にしてきたのだ。

「わかった。逃げるなら、月花のところに逃げてくる」

「そうしなさい」

ぺたりと床《ゆか》に座った月花の手を取る。ほっそりときれいな指には桜色のネイルアートがあって、大人の女のひとみたいだなと思う。けれどやわらかい感触《かんしょく》はなにも変わらなくて、最初に手をつないだころの、小さな爪《つめ》をどうしてか思いださせた。

「澄音が大人になって、就職さきもなくって、だーれももらい手なかったら、あたしが結婚《けっこん》してあげる。だからちゃんと、見えるとこにいなさいね」

「うん、ありがと。……でもなんかそれ、変じゃない？」

なにも変じゃないわよと微笑《ほほえ》んだ月花と両手を握《にぎ》り、額をあわせたままくすくすと笑った。いたずらの共犯者のような表情にほんの少しだけ胸を軽くしてもらったようで、ありがとうと小さく呟いた澄音の頰《ほお》に、月花はじゃれつくようなキスをした。

家族のような、ただあたたかい情だけのこもった、やさしいキスだった。

＊　＊　＊

逃《に》げ場になってくれると親友に約束してもらった翌日。思い立ったら吉日《きちじつ》だと、澄音は凱風らのいる大学部の構内へと脚《あし》を運ぶことにした。

一緒《いっしょ》に行くと言った月花は、この日も仕事で少し遅《おそ》くなるらしかった。学校に来るのは午後からになるし、それまで待てと言われたのだが、澄音のほうが「自分で言う」と言い張ったのだ。

——こういうのやっぱり、男のほうから言うべきじゃないかなと思うんだけど。

——なんかそういうの、あたしとあんたでいまさら感ばりばりなんだけど……。

変なこだわりだね、と笑った月花だが、いずれにしろ時間の都合がつかないということで、あとから顔を出すと言ってその場は引っこめてくれた。

(だって、これはぼくの嘘《うそ》だから)

本当に無駄《むだ》なこだわりだが、最初から最後まで月花を巻きこみたくはない。せめて口火を切る瞬間《しゅんかん》くらいは、自分ひとりで背負いたかった。

「さむっ……」

この日は昼から急に冷えこみがきつくなり、まだコートを着るほどではないと判断したのは失敗だったかと澄音は思う。昨晩、大学にちゃんと来るかを確認《かくにん》するために電話した凱風にも、くれぐれも薄着《うすぎ》をするなと注意されていたのだが。

（平気だと思ってたのになあ）

だんだんと指がかじかんできて、指先の震《ふる》えがひどくなった。どうもこれは寒さのせいだけではなく、異様に緊張《きんちょう》しているせいもあるのだろう。

「……っ」

けん、と喉《のど》の奥が鳴った。先日香川の前で倒《たお》れて以来、どうもいまひとつ気管支の調子もよくない。鬱々《うつうつ》と考えてしまうせいで、また弱っているらしい。

発作《ほっさ》の予兆が来た気がして、澄音は少し急《せ》いた足取りで明石らのいる研究室へと向かう。

清潔でまっすぐな目をした彼に、これから自分がつく嘘をどうか見破られませんように、と祈《いの》りながら足早に歩けば、次第《しだい》に呼吸が乱れてくる。

（やばい、かな……倒れちゃ、しゃれにならない）

嘘をつくことに慣れていないため、朝から変な緊張を覚えている。芝居《しばい》じみた交際宣言など正直滑稽《こっけい》だとも思うし、空回りしたらただの道化《どうけ》だ。けれどそれでも、こんなばかな方法でも、なにかのきっかけになればと思いつめている自分が本当はいちばん、滑稽なのだろう。

それでもいまさら後戻《あともど》りはできない。ここでくじけてはきっと、また臆病《おくびょう》な自分は後込《しりご》みして、せっかくの覚悟《かくご》が砕《くだ》けてしまうと、こみあげてきた痛みを呑《の》みこんで、澄音は脚を速めた。

松下《まつした》研究室、というプレートのかかった部屋。

墨《すみ》のにおいがする書道科の研究室は、明石が詰《つ》めっきりになっていて、澄音たちもよく遊びに行かせてもらっていた。だが、たかがドアをノックするだけでこんなに緊張したのははじめてだ。

「……こんにち……は」

おずおずと扉《とびら》を開けると、さっと視線をめぐらせて明石と凱風の姿を確認する。昨晩も遅くまで遊んでいたらしい凱風は、部屋のソファでだらしなく転がっていて、澄音が来ても起きる様子はない。

(どうしよう……)

同時に話を聞いてもらわなければ意味がないのに。のっけで狂《くる》った段取りに青ざめると、奥のデスクで作業をしていた明石がさっと近づいてくる。

「ああ、澄音くん。いらっしゃい」

すらりとした長身に、凛々《りり》しくすっきりとしたきれいな顔立ち。さらさらの髪《かみ》は清潔そうなのに、なめらかな頬にはいままで作業していたせいか、小さな墨の汚《よご》れがあった。きりりとした顔立ちにはその、子どものような汚れが不似合いなようでいて、妙《みょう》なおかしみを感じさせる。

(そういえば、凱風くんが言ってたな。案外、明石くんは抜《ぬ》けてるって……)

彼がいつでも清廉《せいれん》な印象なのは、こんなふうに本人が自分の容姿に頓着《とんちゃく》がないせいもあるのだろう。涼《すず》しげなたたずまいに、笑いをこぼそうとした澄音は喉の奥がひゅっといやな音をたてるのに気づいた。

（まずい）

肺から気管支にかけて、ひどく濁《にご》った空気がこもっているような違和感《いわかん》。発作の前兆に気づき、澄音はいよいよ青ざめる。

「どうしたの？　顔色悪いよ」

「だいじょうぶ……です」

明石は、澄音の顔を見てふと眉《まゆ》を寄せた。心配そうな表情に、ずきずきと、心臓がいやなふうに跳《は》ねはじめる。

澄みきった明石のまなざしの前に、急に自分がとんでもなく、滑稽であさはかなことをしているのではないかと感じられた。

（ぼくは、いったい、なんで）

こんなにも取り乱して、茶番に明石を巻きこんで、いったいなにをしようというのだろう。

それでもいまさら引っこみもつかず、澄音は気力を振《ふ》り絞《しぼ》って声を出そうとする。

「ちょっと……報告したいことが、あって……」

だが、結局は脆弱《ぜいじゃく》な神経が負けたようだ。ぜひゅ、ぜひゅ、と不規則で乱れた呼吸がはじまり、手足が痺《しび》れて貧血のような状態になる。思わずその場にうずくまると、明石が血相を変えて近寄ってきた。

「澄音くんっ!?　おい、だいじょうぶかっ」

きんと耳鳴りがして、明石の叫《さけ》ぶ声が一瞬遠くなる。がたがたと全身が震えだし、ここまでひどい発作は久々だと思った。呼吸ができない、息が苦しい。ぐらっと目の前がかすみ、ブラックアウトする寸前、誰《だれ》かの怒鳴《どな》り声がした。

「なにぼーっとしてんだっ、どけ！」

「あっ……！」

「おい、だいじょうぶか？　澄音。飛ぶなよ、息しろ、ゆっくり」

うろたえていた明石を押しのけ、凱風が澄音を抱えあげる。胸を押さえ、ぜいぜいとあえぐ小さな身体を横抱《よこだ》きにしたまま、いままで自分が転がっていたソファへと横たえようとしたとき、研究室のドアが開いて月花が顔を出した。

「月花、手貸せ！　毛布かなんか用意して、あと加湿器《かしつき》あるか、明石！」

「あ、ああ」

ばたばたと、周囲の人間が慌《あわ》ただしく動く気配がする。けれど苦しさに目も開けていられない澄音は、なにをすることもできず、ソファのうえで小さく身体を丸めるだけだ。

「ちょっと、夕方に発作ってやばくない？」

「今日は冷えるっつって注意しといたってのに、こんな薄着すっからだ……吸入器出せ、月花」

発作に慣れきった幼馴染《おさななじ》みふたりの声が聞こえ、澄音は苦しい息の下《もと》、声もなく繰《く》り返す。

（ごめんね。ごめんなさい）

こんなことに慣れさせて、手間ばかりかけて。ひきつった喉を掻《か》きむしりたいような気持ちのまま、手足の痺れを覚えた澄音は、その目にうっすらと涙《なみだ》を滲《にじ》ませた。

部屋のなかには、加湿器の噴《ふ》きだす蒸気が満ちる音がする。ようやく呼吸もおさまり、吸入器を口にあてた澄音は毛布でぐるぐる巻きにされ、凱風と月花の小言を甘んじて受けていた。

「だから言ったろ。今日は冷えこむからあったかくしとけって」

「そうだよ、ぜんぜん言うことききかないんだから」

「……ごめん」

きつい顔で責められても、なにも言い返すことはできない。まだようやく呼吸が落ち着いてきた程度で、あまりはっきり喋《しゃべ》ることができないせいもあるが、なにより、気負って空回りして発作を起こした自分がいちばん、恥《は》ずかしかった。

ことに、月花は呆《あき》れ顔を隠《かく》そうともしていない。意地を張ってもあんたの気合いなんてその程度よ。そう言いたげな目でちろりと澄音を見やり、あからさまな明るい声で切りだした。

「そういえば、もうふたりには言ったの？」

「……まだ」

結局、彼女に口火を切らせたことも、いまの状況《じょうきょう》も申し訳なくなりつつ、吸入器の手放せない澄音は小さくかぶりを振るしかない。

「俺らに話？　なんのことだ？」

妙な含《ふく》みを持たせた月花と澄音の態度に、凱風は怪訝《けげん》そうな顔を見せた。

「あたしと澄音がつきあうことになったって話」

明石はさきほどの澄音の発作がショックだったのか、少しばかり疲《つか》れた顔で成り行きを見守っていたけれども、しらっと告げた月花の声にさすがに目を瞠《みは》る。

「つきあうって……澄音くんと？　ええと、それって」

「もちろん男女交際の意味よ」

ふふん、と自慢《じまん》げに髪を揺《ゆ》らした月花に、凱風は一瞬眉《まゆ》をひそめ「なんの冗談《じょうだん》だよ」と吐《は》き捨てた。

「おまえと澄音が？　なにトチ狂ってんだ、月花。笑えねえぞ」

「だって冗談じゃないし。だいたいここ笑うとこじゃないし」

「——おまえなに考えてんだ？　澄音」

口を尖《とが》らせた月花に取りあうこともなく、凱風は真剣《しんけん》な顔で澄音を見つめてくる。色の浅い瞳《ひとみ》がなにかを見透《みす》かすように強く澄音を捕《と》らえた。

「男女交際って、どういう意味かわかってんのか」

「わかってるよ……ちゃんと。いろいろ考えてる」

「そーよ。同棲《どうせい》だってしちゃうんだもんね」

なにかに挑《いど》むような口調で月花がさらに言いつのると、凱風はますます納得《なっとく》がいかないという顔になる。

「同棲だ？　なんだそれ。おまえ、……宗兄さんち、出る気なのか？」

そこだけ声をひそめた凱風は、やはりなにかに気づいている。内心ではぎくりとしたけれど、吸入器に口をあてたままの澄音は目を伏《ふ》せ、それ以上なにも答えることはしなかった。

（ほんとに、鋭《するど》いよね）

他人事《ひとごと》などどうでもいい、という顔をしていながら、凱風はときおりひとの心を読んだようなことを言う。

「だいたい、なにがどうして、よりによって月花だよ。ありえねえだろそれは」

強情《ごうじょう》な、と言いたげに澄音を睨《にら》み追及《ついきゅう》してくる凱風のそれに、月花が眉をつり上げる。

「なによその言いぐさ！　ひどくない？　なんでありえないのよ、どういう意味よ」

「うっせえなあ、おまえは。話ややこしくなるから、ちっと黙《だま》っとけ」

「はあ？　なにそれ、えらそうに。このエロ魔神《まじん》が」

「うるせえな腹黒ドチビ！」

ぎゃんぎゃんと月花が噛《か》みつくのは、おそらく矛先《ほこさき》を逸《そ》らすためであったのだろう。ほっと息をついた瞬間《しゅんかん》、小さなくしゃみがでて澄音は震《ふる》える。すると、ふわりとあたたかなものに包まれる感触《かんしょく》があった。

「……寒い？　もう少し毛布、持ってこようか」

「あ……もうだいじょうぶです。すみません、心配かけて」

心底案じるような声を発する明石が、少しぎこちない手つきで毛布をかけ直してくれる。健康な彼にとっては、発作《ほっさ》を起こして倒《たお》れる人間など目《ま》の当たりにしたのははじめてだったのだろう。明石のほうこそ顔色が悪く思えて、なんだか申し訳なくなった。

まっさきに澄音のそばに駆《か》け寄ったのに、なんの処置もできなかった自分を悔《く》やんでいるのが、その清廉《せいれん》な顔立ちに浮《う》かぶ複雑な表情に見てとれる。明石が気まずく思うことなどなにもないのに――と考え、澄音はふと、凱風の見せた不可解な態度について思った。

（そういえばさっき、凱風くん、ちょっと明石くんのこと見てたな……）

月花が男女交際だと宣言した瞬間、なにかをたしかめるかのように彼は明石を振り返った。あれはおそらく、なぜ彼がいるこの場で――という疑問があったせいに違《ちが》いない。

それくらい、月花と自分の『交際宣言』はあまりにも不自然で、おかしなものだ。他人事に興味のない顔をしつつ、目端《めはし》の利《き》く凱風に違和感を覚えられてもしかたがない。

まして先日、自分が宗佑の重荷でしかないのではという話もしてしまっている。おそらくは澄音と月花の、あからさまであさはかな狙《ねら》いなど、彼はもうおおよそを推察しているはずだ。

「澄音」

名を呼ばれ、澄音は縋《すが》るような目を凱風に向けた。熱っぽく潤《うる》み、必死になるその目のなかにあるものを読まれたくはない。けれど、いまはこれ以上の追及はしてほしくない。

（お願い。だまされて。そうじゃなかったら……協力して）

凱風の冷たく映る、色の薄《うす》い瞳をじっと見つめ、澄音は訴《うった》える。ややあって、彼は深々と吐《と》息《いき》したあと、念を押すかのように問いかけてきた。

「ほんとにいいんだな」

「うん……もう決めたんだ」

短いそれだけの会話で、お互《たが》いが共犯関係になったことを知る。薄く嗤《わら》った澄音にふたたびため息をつくと、凱風は「わかった」と肩《かた》をすくめたあと、澄音の頭を乱暴に撫《な》でる。

「ならいいよ。病院寄ってから帰れよ。——月花、あと任せた」

OK、と微笑《ほほえ》む月花の目もまた、凱風と同じ色に光っている。

状況のわからない明石ひとりが、よくわからない成り行きに小首をかしげ、どこか不安そうなまま三人を見つめていた。

＊　　＊　　＊

夜になり、ぐったりと自室のベッドに横たわった澄音は、無駄《むだ》な疲労感《ひろうかん》を持てあましていた。

（なんだか、ばかみたいだった）

ただただ空回り、緊張《きんちょう》しすぎて発作まで起こして、結局は月花と凱風に場を取り繕《つくろ》わせただけの結果に終わった『偽装《ぎそう》工作』は、いまだに澄音の胸に重くしこりを残していた。

基本的にひとがよく、言葉の裏を疑わない明石はともかくとして、間違いなく、凱風にはなんらかを企《たくら》んでいることはばれているだろう。

（でも、あれなら……協力してくれるよね、凱風くん）

おそらく彼は、発作の報告と同時に宗佑になにかあったかと、問いかけるくらいはするだろう。その流れで宗佑に無事、今日の出来事が伝わってくれればいい。だがこれで、彼が黙りこくっていたら、まったくの徒労だ。

(どうなるんだろうな。あんなばかな真似《まね》までして、無駄だったら)

下手な芝居《しばい》を打ったせいか、澄音が妙《みょう》な罪悪感に胸を騒《さわ》がせていると、玄関《げんかん》の開く音がした。

「ただいま。澄音？　寝《ね》てる……？」

「……っ」

ほどなく、宗佑の帰宅を知らせる声が聞こえた瞬間、澄音は飛びあがりそうなくらいに胸を高鳴らせた。

「う、ううん。起きてる」

ベッドのなかでもぞりと寝返りを打てば、宗佑は心配そうに声をひそめて近寄ってくる。熱はないのかと探《さぐ》るように、ひんやりとした大きな手が額に触《ふ》れて、澄音はぐっと息を呑《の》んだ。

「ひさしぶりにひどい発作だったらしいね。凱風から連絡《れんらく》があったよ」

「う、……うん」

そのひとことに、どきりとする。凱風はちゃんと、澄音が倒れたことのついでに、月花とのあの交際宣言についても、宗佑に伝えてくれただろうか。それとも――と思わず身がまえた澄音に対し、宗佑はいつもとなんら変わりのない声でこう告げた。

「明日は念のため、病院に行くかい？　熱はどう？」

「う、ううん。明日は、月花と一緒《いっしょ》に……登校する、約束してるし」

「そう？　平気ならいいんだけれどね」

宗佑のあまりに平静な態度に、澄音は内心焦《あせ》りを覚えた。髪《かみ》を梳《す》き、額に触れてくる宗佑の態度も表情も、あまりに平静だ。

「ゆっくり寝なさい。じゃあ――」

「あ、あの、宗佑さん！」

待ってくれとシャツの袖《そで》を摑《つか》めば、いつもどおりの穏《おだ》やかな顔をした宗佑が「なに？」と微笑んでくる。

「き、聞いてないの？　凱風くんから」

「なにを？」

「その、ぼくと、月花――」

もごもごと口ごもった澄音の心臓は、引っかけのようなことをしているやましさと期待、そして不安で張り裂《さ》けそうになっている。

(どっち。どっちなんだ)

まさかあの発作のこと以外、凱風はなにも伝えていないのだろうか。だとしたらまったく見当違いの方向に意気込んだことになってしまう。だが、それならばまだましだ。

(それとも、もう知ってるの？　それで、なんとも……なんにも、言ってくれないの)

もしも月花とつきあうということを聞き及《およ》び、そのうえで宗佑がなんの反応も見せてくれないのだとしたら。

（そうしたら、ぼくはどうすればいいんだ……）

不安感に、胸が潰《つぶ》れそうだ。こんな調子ではまた発作が起きてしまいそうだと、胸の上あたりのシャツをぎゅっと握《にぎ》ってうつむいていると、宗佑はあっさりと、残酷《ざんこく》に、こう告げた。

「ああ。つきあうようになったんだってね。おめでとう」

「え……」

それは、ある意味では予想はしていた。けれど本当に聞きたくはなかった言葉を耳にして、澄音はすうっと血の気が引くのを感じた。

（やっぱり……こうなのか）

見こみのない賭《かけ》だと思いつつ、やはりどこかで期待していたのだとその瞬間澄音は思い知る。発作を起こしたときよりなおひどい、血の気の引いていく感覚に、まばたきさえ忘れて宗佑の顔を食い入るように見た。

（なんで、笑ってるの。どうして……）

灯《あか》りもつけていなかった部屋では、宗佑の表情に落ちる影《かげ》が濃《こ》くて、本心まで読みとることはできない。笑《え》みを浮かべているのはわかるけれど、暗がりに浮かぶその曖昧《あいまい》な笑顔に、澄音は闇雲《やみくも》な焦燥感《しょうそうかん》と不安だけを覚えた。

そうして凍《こお》りつく澄音には気づきもしないかのように、宗佑は穏やかに言葉を続ける。

「月花ちゃんみたいな子じゃあ、ライバルも多くて大変だろうね。しっかり捕《つか》まえておかなきゃだめだよ、澄音。そうそう、それに彼女はけっこう強気だけれど、やっぱり女の子なんだから、いろんな意味でしっかりしないとね」

「そ……」

ごくあたりまえの、年長者としてのアドバイスと励《はげ》まし。穏やかな声で紡《つむ》がれるそれは、澄音の耳にはまるで死刑《しけい》宣告のように響《ひび》いた。そしてようやく、認識《にんしき》したくなかった言葉のすべてが、胸の奥に落ちてくる。

宗佑のシャツに縋っていた手が、力なく落ちた。ベッドのうえにへたりこんで、澄音は力なく、意味もない笑みを浮かべた。

「そう……だね。身体《からだ》も……気をつけ、ないと」

「明日は迎《むか》えに行ってあげたりするの？」

「そ、そう、しようと、思って……るよ」

あはは、と低い嗤いがこぼれて、ばかみたいだなと思った。

（やっぱり、そうだよね。あたりまえだ）

あまりにも正しい反応を見せる宗佑に、もう涙《なみだ》も出ない。結局、試《ため》すも試さないもないのだ。宗佑にとっては手のかかる子どもに一人前に彼女ができて、むしろその成長にほっとしてさえいるのかもしれない。

少しだけでも、寂《さび》しいとか――反対してくれるんじゃないかとか、そんな有りもしない期待を抱《いだ》いた澄音が、ただ都合のいい夢を見ていただけなのだ。

（やっぱりだめだったよ、月花）

さらさらと、砕《くだ》けた心が砂のようにこぼれ落ちていく感触《かんしょく》だけを胸に覚え、澄音はうつむいたままわななく声を発した。

「……それ、でね。あの。相談、あるんだけど」

「なに？」

もうそれしか、自分には残されていない。乱れそうな息を必死に整え、澄音はできるだけ明るく——浮《う》かれているように聞こえる声で、最後の切り札を切った。

「高校を出たら、月花と一緒に……住みたい、んだ。だからぼくの名義のお金とか、そういうのあったら……いいかげん自分で、管理したいんだけど」

きっとこれも、自由にしなさいと言うのだろう。むしろ、ひとりだちにはいい機会だとでも宗佑は笑うかもしれない。そう思っていた澄音の耳に、意外な言葉が聞こえた。

「なにを言ってるの？　そんなことだめに決まってるだろう」

「え……」

さっくりと却下《きゃっか》されて、澄音は呆然《ぼうぜん》とする。驚《おどろ》いた顔を向けると、宗佑は呆《あき》れたようにあっさりと、こう言った。

「未成年が同棲《どうせい》なんて早すぎるよ。月花ちゃんの家に転がり込むことになるんだろう。それにいまの澄音の状態じゃ、なにかあったって責任は取れない」

いかにももっともな意見ではあった。けれど一瞬《いっしゅん》だけ、もうとうに砕けたはずの期待が顔をもたげたあとなだけに、澄音の心はさらなる絶望感に真っ暗になる。

「それに、なにか間違《まちが》いが起きたらどうするんだ？　まだきみたちは社会的には若すぎるんだよ。べつに急いで一緒に暮らしたりしなくても、ふつうにデートすればいいだろう」

「……間違い、て、宗佑さん。それどういう意味？」

まさか宗佑は月花と澄音がつきあうという意味を、ただ健全に手をつないでデートするだけの関係だとでも思っているのか。

いったいどこまでこのひとは、澄音を子どものままだと思っているのだろう。いっそおかしささえこみあげ、挑戦的《ちょうせん》に光る目で澄音は宗佑を見あげた。

「あのさ。一緒に住むからセックスするわけじゃないよ。いつだってそうしたいから住みたいって言ってるんだ」

「……澄音」

露骨《ろこつ》なことを告げた澄音をたしなめるように、眉《まゆ》をひそめた宗佑は静かな声で名を呼んだ。

いつもならばそれで黙《だま》りこむしかない澄音は、しかし今回だけは聞けたものかと嘲弄《ちょうろう》するような笑みさえ浮かべる。

「だいじょうぶだよ、月花だってまだ子どもなんか欲しくないだろうし、ぼくだって一緒だ。ちゃんと避妊《ひにん》はするつもりだし」

言いながら、胸のなかで月花に百回くらい「ごめん」と呟《つぶや》く。こんな当てこすりのために、大事なともだちを貶《おとし》めるようなことを口にする自分がたまらなくいやで、澄音の表情はどんどん歪《ゆが》んでいった。

けれど、これだけは、この嘘《うそ》だけはつき通して、ここから逃《に》げていかなければならないのだ。そうでなければもう壊《こわ》れてしまうから、どうしても——この、最後の嘘だけは、宗佑に信じてほしかった。

「だいたい、ここんちにいたら、忙《いそが》しい月花とはなかなか会えないし……だったら一緒に住んだほうが、いろいろ都合がいいでしょ。それに宗佑さんだって、そのほうがいいんじゃない」

言外に、宗佑自身が女を連れこむこともできるまいと告げれば、彼は深々と息を吐《は》きだしたあと、呆れたように言った。

「澄音。なにをふて腐《くさ》れているかわからないけど、悪い子ぶるのはよしなさい」

「……悪い子、ぶる、って。なに、それ」

そのひとことに、ぶっつりとなにかが切れた。

挑発にさえ乗らないのか。結局はその程度にあしらってさえおけばすむと、きっと高をくくっているのだろう。

澄音がなにを思い、どうやったらこのあさはかで見こみのない恋《こい》を捨てようと苦しんでいるかなど、彼にとってはきっと理解もできないことだ。わかっているけれど、感情はもう止めようもなく、澄音は声を荒《あら》らげた。

「そっちこそ、いつまでもひとを赤ん坊《ぼう》みたいに扱《あつか》うのやめろよ！」

「澄音？」

「もういいよ、宗佑さんがぼくのこと、ぜんぜんわかってくれないってことだけは、よくわかったから！」

本音を交えたやつあたり。大声で怒鳴《どな》ると、澄音はベッドから起きあがる。そのままずかずかとクローゼットの前まで進むと、着替《きが》えのシャツを手に取り、パジャマを脱《ぬ》ぎ捨《す》てた。

「澄音？　なにをするつもり？」

「出てく。もういい、話しようと思ったのがばかだったっ」

こんなことを叫《さけ》ぶこと自体が子どもの証拠《しょうこ》だとわかりながらも、澄音は止まらない。

本当はもうあとちょっとで、泣いてしまいそうだから逃げるのだ。

（相手にもされてない。言葉も、届かない）

せめて強がるポーズくらい取っていなければ、せっかくこんなばかな方法で粉みじんにした恋心がまた、性懲《しょうこ》りもなく疼《うず》いてしまいそうになる。

急《せ》いた手つきで着替えをあさる澄音の震《ふる》える指を、しかし残酷にも宗佑が捕《と》らえる。

「澄音。少し落ち着きなさい。べつに交際に反対しているわけでもないし、同棲は早いと言ってるだけだ。だから――」

「うるっさいなあ！　もうほっとけよ！」

肩《かた》に置かれた手を払《はら》い落とし、いまにも涙が溢《あふ》れそうな目で宗佑を睨《にら》みつける。

交際に反対しているわけじゃないなんて、そんないちばん言われたくないことを言わないでほしい。もう呆れて放《ほう》り投げていいから、お願いだから触《さわ》らないでと身をよじった。

「澄音、ちゃんと話を聞きなさい」

「どうせ、宗佑さんにはぼくの気持ちなんかわかんないよ！」

「だからなにをそう拗《す》ねてるんだ。それに、そんな寒い格好をするんじゃない」

「拗ねてるわけじゃない！　もうほっとけっていっ……！」

興奮したせいか、半裸《はんら》の姿で暖房《だんぼう》も入れない部屋に立ちすくんだせいなのか、また喉《のど》の奥が鳴りはじめる。どうしてこう脆弱《ぜいじゃく》なのかとおのれが呪《のろ》わしくなりながら、慣れた痛みを覚える胸を掻《か》きむしれば、宗佑が肩を摑《つか》んだ。

「言わないことじゃない。ベッドに入りなさい」

「やだっ……月花のとこに行く……！」

咳《せ》きこみつつも、澄音は抵抗《ていこう》する。だが、すぐにふりほどけると思った腕《うで》は存外に強く、まるで突き飛ばすかのようにベッドへと倒《たお》された。

「痛い……っ」

「おとなしくしないからだろう」

感情の読めない平坦《へいたん》な声で宗佑が言う。こちらの言動に呆れているのかそうでないのかわからないが、表情さえ動かすこともないまま静かに見下ろされ、澄音はむなしさを覚えながらも手足をばたつかせた。

「放《はな》して……放せよ！　どけったら！」

こんなにいやな気分で宗佑と接したことも、またこれほど荒っぽい手つきで強引《ごういん》に扱われたともない。そのいずれもが哀《かな》しくて、結局堪《こら》えていたはずの涙《なみだ》がじんわりと滲《にじ》んだ。

「そんな体調で月花ちゃんのところに行っても、どうせセックスもなにもできないだろう」

「それ、だけじゃ、ない……っ」

息を荒らげつつ、のしかかるようにして押さえつけてくる宗佑の腕に抗《あらが》う。けれど悔《くや》しいことに、どんなに澄音が暴れようと宗佑の身体《からだ》はびくともしない。

おまけに表情だけは静かな宗佑は、まるで追いつめるかのように澄音へといやなことばかり言ってくる。

「だけじゃない？　なにが？　澄音が言ったんだろう、そういうこともろくにできないから家を出たいと」

「変なふうに要約するなよ！　ぼくは月花が好きで、一緒《いっしょ》にいたいから……っ」

だから出ていく、と言いかけたとたん、肩にひどい痛みが走った。宗佑の大きな両手が、澄音を捕《つか》まえ、ベッドに縫《ぬ》い止めるようにして押さえつけている。

（どうして）

なにかがおかしい。そう思って見あげたさきには、冷静な――状況《じょうきょう》を鑑《かんが》みればおかしいほどに恬淡《てんたん》とした、彼の顔がある。

どう抗っても淡々と押さえつけるばかりの宗佑が、次第《しだい》に怖《こわ》くなってきた。いままでに知らない宗佑の顔がちらちらと見えるようで、澄音にはまるで知らない男のひとのようにも思える。

「本当に好きならそんなに焦《あせ》ることはない。それに、性的な欲求で先走った恋愛《れんあい》なんか、すぐにだめになるよ?」

「な……っ、そんなんじゃ、ない……っ」

なにより、こんな厳しい、ひどいことを言う宗佑など澄音は知らない。月花と澄音の間にあるものを、こうまで錯覚《さっかく》と決めつけるような物言いは、いかにも彼らしくない。そう思って見あげたさきの彼は、見たこともないほど冷たい目をしていた。

「どうしてそんなに機嫌《きげん》が悪いんだ。なにを反抗《はんこう》してる?」

そろりと頭を撫《な》でられた。いつもの仕種《しぐさ》なのに少しも安らぐ気持ちにはなれないまま、ふいと澄音は目を逸《そ》らす。

「わかるね澄音。恋愛とセックスはイコールじゃないけど密接なものだ。十代のうちはそういうものに惑《まど》わされやすい。だからこそ気をつけないといけないんだよ」

暴走する若者を止めるのは大人の役目だなんて、そんな言葉が聞きたいわけじゃなかった。第一もう澄音は抵抗もしていない。さっさとどいてくれないかと、自暴自棄《じぼうじき》の末のひどく冷めた気持ちで澄音は思う。

「……じゃあぼくは、いちいちセックスしますって宗佑さんに言わないといけないの」

「そんなことは言ってないだろう」

言ってるじゃないかと、いままで彼に見せたこともない、自分自身浮《う》かべたこともなかった皮肉な嘲笑《ちょうしょう》で、澄音は言い放つ。

「いいよ。健康管理も宗佑さんの義務だものね。それが身体に悪いっていうのなら、言うとおりにするよ。それでいいんだろ」

「そういう言い方はよしなさい、似合わないから」

「じゃあどういうのがぼくなんだよ！　なにも知らないくせに！　もういいかげん、放せよ！」

いまこうして押さえつけられているだけでも、身体が反応しそうになっている。ひどいことばかり言う唇《くちびる》に、自分のそれを吸ってほしいと思っている澄音のことなどなにも知らないくせにと、滲んだ涙で赤らんだ瞳《ひとみ》のまま彼を睨んだ。

「……なにも知らないのは澄音だろう」

「いっ……」

長い指が裸《はだか》の肩に食いこんだ。宗佑の拘束《こうそく》はどんどん力を強めていて、どうやったらこれから逃《のが》れられるのかと身じろいだ澄音のうえで、彼はさらに顔を近づけてくる。強引に目をあわせられて、澄音は冷たく光るような宗佑の目力に凍《こお》りついた。

（なに？　なにか、怒《おこ》ってる？）

あまりにも聞きわけのないせいで、本気で気分を害したのだろうか。さんざん反抗しておいていまさらながら、冷ややかな表情を見れば胸がふさぐ。結局は——彼に好かれたいという気持ちを捨てきれていない自分がひどく惨《みじ》めで、澄音はきつく唇を噛《か》んだ。

「避妊《ひにん》するなんて、そんなことをちゃんと澄音ができるとは思えないね」

本当は誰《だれ》かと寝《ね》たこともないんだろう。言外に指摘《してき》され、かっと頬《ほお》が熱くなると、そこを静かな所作で撫でられ、ささやかな接触《せっしょく》だというのに声が出そうになった。

宗佑はからかうような笑《え》みを浮かべているのに、どこか怖い。すうっと目を細めたままの彼が、半裸の自分へのしかかってくるこの体勢にいまさら気づくと、ますます羞恥《しゅうち》がひどくなる。

「まったく。子どもはこれだから困る。変な知恵《ちえ》ばかりつけて、少しも目が離せない。……困った子だね澄音、どうすれば言うことを聞いてくれる？」

顔を逸らしたままの澄音の、頬のごく近くで囁《ささや》くように告げる声にぞくりとした。こんなときでさえも、彼の低い美声は澄音にとって毒のように甘い響《ひび》きを持っている。

（なに、考えてるんだ……ぼくは）

産毛《うぶげ》をかすめるような吐息《といき》がまるで澄音の肌《はだ》を舐《な》めるようで、反射的に震えた肌はどうか寒さのせいだと思ってほしい。

「っじゃ……宗佑さんが、教えてでもくれるの」

「なに？」

「ぼくは子どもで、避妊方法もなにも知らないんだから。大人がそんなの、教えてくれればいいんじゃないの」

皮肉のふりで放った自分のあさましい発言に、死にたくなった。できもしないくせにと、せせら笑いながら、本当は触《ふ》れてほしいと思っているくせに。

（見苦しい。ぼくは）

頼《たの》むからもうこれ以上、いやなことを言わせないでほしい。ここで呆《あき》れて突《つ》き放してくれれば、澄音ももうあきらめる。そう思って、できるわけもないだろうと挑発《ちょうはつ》する澄音の前で、宗佑はふっときれいな目を細め——言った。

「ああ。……そうだね、そうしようか。そうすれば俺も安心だ」

「え……?」

「ちょっと待っていて」

唐突《とうとつ》に、宗佑は身を起こす。澄音は目を瞠《みは》り、ぽかんとなった。なにをどうするつもりなのか、いまの台詞《せりふ》はなんなのか——と思いながらも、あわてて脱《ぬ》ぎ散らかした服を手に取った。

(いまのうちに、逃《に》げよう)

なんだかわからないけれども、いまがチャンスだ。財布もなにもなくていい、身ひとつで飛びだしてタクシーでも拾えば、月花があとはどうにかしてくれる。

「……っ!」

「なにしてるの、澄音」

急いでシャツを羽織り部屋を飛びだそうとした瞬間《しゅんかん》、すぐそこにたたずんでいる宗佑の姿に悲鳴をあげそうになった。

「待っていてと言っただろう? ベッドに戻《もど》って」

「あ、さ、寒いから……服を」

戻ってきた宗佑に不思議そうな声を出されて澄音は硬直《こうちょく》する。しどろもどろに言い訳したのはなぜだろう。さきほどのように、もう出ていってやるなどと、とても口に出せない。

「ああ、そうか。それはすまなかったね。でも、服はいらないよ」

薄暗《うすぐら》い部屋のなか、じりじりと近寄ってくる宗佑はドア越《ご》しの逆光のせいで表情が読めない。どうして、と思っているうちに、肩《かた》に引っかけただけだったシャツを、やさしい手つきでまた払《はら》われた。

「どうせ汚《よご》れるから、脱がなくていい。もうさっき暖房《だんぼう》はいれたし、じきに熱くなる」

「なに……が」

そうして、宗佑の長い腕《うで》が澄音の肩を抱《だ》き、もう一度ベッドへと連れ戻されてしまう。自分の体重できしんだスプリングの音が異様に大きく響いて聞こえ、澄音は固唾《かたず》を呑《の》んだ。

「なん……なに？　なにするの」

片手になにかを持っている宗佑に、なにとはわからないまま、いやな予感がした。無意識のままベッドのうえであとずさった澄音は、背中に壁《かべ》の感触《かんしょく》を覚えてはっとなる。

逃げようと思っていたのに、逃げられない。このままいてはまずいのに。漠然《ばくぜん》とした恐怖感《きょうふかん》に肌がそそけ立ち、全身が震《ふる》えはじめる。

「宗佑さん、それ、なに……？」

きっと彼は自分が消えても追いかけたりはしないはずなのに――この、見たこともないほど怖い笑顔の男は、いったい誰だろう。怯《おび》えながら、とにかく気を逸らそうと問いかけた澄音の曖昧《あいまい》な笑みに対し、宗佑はその手を掲《かか》げてみせた。

小さなビニールパッケージ。四角い包装のなかに円形状の凹凸《おうとつ》がある。避妊具としてもっともポピュラーなそれは、むろん澄音も知ってはいる。

「スキンだよ。見たことくらいはあるだろう？　つけかたまでは、まだ知らないだろうけど」

たしかに教えてみればとは言った。けれどまさか、そんな――と硬直する澄音へ、いつものようにやわらかに微笑《ほほえ》んだ宗佑は、笑顔と裏腹の強い命令を秘《ひ》めた声で言った。

「下着も全部、脱ぎなさい。つけてあげるから」

＊　　＊　　＊

いやだ、やめてとこれほど宗佑に訴《うった》えたことはこれまで一度もなかった。そして泣きだした澄音の言うことを、ひとつも彼が聞き入れようとしなかったことも、いままでになかった。

「いや……っ、いや、いや、いやだっ」

大暴れしたせいで、コンドームは二枚だめになった。しかし、殴《なぐ》ろうが引っ搔《か》こうが宗佑は澄音を追いつめる手をゆるめることはなく、強引《ごういん》に幼い性器をこすりあげて勃起《ぼっき》させ、そこにゴムの被膜《ひまく》をかぶせてしまった。

「よく見てなさい。破けると役に立たなくなるから、爪《つめ》を引っかけないように」

「う……っ、うっ、うぅ」

「空気が入ったりすると、途中《とちゅう》ではずれることもあるからね。形に、ぴったりあわせて」

ネクタイもほどいていない宗佑の前で脚《あし》を開かされ、ぴっちりとしたそれを装着した性器をしげしげと眺《なが》められているいまが、現実だと思いたくなかった。

常軌《じょうき》を逸《いっ》している。自分が狂《くる》ったのかそれとも宗佑がおかしいのか。双方《そうほう》ともに、どうかしているのか。わからないけれども、こんな状況《じょうきょう》なのにちゃんと反応している自分のそれが恨《うら》めしかった。

「もう、さわ、触《さわ》らないで、お願い……」

弱々しく哀願《あいがん》しても、彼はいっさい取りあうこともなく、淡々《たんたん》とレクチャーを続けた。

「ここについてるゼリーは酸化していることもあるからね。女性はデリケートだから、つけたらできれば一度拭《ぬぐ》ったほうがいい」

「あう！」

あたためたタオルまで用意していた宗佑は、丁寧《ていねい》な手つきで澄音のそれをゴムの上から拭う。そうして刺激《しげき》されるたびに、そのなかで膨《ふく》らんでいくあさましいものが自分の身体《からだ》にあることを、こんなに呪《のろ》わしく思ったことはなかった。

「舐めてもOKと書いてあるタイプのものでも、きちんと製造日を確認《かくにん》しなきゃいけないよ。そういうのを自分で選ぶのもエチケットのひとつだ。わかる？　澄音」

「わか……ない、わかんないっ！　もう、触らないでっ」

そんな知識などいらない。こんな宗佑は知らない。ただ顔を覆《おお》って泣きじゃくりながらかぶりを振《ふ》っていると、なにがおもしろいのかくすくすと宗佑は笑う。

「この程度で泣いて。さっきのえらそうな言葉はなんだったんだ」

「誰も触ったことなんかないんだろう。ここの、こんなかわいい形したものを」

つう、と長い指で澄音の未成熟な先端《せんたん》を撫《な》でる宗佑の手つきは、小さなころから頭を撫でてくれたときと同じだ。それだけに恥《は》ずかしくてたまらない。

「も、ゆる、許して……しないで」

(もう、なにこれ……もう、いやだ)

反抗《はんこう》した自分をいじめてお仕置きするにしたって、こんなやりかたはひどすぎる。そう思って小さく身体を丸めようとすれば、宗佑がそっと頬に口づけてきた。

「かわいい澄音。教えてあげるだけなのに、どうして泣くの」

「こ、なの、いや……つらい……っ」

「いじめているんじゃないのに、どうしてつらい?」

「もっ……そこっ……」

指につままれたそれがびくびくと震えている。もう限界まで膨らんだものがつらいと身をよじると「ああ」と宗佑はうなずいた。

「そうだね、つけただけじゃあだめだろう。ちゃんと出してみないと」

「え、え……? あ、ええっ!?」

ぎゅっと両手の拳《こぶし》で目もとを押さえていた澄音は、なにかあたたかいものにそれが包まれたのを知って硬直した。まさか、と思っていれば、自分の腿《もも》を大きな手で押し広げた宗佑が脚の間に顔を伏《ふ》せているのが見えた。

「うそ……っ！」

信じられないと目を瞠り、抗《あらが》うことさえ忘れたまま呆然《ぼうぜん》としているうちに、ぬるぬるした口のなかでそれは弄《もてあそ》ばれ、あっという間に限界がくる。

「うそ、ああ、宗佑さん、口で、……くち、が」

「んん？」

ちらりと上目に笑われた、宗佑のあの優雅《ゆうが》な唇《くちびる》が澄音の性器をくわえている。いや、くわえたなどという生やさしいものではない。

舐《な》めて、吸って、しゃぶって、敏感《びんかん》な反応をしたところには舌と歯をあて、まるで転がすように、添《そ》えた手のさきで強《こわ》ばった根本の膨らみまで揉《も》んでくる。

「だめっ、や、あああ、そんな、そんなのだめ……っ」

待って、やめてと言うたびに宗佑はその口淫《こういん》を激しくした。慣れない身体はあっけなく高まり、ぐいぐいと吸いだされるような皮膜越《ご》しの刺激に、腰《こし》が跳《は》ねて、うねって、止まらない。

「ああ、あ……う！　出ちゃう、出ちゃうっ」

吸わないで、と言ったのに宗佑は口を離《はな》してくれない。どころか、びくびくと震えるそれの限界を知るや、思いきりきつく吸いあげてきた。

「ひぁああ！　っあ……あ……」

到達《とうたつ》まではたぶん数分もなかっただろう。けれど澄音にとっては永遠にも思えたその過激な処置に、射精後の疲労感《ひろうかん》はすさまじかった。

「ああ。あまり出なかったみたいだね」

「う……」

じんわりとスキンのなかが濡《ぬ》れていく不快感。ぬめるものをはずされても、もう抵抗《ていこう》する気力もなかった。目を見開いたままぼろぼろと泣いていると、濡れた頬《ほお》を撫で、唇を寄せた宗佑が「澄音」と名を呼んできた。

「気持ちよくなかったの？」

答える気力もないまま、うつろな目で彼を見る。もうなにかがふっつりと切れてしまっていて、現実感のないこの事態に惚《ほう》けたままの澄音の唇を、あたたかくやわらかいものがふさいだ。

（なに……？）

卑猥《ひわい》なことを仕掛《しか》けたくせに、おそろしく甘い、淡《あわ》いキスだった。それこそ、夢見がちな子どもが憧《あこが》れるような、やさしくてきれいな接触《せっしょく》。なまなましく濡れた唇が、不似合いなほどの。

「……もっと教えてあげてもいいよ。どうする」

吸って、舐めて、噛《か》まれたあとに聞こえた囁《ささや》きに、澄音は反射的にうなずいた。

口づけの意味を考えるような余裕《よゆう》もなにもなく、ただやさしい声を発する宗佑に、怯えきった心は縋《すが》りついた。

「怖《こわ》いこと、しない……？」

「しないよ。澄音がしてほしいならうんと、気持ちいいことだけにしてあげる」

本当に、と繰《く》り返し問いながら、子どものころのように彼に抱きつく。髪《かみ》を撫でる手つきと同じ甘さで肌《はだ》を撫でられても、もう抵抗することはない。

「じゃあ、キスから教えてあげる。口を開けて」

「うん……」

力を抜《ぬ》いて、宗佑の腕《うで》に身を委《ゆだ》ねると、怖いくらいに心地よかった。結局はこの抱擁《ほうよう》をずっと求めていたことは知っているから、一度欲求に負けてしまえばもう、あとはなし崩《くず》しだ。

そうでなければとても、いまのこの事態を受けとめきれそうになかったし――なにより、こうして宗佑に触《ふ》れられることを、望んでいなかったと言えば嘘《うそ》になる。

口のなかに、舌が忍《しの》んでくる。教えると言ったとおり、丁寧で甘やかすような口づけを受けながら、澄音はぼんやり考えた。

（なんで、いやだったんだっけ）

あまりのことにどこか理性が壊《こわ》れた澄音は、宗佑の唇が肌を吸う感触《かんしょく》だけに意識を集中した。もう、どうでもいい。舌を吸われる甘さに酔《よ》って、与《あた》えられる快さだけに溺《おぼ》れ、すべての思考を放棄《ほうき》した。

暗い部屋のなかに、荒《あ》れた息づかいとシーツのたわむ衣擦《きぬず》れの音がひっきりなしに響《ひび》いている。ときおり、きしりとベッドがきしむのは、澄音が耐《た》えきれずに身体を強ばらせ、そこを強く踏《ふ》みしめたり、身をよじるせいだった。

「あ……あ……」

宗佑の長い指は、小さく肉付きの薄《うす》い尻《しり》を割り開くようにしてあわいに挟《はさ》まれている。くすぐるように指をなじませ、押し揉んでいたかと思えば、さらにもう一方の手で丸い盛り上がりを摑《つか》み、肉を外に寄せるように押し広げてくる。

身体中をさすられ、舐められ、ついばまれたあとに、もっとも奥——誰《だれ》にも見せたことなどない、けれどきっと宗佑だけは何度か知っていただろう場所をさらけだされて、澄音はずっとあえいでいる。

(あ、いやだ。ぬるぬるする)

無防備にされた場所が、ひんやりと冷たく感じられた。声も出せないままやさしい蹂躙《じゅうりん》を与えてくる男にしがみつき、澄音は小刻みに震《ふる》え続けるしかない。かたくなに窄《すぼ》んでいる場所の上からたっぷりと保湿《ほしつ》性のあるジェルを塗《ぬ》りつけられ、すりこむようにされ続けるうちに、周囲の皮膚《ひふ》も粘膜《ねんまく》もしっとりと潤《うる》みやわらいでいく。

身体中に塗りたくられたジェルのせいで、服が汚《よご》れるからと、宗佑もまた裸《はだか》になっていた。そのなめらかに張りつめた、逞《たくま》しい身体にしがみついていると、安堵《あんど》と興奮が同時に澄音を嘖《さいな》んで、よけいにだめになっていく。

「……っ、ふ……っう、う、うあっ」

感触をなじませるように触れていた指が、何度も周囲を丸く撫でながら中心に向かうのを知った。つめていた息を吐《は》いたとたん、反射的にゆるんだそこを見計らっていたかのように指を立てられ、待ってと言う暇《ひま》もないまま、関節ひとつぶんが埋《う》まってくる。

「息を、もっと吐いて」

「はあ、は……っ」

「もっと、澄音。肩《かた》の力を抜いて、ふーってしなさい」

やさしい声なのに抗えない。どうしてこんなことをと思いながらも、長く嘖み続けられた澄音の身体は力が入らず、頭も朦朧《もうろう》としたまま、言われたとおりに深々と息をついてしまう。

「ふぁう……っ、ああ、いや……はいってくる」

「うん、入るね。上手だよ。痛くないだろう？」

ぐっと二本の指を開くようにして、宗佑がそこの肉を拡げ、丹念《たんねん》になかをやわらげた。少しでも、痛い、いやだと言えばそこで止め、けれど澄音が落ち着いた頃合《ころあ》いを見計らっては作業を進める。

（なかが、開く。宗佑さんの指の形に、なる……）

柔軟《じゅうなん》にたわむそこが、恋《こ》い慕《した》う男の思うままになる。いささか被虐《ひぎゃく》的な快感に酔いながら、絶対的ななにかに従わされる心地よさに澄音は溺れた。

（もっと、もっとされたい）

ふやけるくらいに塗り足されるジェルが澄音のなかから溢《あふ》れ、宗佑の指が三本入りこんで自由になかをかき回すころには——澄音のそこはもう、挿入《そうにゅう》されることに快楽を覚えるようになっていた。

「あう、あ……いれて……もっと、いれて……」

「ふふ。……やっぱりこれが好き？」

「んん、ん、好き……」

なぶるように問われても恥《は》ずかしいとも思えない。ただもっと欲しいと腰を振《ふ》り、はしたなく脚《あし》を開いて訴《うった》えていると、宗佑のそれをやわらかい腿がかすめた。

「かたい……」

ぼんやりと呟《つぶや》いて見あげると、宗佑はにこりと笑ってこめかみのあたりに口づけてくる。そのキスは、欲しいものがあるなら自分で奪《うば》えと言っている。

「いれて……」

「いいよ。……澄音が欲しいものは、なんでもあげる」

潤みきった瞳《ひとみ》で縋り、口づけをねだった。朦朧としたその目に、宗佑はいとおしげに笑いかけ、ほっそりと震える脚を拡げさせる。

心臓が破裂《はれつ》しそうに緊張《きんちょう》してもいるのに、なぜか発作《ほっさ》は起こらなかった。この緊張はふだんの強迫的《きょうはく》なものとはどこか違《ちが》う。怖いのに嬉《うれ》しい、痛いのに甘くて、ふっくら潤んだ場所にもうひとつの脈が重なってしまえば、うずうずと腰が疼《うず》いた。

「早く欲しいの？　全部入れたい？」

問われて、必死に何度もうなずく。粘膜の先端《せんたん》が触れあっただけでも強烈《きょうれつ》な飢餓感《きがかん》があって、宗佑の鼓動《こどう》を体内に取りこんでしまいたいと澄音は強く思った。

「じゃあ、力を抜いて、拒《こば》まないで……俺に、あわせて」

「は、い……んあ、……あ――……！」

ぐうっと入りこんでくるそれに痛みを覚えたのは一瞬《いっしゅん》、あの感じて感じてたまらないところをかすめていく感触に、澄音はまた射精した。奥から押しだされるような、まったく知らないたぐいのそれに驚《おどろ》いていると、彼は無言のまま腰《こし》を送りこんでくる。

「まだだよ、もう少し。入りきってないからね」

「あっ、いやっ……うご、動かないで」

「だめ。全部欲しいんだろう？」

宗佑の律動に揺《ゆ》らぐばかりではなく、射精の勢いで澄音の性器はびくびくと跳《は》ねた。生き物のようにのたうってはあちこちへと不規則に粘《ねば》った液をまき散らす、その卑猥《ひわい》な赤みに指を触れさせ、宗佑は静かに笑《え》みを浮《う》かべる。

「元気だね、澄音。こんなにいっぱい散らして」

「っ……ひっ……そこ、いや……あっ」

言うなり、また奥を抉《えぐ》られた。宗佑にそれをされると、自分が際限なく欲情することをもう知ってしまったから、澄音は怖くてしかたない。

「そこ？　ここが？」

「うああ、あっ、いや、宗佑さん、いや！」

澄音の性器は射精したあとだというのに、萎《な》える暇もなく、内側からの刺激《しげき》でまた高ぶっている。こんなに立て続けに勃起《ぼっき》したことなどないから、どこか身体がおかしくなったのかと怖くなる。

逃《に》げたい。でも逃げられない。もういやだとかぶりを振るくせに、宗佑が腰を引いたとたん、澄音の身体《からだ》はなぜかそれを追い、くいくいと揺らいで男を誘《さそ》ってしまう。

「無意識で、こんなことをするんだね……素直《すなお》な身体だ」

「あっ……あっ……あっあっあっあっ！」

ゆっくりと動いていた宗佑が徐々《じょじょ》にその腰の動きを速め、澄音の声はそれにつれて高く短いあえぎに変わる。なんでこんな、女の子みたいな声が出てしまうんだろうと口を押さえようとすれば、手の甲《こう》に口づけられてびくりとした。

「だめだよ。息が苦しくなるだろう。咳《せき》が出てもいいの？」

「ひっ……だっ、あっ」

「こういうときは声を出すのがマナーだよ、澄音。ちゃんと相手に、反応を教えなければわからないだろう？」

「そ、そう、なの……？」

「そう。だからたくさん、声を出しなさい」

言いざま、宗佑は澄音の腰を摑んで揺さぶってくる。いやらしいとしか言いようのない声をあげ、背中を反らした澄音は、切れ切れの息のなかから言葉を紡《つむ》いだ。

「いや、あああん、いいいっ……！」

「ああ。ここが気持ちいいの。感じるのは恥ずかしいことじゃないよ。それに……こういう澄音はとてもかわいい」

「ほ、んと？　変じゃ……ない？」

「素直でかわいい。そういう子は好きだよ」

だからもっと、なにをしてほしいのか言いなさい。唆《そそのか》す宗佑の声に溺れ、淫猥《いんわい》な言葉をたくさん口にした。いままでに知らなかったような単語も、あの甘い声で教えられ、繰《く》り返して口にして、そうするとたくさん澄音のなかをかき混ぜてもらえるのだと知ってしまった。

「もお、いっ……いかせて……いかせて……」

「いっぱいいいったのに、まだいきたい？」

「いきっ、いきたいよ……！　おねがい、おねがいっ」

だからもっと、と腰を振った。宗佑のそれを締《し》めつける方法も覚えて、煽《あお》るようにうねらせながら腰を引くと、自分がもっと高ぶることができるのも。

（もう、だめなんだ）

宗佑でなければこんな快感はない。たぶんほかの誰《だれ》でも、こんなに澄音をおかしくできない。とろけて壊《こわ》れそうな快楽のなか、もう逃げられないのだとそればかりが頭のなかでこだまする。

そしてそれを念押しするかのように、宗佑の声が囁《ささや》いてくる。

「いい？　キスもセックスも、全部俺が教えてあげる。だから、よそでこんなことを覚えるんじゃないよ」

「ん、んん……しない……しないから」

微笑《ほほえ》みながらのそれはどこか怖《こわ》くて、けれどその瞬間もしかしたら、と澄音は思う。

(ねえ。どうしてよそでしちゃいけないの。……ぼくが、そういうことをしたら、いや?)

本当は宗佑は月花とのことで妬《や》いていて、けれど素直にそれを言えなくて——こんな方法で伝えてくれたのだろうかと。

(月花のところに行ったらだめって、そういうこと?　本当に、そういう意味?)

身体は、開いた。心はもう、隠《かく》しても溢れるほどに、とうに彼に向かって無数の手を伸《の》ばしている。すべてをさらし、体液まで混ぜあわせたいま、隠すものも羞《は》じるものもないと、澄音はあえぎながら口を開いた。

恋うる言葉を発するために。

「宗佑、さん……好き。宗佑さんは、好き?」

「うん?」

「ぼくを、好き……?」

否定されるのが怖くて封印《ふういん》していた告白を、澄音はついに口にする。腰を深くつないで揺らしあいながらのそれならば、きっとあの浅く広いだけの情ではないと信じられる気がした。

「……俺は世界でいちばん澄音が大事で、大好きだよ。澄音のためなら、なんでもする」

その瞬間、涙《なみだ》がこぼれた。なにかが報《むく》われたような、そんな気がして、多幸感に全身が包まれる。

　もうこれで伝わった。ようやく手に入れたのだと信じきって強くしがみつけば、つながった場所が深くなる。さらにとろけた粘膜《ねんまく》は宗佑を貪欲《どんよく》にすすりあげ、びくびくと震《ふる》えて澄音の身体をしならせた。

「もっとして、もっと……もっと……っ」

　不慣れな身体はたしかに痛みを覚えるのに、まるで情熱的に求めてくれているかのような宗佑が嬉しくて、何度も何度もこの身体に楔《くさび》を打ちつけてくれと願ったのは澄音だった。

　もう、なにも、考えられない。宗佑の与《あた》える熱と快楽しか、なにもわからない。

　もっと言葉を交《か》わしたかったけれど、まともな思考など働くわけもなくて、澄音は甘い嬌声《きょうせい》以外、なにひとつその唇《くちびる》から紡ぐことはできなかった。

＊　　＊　　＊

　うとうととしたまどろみから澄音を覚醒《かくせい》させたのは、甘く響《ひび》く声だった。

「澄音……澄音。起きなさい。遅刻《ちこく》する」

「ん……」

　ゆっくりと肩《かた》をさすられ、もぞりと身じろぐ。やさしい宗佑の声に起こされて、澄音ははにかんだような笑みを浮かべた。

「……おはよ、宗佑さん」

「ああ、おはよう。ほら、起きてシャワー浴びなさい。髪《かみ》の毛やってあげるから」

ひさしぶりに、幸福な気分で目覚めた朝だった。身体の疲労感《ひろうかん》はひどく、あちこち無理したのだと知れる痛みも覚えていたけれども、そんなことはかまわない。むしろこの気だるさが、誇《ほこ》らしくも思えてくる。

（しちゃったんだ……）

甘いつらさに唇をほころばせ、澄音はせつない胸を押さえた。そこには、昨日までのあのむなしいような気分はなにも残っていない。

まだ、いろいろとクリアになっていないこともある。香川とのことや、それらに象徴《しょうちょう》されるもろもろの問題はまだ山積みになっているのだろう。

けれど、もうこうして身体までつなげたのだから宗佑もきっと自分を想《おも》ってくれている。そう信じきった澄音が時計を見ると、いつもよりも一時間早い起床《きしょう》だった。

「……あれ？　宗佑さん。まだ早いよ」

身支度《みじたく》を整《ととの》えるにしても、早すぎる。無心な目で、なぜと問いかけた澄音に対して、宗佑はあの穏《おだ》やかな――底の知れない表情で微笑み、信じられないことを言った。

「ああ、だって月花ちゃんを迎《むか》えに行くんだろう？　間に合わないじゃないか」

「え……？　なに？」

自分の聞き間違《まちが》いか、そう思って問い返した澄音は、続く宗佑の言葉に笑った表情のまま、凍《こお》りつく。

「おつきあい一日目で彼が放《ほう》っておいたら、彼女がかわいそうだろう？」

宗佑がなにを言っているのか、まるでわからない。言語として認識《にんしき》はできるけれど、意味が読みとれない。

なにか、とんでもない事態がこの身に起きたことだけはわかるのに、脳が理解することを拒《きょ》否《ひ》している。

目を瞠《みは》り、いままで覚えていた幸福感など吹《ふ》き飛んだ澄音の前で、彼はにっこりと微笑む。

「デートにいい場所もちゃんと教えてあげるよ。でも、ちゃんと時間どおりに帰ってきなさい」

「デート……って……」

そのひとことに、自分がとんでもない間違いをしでかしたのだと、澄音は気づかされる。それでもまだ、事態を認めたくない唇が、あがくように再度の問いを発した。

「それ、なに……どういう……意味？」

「意味って、なにが？　昨日も言っただろう」

わななく声、青ざめた澄音の態度に、宗佑は不思議そうな顔をした。その、なんら曇《くも》りもない平静な表情に、澄音は心のなかのなにかが砕《くだ》け散ったのを感じる。

「家を出て行くのは反対したけど、べつにつきあうことには口を出す気はないよ。ただ、羽目をはずさないようにね」

やさしく、髪を撫《な》でる、いつもどおりの宗佑。言葉もないままうなだれると、ぐらりと世界が歪《ゆが》んで、滲《にじ》む。

本当の絶望感というのは、こういう気分なのだなと澄音ははじめて知った。目の前が真っ暗になると言うけれど、本当に、見えているのになにも見えない。

さきほどまで甘い幸福感に包まれ、ふわりとあたたかかった身体が急速に冷えていく。強《こわ》ばる指先で掻《か》いたシーツはもう清潔なものに取り替《か》えられ、昨夜のいやらしい汗《あせ》の名残《なごり》すらない。

それが、抱《だ》きあった事実の痕跡《こんせき》までも消し去った宗佑の意思表示だという気さえして、澄音はわななく唇を嚙《か》みしめた。

(……なに、これ)

昨日のあれもまた——結局は宗佑の、行きすぎた過保護さの表れだということだったのだろうか。好きだという言葉もなにもかも、やはり自分の求めたそれとは違うのか。

ベッドのうえで硬直《こうちょく》している澄音のこめかみに口づけ、宗佑は穏やかに微笑みかけた。

「ほら、澄音。いい子だから早く起きて、支度をしなさい」

わかった、とうなずく以外、いったいなにができただろう。満足げに笑って背を向けた宗佑の姿が、歪んで揺《ゆ》らぐ。

ばったりとベッドに倒《たお》れこんで、張り裂《さ》けた胸を押さえた澄音は息をついた。

「……あはは、は」

うつろな笑いがこぼれ、急に身体《からだ》の奥が痛みはじめる。

どれだけめちゃくちゃに揺さぶられ、突《つ》きあげられても、痛みさえ甘かった。けれどあれが、求めた情とはまるで意味の違う行為《こうい》だったと知った瞬間、無理を押して感情に委《ゆだ》ねた身体がどっと重くなる。

（ぼくは、ばかだ）

子どもと言われてもしかたがないのだろう。好きだという思いで手一杯《ていっぱい》になって、相手の思《おも》惑《わく》も感情もなにも読みとれず、都合のいい夢を見て、砕かれた。

おとぎ話が大好きだったころから、なにも変わっていない。というより、ああして狭《せま》い世界で漂《ただよ》うしかできなかったから、こんな惨《みじ》めなことになるのだろうか。

（でも、じゃあ、どうすればよかったんだろう……）

乾《かわ》いた目で、澄音は部屋の隅《すみ》にある本棚《ほんだな》を見た。小さなころからいくつもの夢を見せてくれたその本は、すべて宗佑の手で与えられてきた。

夢見がちに育ったのが、彼のあの過保護さゆえもあると、澄音も薄々《うすうす》感じてはいる。けれどその夢を打ち砕くのもまた、宗佑自身であったのは、皮肉なのか――これが因果というやつだろうか。

「澄音？　二度寝《にどね》してないだろうね」

部屋の外から聞こえた宗佑の声に、澄音はびくっと震えた。起きてるよ、と返す声は力なく、その小さな白い顔からはいっさいの表情が抜《ぬ》け落ちる。

もう、涙も出なかった。

＊　＊　＊

「さあ、早く朝食を食べて、支度しなさい。遅刻するよ」

「いらない……食べたくない」

下腹部の鈍痛《どんつう》に耐《た》えかね、それ以上に宗佑のあっさりとした表情に打ちのめされた澄音は、栄養バランスも味も見た目も完璧《かんぺき》な朝食の前で、力なく首を振《ふ》った。

「なにを言ってるんだ。朝しっかり食べないとまた貧血を起こすじゃないか。澄音の好きなチーズオムレツにしたんだから、それだけでも食べなさい」

「はい……」

たしなめる声に、のろのろとフォークを取った。澄音の好みどおりに焼かれたオムレツに突き立てると、とろりと半熟の卵が流れだす。

澄音の恋心《こいごころ》もこれに似ていた。

やわらかくふわふわとして、けれど急いで食べようと無理に形を崩《くず》したから、大事な中身がこぼれてしまった。

「そうそう。今日の夜は依頼人《いらいにん》と打ち合わせで遅《おそ》くなるけれど、食事はちゃんと作っていくから。帰ってきたらあたためて食べるようにね」

品のいいネクタイを締《し》めながら、宗佑が告げたことに「はい」とうなずく以外、澄音にはなにも言えることがない。

「今日は月花ちゃんとデートでもしてくるの？」

「ううん……月花は、たぶん雑誌の撮影《さつえい》だから」

味のわからない朝食を無理矢理飲みこむと吐《は》き気がした。

身じろぐと腰《こし》の奥にひどい鈍痛が走る。下腹部にはじんわりとした違和感《いわかん》が拭《ぬぐ》えないままで、座っているのもやっとなくらいだ。たぶん、快感と多幸感で脳内麻薬《まやく》が分泌《ぶんぴ》され、麻痺《まひ》していた痛みが、すべて冷めたいまとなって一気に襲《おそ》ってきたのだろう。

（あんなこと、したのに）

昨晩、この身体の奥に、何度も宗佑を受け入れた。腰を高くあげ、恥《は》ずかしい声をあげて、ぼんやりとした想像でしか知らなかったセックスというものの、なまなましさをすべて教えられた。

それはけっして不快なものではなかったし、暴力的な意味でひどくされたわけではない。けれど、はじめての行為に無垢《むく》な身体はやはり傷つき、全身に倦怠感《けんたい》が満ちている。こすられた粘膜《ねんまく》や内腿《うちもも》がひりついて痛み、関節もきしんでいる。ありとあらゆる場所で覚える違和感もかなりつらいのだが、なによりもつらいのは、宗佑の態度そのものだ。

誰《だれ》も知らない秘密の場所で熱く滾《たぎ》った欲望をこすりあげ、そこが快楽の坩堝《るつぼ》であることを教えこんだ男は、澄音に何度もキスをしたその唇《くちびる》で、また残酷《ざんこく》なことを言う。

「じゃあなおのこと朝はしっかり食べて、彼女をきちんとエスコートしなさい。男の子なんだからね。前みたいに月花ちゃんに送ってもらっちゃしょうがない」

「……そうだね。これからはいろいろ気をつけるよ」

ざくざくと突き刺《さ》さる言葉が、いっそ嫌味《いやみ》な口調ならよかった。にこやかに爽《さわ》やかに告げられるから、宗佑の本心がどこにあるのかわからない。だから澄音も曖昧《あいまい》に笑って、肯定《こうてい》の言葉を吐くしかできない。

(なんでぼく、ふつうに喋《しゃべ》ってるんだろう)

本当に心が壊《こわ》れてしまったかのように、澄音の発する声は奇妙《きみょう》なまでに平静だ。おまけにこの滑稽《こっけい》な会話を交《か》わすいまを、哀《かな》しいとさえも思えない。

ただしんと、凍《こお》ったように心が動かない。

「ごちそうさま、もう出るよ」

「ああ、結局残してしまったね……しかたない。途中《とちゅう》でつらかったらちゃんと連絡《れんらく》を入れなさい。それから今日も寒いからね、ちゃんと首もとあったかくして」

宗佑はかいがいしい手つきで、澄音が雑に巻いたマフラーを整える。長い指が伏《ふ》せた目の端《はし》に映ることさえ、いまはわずらわしくてたまらない。ふいと目を逸《そ》らし、澄音はふだんよりもやや乱暴に、やさしくて残酷な手を振り払《はら》った。

「平気だよ。……いってきます。宗佑さんも、仕事頑張《がんば》ってね」

うつむいたまま告げた澄音には、やわらかな声で「いってらっしゃい」と言う宗佑の本心は、なにひとつ見えない。だが、自分の発する淡々《たんたん》とした声音《こわね》もまた、どこか遠い世界で起きてい

自分がろくに呼吸さえできずにいたことに気づいた。

一度も宗佑の顔を見ないままに玄関《げんかん》へと向かい、ドアを閉めた瞬間《しゅんかん》大きな息がこぼれて、自分がろくに呼吸さえできずにいたことに気づいた。

きんと冷えた冬の空気が鼻腔《びこう》を突き刺し、一歩踏《ふ》みだすごとにずきずきと痛むのは腰の奥と胸のなか。はじめて誰かの体温を知った翌朝、自分がまるで違うなにかになってしまったような、なにひとつ変わっていないような、不思議な感覚を澄音は持てあます。

(あれは、いったいなんだったんだろう)

昨晩のことを匂《にお》わせる発言など、宗佑はひとつも口にしなかった。ただいつものとおりに、病弱な澄音を気遣《きづか》い、やさしく接するだけ。この奇妙な怠《だる》さと痛みさえなければ、あの行為はすべて自分の妄想《もうそう》かと思うほどに、彼は変わらなかった。

少し過剰《かじょう》なほどに過保護で、やさしい宗佑の胸の裡《うち》を、こんなにも摑《つか》めないのははじめてだ。

——宗佑さんは、好き？　ぼくを、好き……？

——俺は世界でいちばん澄音が大事で、大好きだよ。

幼いころから一途《いちず》に慕《した》った男のひとに抱かれ、揺らされながら必死に求めた言葉。返されたそれも過分なほどに甘いもので、幸福感を覚えたのは、ほんのひと晩の夢だったのか。

変わらないままの宗佑がおそろしく遠くて、あの変容の意味がまるで、わからない。

(なんかむかし読んだ本で、こんな話、あったなあ……)

たしかあれは『雪の女王』だっただろうか。やさしかった少年の身を氷の破片《はへん》が貫《つらぬ》いたことで、彼は性格まで変わってしまい、ずっとお互《たが》いを大事に思ってきたはずの幼い恋人は、きれいな女王のもとへと去ってしまった。

生まれつき病弱だったせいで家のなかにこもりきり、ろくに外にも行けない澄音にとって、物語の世界はとても大きな慰《なぐさ》めだった。

ろくな娯楽《ごらく》を味わったこともない幼い少年の代わりに、冒険《ぼうけん》や夢や魔法《まほう》の物語は、たくさんの夢を見せてくれた。ときにはちょっとした恋のエッセンスも交えられていて、ハッピーエンドだったりアンハッピーだったりするそれに、どきどきしたりせつなくなったり。

澄音は男の子だったけれど、『雪の女王』の物語にはのめりこんだ。一途な少女の心に共感して、がんばれ、がんばれ、と思いながら読み進めていた。まるで別人のように冷たい目をして少女をつれなくあしらう少年に、ひどいなあと思ったりした。

だが物語のラストは少女の努力と愛の涙《なみだ》で氷を溶《と》かし、少年の心は戻《もど》ってくる。嘘《うそ》の自分から抜けだして、正しい姿に変化する。

澄音の恋もいっそそんなふうにわかりやすい変化であれば、あきらめもついたのだろうか。姿形、態度もやさしさもなにも変わらないまま、けれど決定的な冷ややかさを見つけた相手に、澄音はどうすればいいのかわからない。

現実はおとぎ話のように、原因と結果がはっきりして、明快な形をなしてくれない。澄音ももう小さな子どもなどではなく、夢物語は夢だからうつくしいことを知っている。

なにより、子ども向けのお話のなかには、男のひとを好きになった男の子の話などありはしない。だからこの現実に、ハッピーエンドはありえないのだろう。

(もう、わけわかんないよ)

熱っぽく抱《だ》きしめてくれた腕《うで》の感触《かんしょく》が、まだ肌《はだ》に残っている。あの激しさが恋ではないとしたら、いったいなんなのだろうか。

——キスもセックスも、全部俺が教えてあげる。だから、よそでこんなことを覚えるんじゃないよ。

あの囁《ささや》きは、本当にただ、無知な自分へと教えるためだけのものだったのだろうか。

首を絞《し》めつけるカシミヤのマフラーが苦しくて、雑な仕種《しぐさ》でそれをほどく。宗佑の愛情はこのマフラーのようだ。やわらかく軽くあたたかで、けれど澄音の細い喉《のど》を真綿のように絞めあげる。

そのなかに高い熱量さえあるならば、どんなに縛《しば》られたところで悦《よろこ》びに変わるだろう。けれども、あんなことが——同性の親戚《しんせき》とセックスまですることが、宗佑の過保護の一環《いっかん》だとしたら本当に最悪だ。常軌《じょうき》を逸《いっ》しているとも思うし、いくらなんでもあんまりだと思う。

「なに考えてるのかな……宗佑さん」

遠い目で空を見あげ、澄音はうっすらとした笑《え》みを浮《う》かべる。

まだ早い朝、空には白い月が浮かんでいた。冴《さ》え冴《ざ》えと白いその尖《とが》った姿に、雪の女王が植えつけた氷の破片はあんな形だっただろうかと思う。

澄音のなかにもきっと、破片が突《つ》き刺さっているのだろう。ただしそれは魔法の氷などではなく、砕《くだ》けた恋《こい》の欠片《かけら》だ。

張り裂《さ》けた胸はこんなにも痛むのに、涙さえも浮かばない。ただ、なにもかも終わったなと、そう思いながら、澄音は月花の家までの道のりを、とぼとぼと歩く。

女子高生のひとり暮らしにしては豪華《ごうか》なマンションへと月花を迎《むか》えに行くと、澄音の顔を見るなり、この部屋の持ち主である彼女は開口いちばん言った。

「……失敗?」

「どうなのかな」

玄関さきで顔を見るなりのそれに苦笑《くしょう》で答えると、月花は一瞬だけ苦いものをその顔に浮かべた。だが、くどくどとしたことは言わないまま、澄音が手に握《にぎ》ったままだったマフラーを奪《うば》いとり、そっと首にかけてくれる。

「あんたこれ巻かないで来たの?　だめじゃん」

「……息苦しかったんだ」

質のいいマフラーが、月花の手によって整えられる。宗佑がした首を保護する巻きかたではなく、若い子に流行《はや》りの端を結んだ形にした月花は、冷えた澄音の頰《ほお》に気遣わしげに触《ふ》れた。

「澄音、今日タクシーで学校行く?」

「なんで?　いいよべつに、電車で」

そんなにひどい顔色だろうか。少し熱っぽい気がするせいで、むしろふだんよりは顔色がいいはずなのだが、と小首をかしげた澄音に、月花は声のトーンを落とす。

つけたマフラーの端を引く。


「……なんのこと？」

　昨晩のことを見透《みす》かしたような台詞《せりふ》に一瞬ぎくりとして、だが澄音はそれを顔に出さないようにつとめた。やわらかに微笑《ほほえ》んで答えないでいたけれど、月花はたったいま自分の手で巻きつけたマフラーの端を引く。

「あとでコンシーラー貸してあげる。首のとこ、ちょっとすごいから」

「すごいって……なに？」

「見てみる？　自分で」

　モデルが本業の彼女は、手にしていたバッグからすぐに手鏡を取りだし、澄音のマフラーをずらすと「ほら」とそれを見せつけた。そして映りこんだ自分の首筋に、澄音はぎょっとなる。

（なに、これ）

　耳の下あたりから首筋にかけて、数ヵ所にわたるひどい鬱血《うっけつ》があった。そういえば昨晩、ここにずいぶんと宗佑が口づけていた気がしたけれど、朦朧《もうろう》としたままの澄音はまるで気にしてもいなかったし、今朝も顔を洗う際、歪《ゆが》んだ自分の顔を見るのがいやで、ろくに鏡を覗《のぞ》くこともしなかった。

「気づかなかった……」

「あんまりすごい色だから、ある意味じゃ湿疹《しっしん》だってごまかせるかもだけど……凱風あたりには一発でばれるよ、なんの痕《あと》だか」

たしかに、と澄音はうなずく。派手な外見に似合って浮き名も華《はな》やか、色事に長《た》けた凱風が見れば、それがなんの痕跡《こんせき》か一発でわかってしまうだろう。誰《だれ》がつけたか、という点はさておいても、あまりひとに見せつけていいものではない。

「とりあえず、遅刻《ちこく》するから行こう。タクシーのなかでなんとかしてあげる」

「ありがと」

歩きだしながら携帯電話《けいたいでんわ》でタクシーを呼びだす月花に、小さなころと同じように手を引かれながら、澄音は小さく安堵《あんど》の息をついた。正直言えば、ここまで歩いてくるのもかなりつらかったのだ。

エントランスを抜《ぬ》け、道路沿いに立ってタクシーを待つ間も月花は澄音の手を握ったままでいる。道行くひとたちは微笑ましそうにふたりを見つめるけれど、少し恥《は》ずかしい。

「にしても、宗佑さんこの状態のあんたによく、歩いていけって言ったね」

「……どうでもよかったんじゃないの」

投げやりに答えてマフラーに首を埋《うず》めると、またぎゅっと月花は手を握った。

「どうでもいいことないでしょ。手ぇ出してきたんだから、それなりに効果はあったんじゃん」

「でも……そんなんじゃないよ、きっと」

ただの性教育だと自棄《やけ》のように告げれば、そんなばかな話があるかと月花は鼻で笑った。

「あり得ないでしょそれ。だいたい、あの宗佑さんが、この状態の澄音うっちゃらかす時点で、って言ったよ」

「だって、……宗佑さんは、月花ちゃんとおつきあい一日目なんだから、ちゃんと迎えに行けなんか変よ」

「……まじっすか」

「まじっすよ」

さすがの月花も予想外の言葉だったのだろう。ぎょっと目を剝《む》いて、けれどわざと茶化すようなトーンにするのは、澄音のことを気遣《きづか》ってのことだ。同じように笑い飛ばしたくて目を細めるけれど、潤《うる》んだ目ではあまり効果はなかったようだ。

「デートにいい場所も教えてくれるって。ほかのことも、なんでも……教えてくれるって」

口にしてみると、思っていた以上のダメージを自覚する。ひとりで呆《ほう》けていた時間には浮かばなかった涙が、月花の握った手のぬくもりによってじわりと滲《にじ》む。

「月花、ぼくは、なにを間違《まちが》えたのかな」

「澄音……」

「試《ため》すようなことをしたから、いけなかったのかな。……それとも、セックスがはじまったあとキスして、そのあと好きだなんて言ったから、それがいけなかったの？」

考えてみれば手順もめちゃくちゃだった。いちばん最初に彼が触れてきたのは澄音の幼い性器で、そこにゴムをかぶせた宗佑に唇《くちびる》で無理矢理愛撫《あいぶ》され、射精させられたあと、朦朧としている間に唇は奪われていた。

そういえばおとぎ話では、決まりごとを破ったときには罰《ばつ》がくだることが多い。ずるい方法で宗佑の心を知ろうとした、これはしっぺ返しなのだろうか。

「間違ったのは澄音じゃないよ。そんなの宗佑さんが悪いよ」

自嘲《じちょう》を滲ませた澄音の呟《つぶや》きに、月花は硬《かた》い声で言ってぎゅうぎゅうと手を握る。

たしかなものは、この親友の握る手のひら以外になにもない気がして、澄音は洟《はな》をすすってその細い指を握りかえした。

「せっかく、いろいろ考えてくれたのにごめんね」

「謝るなっつの」

「彼女役ももう、いいよ。なんか、ばかみたいなことにつきあわせてほんとに、ごめ――」

「いいから、あんたちょっと黙《だま》りなさい！」

べちっと顔を叩《たた》かれたのかと思ったら、いいにおいがした。目の前をふさいだのは月花のハンカチで、そこにじんわりと染《し》みていく熱いものに、澄音は自分が泣いていることに気づかされる。

「それで洟かんでいいから、泣くなら泣け！」

「……月花、オットコマエ……」

さらさらの髪《かみ》をした美少女モデルは、毅《き》然《ぜん》と前を向いたまま凛《りん》と告げる。同じ高さの位置の横顔は、澄音よりよっぽど悔《くや》しそうで、ぽろぽろと流れる涙《なみだ》をそのままに、つい笑った。

タクシーのなか、派手なキスマークは月花のメイクアップ技術によりきれいに見えなくなった。女性の化粧道具《けしょう》は魔法《まほう》のようだなと、赤い目をした澄音が感心すると、月花は充血《じゅうけつ》を取る目薬を差しだしながら「女は魔物だからね」としれっとした顔で告げる。

「みんなこーやって化けるのよ。毛穴も染みも皺《しわ》もみんな、メイクでなんとかしちゃう」

「あー、だから月花、いつも化粧に二時間かか……痛いっ」

真剣《しんけん》にえらいと思って事実を述べたのに、ぐにっと頬がつねられた。

「あたしは仕事でメイクが厚いから、基礎《きそ》のお手入れがかかせないの。あんたみたいに、パックもしないでつるっつるのほっぺの男にはわかんないわよね」

「ぼくだって最初からこんななわけじゃないよ」

知っているだろうと澄音は肩《かた》をすくめる。月花と出会ったころはまだステロイド剤《ざい》を服用していた。その副作用による発疹《はっしん》に粘膜《ねんまく》の荒《あ》れもひどく、顔もむくんでいて、自分でも鏡を見るたび哀《かな》しくなったものだ。

「ただ、……宗佑さんが気をつけてくれたから」

身体《からだ》にいい食事、規則的な生活と、快適に整えられた環境《かんきょう》。肌《はだ》にいい服があると聞けばそれを取り寄せ、けっしてアレルギー症状《しょうじょう》が起きないようにと澄音の健康に関してのすべてを管理してきた彼のことを思えば、やはり慕《した》わしさと申し訳なさが拭《ぬぐ》えない。

（欲張ったから、いけなかったんだきっと）

月花の前で泣いてみせたことで、少しだけ気分が落ち着いた。冷静に考えれば、彼がいなければ澄音はいまごろ、おおげさではなく生きていなかった。

たしかに宗佑にされたあれこれはショックでもあったけれど、宗佑にしてもらったこととくらべれば、たいしたことではない気がしてきた。なにしろ二十代の半ばで病気持ちの子どもを引き取り、自分の時間もろくに持てないまま、彼は澄音のためだけにいてくれたのだ。

（昨日のあれも、もしかしたら……鬱陶《うっとう》しくなったのかな）

──まったく。子どもはこれだから困る。変な知恵《ちえ》ばかりつけて、少しも目が離《はな》せない。

冷ややかに吐《は》き捨てた宗佑の言葉が蘇《よみがえ》り、澄音はぎゅうっと胸の前で拳《こぶし》を握《にぎ》る。息苦しさに喘息《ぜんそく》の発作《ほっさ》が出ないよう慎重《しんちょう》に息をして、強《こわ》ばった唇から声を発した。

「これ、消えるまでコンシーラー、貸しておいて」

「いいよ。これはあげる。何本か持ってるし」

スティック状のメイク道具をあっさりと手渡《てわた》しつつ、「でもひとりでできるの？」と月花はからかうように言った。

「わりと自分じゃわかりづらい位置にあるよ。あたしがやったほうがいいんじゃない」

「……お願いします」

暗に不器用な澄音のことを当てこすられ、反論するより早く素直《すなお》に頭を下げた。だが、続いた月花の言葉に澄音は目を丸くする。

「了解《りょうかい》。まあともかく、もうしばらくの間は擬装《ぎそう》男女交際、続けるしかないわね」

「え?」

計画は失敗したのに、どうして。目顔で問いかければ、月花はなにかを思案するように眉《まゆ》を寄せていた。

「だって毎朝これ塗《ぬ》る時間欲しいし、そのためには早めに家出てきたほうがいいでしょ」

「あ、ああ……まあ、そうだけど」

「それに昨日の今日でやっぱり嘘《うそ》でしたってわけにいかないじゃん。明石くんにだって交際宣言しちゃったしさ」

そうだった、と澄音は目を瞠《みは》る。わざわざ信憑性《しんぴょうせい》を持たせるため、凱風の友人である明石の目の前で、月花と自分はつきあっていると宣言したのは昨日のことだった。

「ま、どっちにしろつるんでるのには変わりないし、べつにウダウダ考えることないよ」

「うん……でも、月花はいいの?」

「なにが?」

話をしている間に、タクシーは学校の正門前についた。堂々と朝っぱらからタクシー登校などふつうは目立つものだが、ふたりの通う私立聖上学院大学附属《ふぞく》高校は全体に生徒らも生活のグレードが高いものが多かった。また大学部も同じ敷地《しきち》内にあるため、あちこちで品川ナンバーのベンツやBMWなどの送迎車《そうげいしゃ》、通学車が見受けられ、タクシーごときはなんら目新しい光景でもない。

ただ、しっかりと降車時に手をつないでくる月花の態度は、登校する生徒たちの目を惹《ひ》いていた。基本的におおらかな校風であるし、いまさら男女交際禁止の校則があるわけでもないが、さすがに朝っぱらから堂々と男女が手をつないで歩いていれば、一瞬《いっしゅん》目を止めてしまうらしい。

「あの……ここまでしなくてもいいんじゃない？」

たしかに宗佑や明石に言った手前はあるけれど、べつに彼らの目のないところでまで、いちゃついてみせる必要はないだろう。こんなにおおっぴらにして、モデルの仕事に影響《えいきょう》は出たりしないのか。一応は芸能人に属する月花のほうが、澄音よりもいろいろとややこしいのでは、と心配していると、あっさりと彼女は言ってくれた。

「なにごとも形からよ。敵をだますには身内からって言うじゃない」

「……なんか主客が転倒《てんとう》してない？　それ」

颯爽《さっそう》と歩く月花に引っぱられる形で歩きながら、目立っていることが恥《は》ずかしいなと思う。だが見られ慣れている月花は堂々としたもので、澄音はひとりで小さくなった。

「ね、ねえ。これやりすぎだよ」

おどおどと澄音が言えば「しばらくは我慢《がまん》しなよ」と月花はあっさり返す。さきほど、澄音の泣き顔を見つめて眉をひそめたときの翳《かげ》りはそのきれいな目には見受けられず、いつもどおりのすまし顔だ。だが、その目は妙《みょう》にきらきらと光り、自信たっぷりの顔をしている。

（なんかまた、変なこと考えてないといいなあ）

なにかを企《たくら》んだときがいちばん月花はきれいな顔をする。それを知るだけに落ち着かず、参ったなあとうつむきがちに澄音が歩いていると、背後から声をかけられた。

「おい、澄音。ガッコ来て平気なのかよ」

「あ、凱風くん……っ、て、その顔どうしたの⁉」

凱風の低くよくとおる声が、ほんの少しくぐもっていた。そして振《ふ》り向《む》きざま、彼の端整《たんせい》な顔に残った派手な痣《あざ》に澄音は目を丸くする。

だが、隣《となり》にいた月花は「はっ」と鼻を鳴らして冷たく言い放った。

「どうしたもこうしたもないいんじゃなあい。どうせまた二股《ふたまた》かけたとかで、殴《なぐ》られたかなんかしたんでしょ」

「まあ……そんなとこだ。ところで明石見てねえ？」

月花のひどい言いざまにも悪びれずに返した凱風だが、問いは澄音にだけ向けてくる。平静を装《よそお》ってはいるものの、なんだか彼も微妙《びみょう》に機嫌《きげん》が悪そうだ。

「明石くん？　ううん、まだ見てないよ」

そうか、と眉を寄せて凱風はうなる。そのめずらしい表情に、澄音はふっと気づいた。

「ねえ。その顔、まさか明石くん？　女のひとがやったにしては、すごいよね」

せんだっても凱風が女性に殴られる現場を見たけれど、こんなすごい痣にはなっていなかった。なにより、一八〇センチを軽く超《こ》える凱風の顔にここまでのクリーンヒットを喰《く》らわせるとなると、近い体格の人間でなければ無理ではなかろうかと思った澄音の問いは、どうやら図星をついたらしい。

「……あいつは関係ねえよ」

ごまかすようにそう口にしたものの、一瞬だけ凱風の目は泳いだ。ふだん皮肉な笑《え》みを浮《う》かべることの多い彼にはめずらしいリアクションに、月花は身を乗りだす。

「え、そうなの？　凱風あんた、あのまじめくん怒《おこ》らせたの？」

「……うっせえんだよチビモデル」

「無駄《むだ》にでかいだけの男が、ひとのコンプレックスつつくな！」

口のなかを切りでもしたのか、凱風の返す言葉に力がない。それでも月花がもっとも気にしている身長のことをつつくあたりはあっぱれだ。

「まあいいわ。とにかく、明石見たら教えてくれ」

「うん、わかった」

目をつり上げた月花を相手にもせずあっさりと引き下がるあたり、少し様子がおかしい気もした。だがそれ以上には追及《ついきゅう》できず澄音がうなずくと、軽く手を振った凱風は長い脚《あし》で歩きだす。もともと長身に加え、それこそモデルばりのルックスのおかげで目立つ彼だが、今日はそこに派手なアクセントがついているせいか、よけいに人目を惹いている。

(凱風くんといい、月花といい、なんでぼくの周りは平然としてるんだろう)

いいかげんその派手な面子《メンツ》に囲まれて長いため、じろじろ見られることにもある程度耐性《たいせい》はついた。けれどやっぱり慣れきらず、ついつい気になってしまう澄音にくらべ、彼らはいたって堂々としたものだ。

「……なんか変なテンションだったね、凱風」

月花もなにか感じるところがあるのか、広い背中を見送ってぽつりと呟《つぶや》く。そうだね、と相づちを打ちつつ、予鈴《よれい》のチャイムが鳴ったのに気づいた。

「やばい、遅刻《ちこく》になっちゃうよ。急ごう」

「うわ、ほんとだ」

あわてて手を引っぱる月花に急《せ》かされたことで、ほんの少し様子のおかしかった凱風のことは、すぐに澄音の脳裏《のうり》から消えてしまった。

＊　＊　＊

昼をまわるころには、澄音の腰《こし》の奥の痛みはだいぶましになっていたが、一日授業を受けるにはやはりかなりつらいものがあった。教室にずらりと並んだ椅子《いす》は、いくらこの高校が設備の整った私立といえども、クッションつきとはいかない。

「ねえ、やっぱ早退したほうがいいんじゃないの？」

授業の開始と終了《しゅうりょう》の礼の際、起立と着席をするだけでも顔をしかめる澄音を見かね、月花はこっそりと囁《ささや》いてくる。平気だとは言ったものの、時間が経《た》つほどに熱っぽさがひどくなって、澄音は結局、五限目を終えた段階で早退することにした。

ふだんから身体《からだ》が弱く、しょっちゅう休むため、担任にひとこと告げれば許可はあっさりと出される。帰り支度《じたく》をしていると、月花が心配顔で話しかけてきた。

「ねえ、あたし、ついていこうか？」

「だいじょうぶ、ひとりで帰れるから、月花は仕事してよ」

「だってそんなんじゃ、あんた歩いて帰れないでしょ」

「タクシーで帰るし。おとなしく寝《ね》てるよ」

月花は付き添《そ》いをしようかと言ったのだが、仕事のせいで澄音以上に欠席の多い彼女はこれ以上休むと卒業自体が危《あや》うくなるため、気持ちだけでいいと断りを入れた。

だが、本当に平気なのかと念押しをされ、澄音は言葉につまった。

「あのさ……あんた、宗佑さんちで平気？　ウチに行ってもいいよ？　合鍵渡《あいかぎわた》すし」

心配そうに問う月花の言葉に、一瞬心が揺《ゆ》らぐ。だが昨日の顛末《てんまつ》を思えば、ここで月花の家に逃《に》げこむことは得策ではない気がした。

——そんな体調で月花ちゃんのところに行っても、どうせセックスもなにもできないだろう。

ひどい言いざまで、冷たい目をして笑った宗佑は、本当に怖《こわ》かった。

暴れる澄音を押さえつけ、同棲《どうせい》するなどとばかなことを言いだした子どもをお仕置きするかのように、容赦《ようしゃ》なく手ひどく、抱《だ》いた。

微笑《ほほえ》んでいるのに少しもやさしくなかった彼のことを考えると、ぶるりと澄音の細い身体は震《ふる》える。そして同時に、淫《みだ》らで酷薄《こくはく》だった時間のことも思いだしてしまい、つらいはずの身体がひどく熱くなった。

「……ううん。平気。今日は宗佑さん、遅《おそ》くなるって言ってたし」

根本的な問題はそこではないのだが、これ以上月花に迷惑《めいわく》をかけるわけにはいかない。熱っぽい頭を振って、澄音は申し出を辞退した。澄音の意思を尊重することにしたのか、それとも、いまなにを言っても無駄だと悟《さと》ったのか、彼女はため息をつくと『わかった』と言った。

「でもいい？　なんかあったらすぐ連絡入れなよ。あと、時間見計らってメールするからね」

「はいはい。せいぜい気をつけます」

心配する友人に苦笑《くしょう》を返して、澄音は帰途《きと》についた。

正門前の大通りにはけっこうタクシーも多く、すぐに捕《つか》まるだろうと思っていた。だが、今日に限ってなかなか空車が通りかからない。ぼんやりと立ちすくんでいると、くらりと眩暈《めまい》を覚えた。

（あ、まずい。ぼーっとしてきた）

ひとの目がなくなったせいもあって、気が抜《ぬ》けてしまったらしい。だんだん意識がぼんやりとしてくるのに、まずいなと思った。

こんな最悪の状態でふだんの発作《ほっさ》が出たら間違《まちが》いなく倒《たお》れる。大学部の生徒らはちらほらと見かけるけれども、だからこそあまり悪目立ちもしたくないな——と考え、澄音はバスを使うことにした。

冷えた空気で喉《のど》を痛めないよう、常備しているマスクをかけ、深々とマフラーに首を埋《うず》めていると、ほどなくバスがやってくる。とりあえずこれで、家の近くまで向かえばいいだろうとほっとして、座席に深く身体を沈《しず》めると、どっと眠気《ねむけ》が襲《おそ》ってきた。

きしむスプリングはあまり上等とは言えなかったが、疲《つか》れきった身体にはその振動《しんどう》とあたたかさがたまらなく心地よい。

(あ、まずいな……)

そういえばあまり眠《ねむ》っていないのだ。宗佑はけっこう執拗《しつよう》に身体を貪《むさぼ》ってきて、ふだんの睡《すい》眠《みん》時間の半分もとっていない。おまけにこの体調の悪さに加え、空いているバスのなかはかなり空調を効かせてある。

(まあでも、いいや……寝ちゃおう)

寝過《ねす》ごしたら終点で折り返せばいいだけの話だ。うまくまわらない頭のまま、澄音は判断をつけて目を閉じる。

泥《どろ》のような眠りに落ち、つかの間の安寧《あんねい》を得た澄音の顔は、この日はじめての穏《おだ》やかなものになっていた。

「——さん、お客さん。終点ですよ。回送に入るから、降りてください」

「あ、えっ。ああ、あ、はい。降ります」

案の定熟睡《じゅくすい》してしまった澄音は、運転手の少し億劫《おっくう》そうな声で揺り起こされた。

あわてながら鞄《かばん》を抱《かか》え、コートの前をかき合わせてバスから降りると、そこはろくに立ち寄ったこともない、新宿駅だった。

(うわ、まいったな……間違えた)

ぼんやりしていたせいで、どうやらふだんとは路線の系統が違うバスに乗ってしまったらしい。失敗を悟っても遅く、澄音はどうしたものかとため息をつく。

若者らしからぬことに、澄音はこの華《はな》やかな街にはろくに訪《おとず》れたことがない。空気が悪いうえにいつでも人混みがすごくて、宗佑に「発作が出るとまずいから」とあまり立ち寄らないように言われていたからだ。

どうやらバスターミナルは駅の西口付近であるらしいのだが、入り組んでいてどちらに向かえばいいのかさえ澄音にはわからない。

それ以上に澄音が愕然《がくぜん》としたのは、うろうろと付近を歩き回ってみても、どこをどうすれば目的の電車に乗り、家に帰れるのかもわからなくて焦《あせ》ったことだ。

というのもふだんの澄音の移動ツールというのは、宗佑の車かタクシーが主だ。電車に乗るのは家から学校、病院などの決まりきったルートばかりで、遊びに出歩くときにも必ず、月花か凱風というお目付役が一緒《いっしょ》だったものだから、乗り換《か》えの路線などろくに確認《かくにん》したことがなかったのだ。

(ぼく……こんなんじゃ本当に、ひとりで生きていけないよ)

ふだん周囲にどれだけ過保護にされていたか、思い知った気分だ。青ざめつつ小さく肩《かた》をすくめて歩いた澄音は、ふと月花の言葉を思いだす。

──なんかあったらすぐ連絡入れなよ。

新宿で迷子になりかけていると言えば、たぶんあの親友はひとしきり澄音を罵《ののし》ったあと、ちゃんと帰り道を教えてくれることだろう。ほとほと情けないけれど、携帯《けいたい》に連絡《れんらく》を入れるかとポケットを探《さぐ》った澄音は、視界の端《はし》になにか見慣れたものを見つけた気がして顔をあげる。

(あれ?)

意識に引っかかったのは、ゼニアのコートだ。すっきりとした仕立てのそれは長身の体軀《たいく》によく似合う。そして冬の風に翻《ひるがえ》った裾《すそ》から覗《のぞ》くスーツもまた、澄音のよく見知ったものだった。

「宗佑さん……?」

いずれもオーダーで仕立てられた高級なそれらは、試着からつきあっていたからよく覚えている。肩幅《かたはば》が広く姿勢のいい宗佑にはとてもよく似合っていて、長い歩幅で歩く姿に一瞬《いっしゅん》見惚《みと》れた澄音は状況《じょうきょう》も忘れ、声をかけようかと口を開きかけた。

(あ、でも、まずい……)

足を踏《ふ》みだしたところで、じんと腰の奥に痺《しび》れが走った。そこではっと、昨晩なにがあったのかを思いだした澄音は、とっさに近くの物陰《ものかげ》に身を隠《かく》す。

(こんなところで見つかったら、またなにか叱《しか》られる)

なぜここにいるのかと問われて、具合が悪いのだと言えば昨日のことを蒸《む》し返す羽目になりかねない。状況が吞《の》みこめずに呆然《ぼうぜん》としていた今朝はともかく、月花との会話ではっきりとショックを自覚してしまったいま、宗佑とふつうの顔で接する自信はなかった。

（でも宗佑さん、なにしてるんだろう）

こっそりと身を潜《ひそ》めながらも、はたと彼はこんなところになんの用なのだろうかと、小首をかしげる。気になって、ちらちらと宗佑のいるほうをうかがっていた澄音は、彼が時計を見ては、ひと待ち顔をしていることに気づいた。

仕事の相手と待ち合わせでもするのだろうか――と、ついそのまま背の高い姿を見つめていたけれど、すらりとしたシルエットに駆《か》け寄ってくる影《かげ》を見つけた瞬間、息が止まりそうになった。

（なんで）

その女性は、宗佑の事務所で秘書をつとめている香川だった。

「……先生、お待たせして申し訳ありません」

「ああ、いえいえ。かまわないよ。先方に電話は入れておいたから」

風に乗って聞こえてきた会話は、どうということもないものだった。秘書である以上、彼女が仕事さきに同行するのもなにもおかしいことではない。だが、香川の装《よそお》いはあきらかに、ふだん事務所に出勤してくるときのような、モノトーンでまとめた落ち着いたものではない。

ファッションモデルでもある月花のうんちくのおかげで、女性の装いに関しては好きもきらいもなく詳《くわ》しくなってしまったから、わかるのだ。

まっすぐな脚《あし》に流行《はや》りのブーツ、上品なファーの飾《かざ》りが華やかなコートの色合いはスモーキーピンクで、たとえば、ちょっとしたお出かけや――デートであるとか、そういうときにこそ似つかわしい服装だと、澄音は察した。

おまけに、澄音が衝撃《しょうげき》を受けたのは香川のファッションに関してだけではない。

「じゃ、行きましょうか。その靴《くつ》じゃ、歩きにくいでしょう」

「あら、まあ……嬉《うれ》しい」

そう言って軽く腕《うで》を差しだした長身の宗佑の肘《ひじ》のあたりに、香川は少しはにかんだような顔で手をかけたのだ。すらりとした長身の宗佑と、こちらも女性にしては背の高い彼女の取り合わせはドラマか映画のなかの恋人《こいびと》同士のようで、非の打ち所のない見事なカップルに見えた。

がんがんとこめかみのあたりでひどい音がして、それが自分の鼓動《こどう》のリズムだと気づくのにずいぶんとかかった。なにも考えられないまま、ふらふらとふたりのあとを追いかけ、澄音は歩きだす。

まさかそんな、と思いながらよろけるように歩く澄音の目の前で、ふたりは小田急デパートのなかへと入っていく。

こんな場所で制服のままでは悪目立ちをするのではないかと不安になり、周囲を見渡《みわた》すと、平日の昼間だというのに意外に学生の姿は多い。具合が悪くて早退した自分とは違うのは、派手な雰囲気《ふんいき》でわかるけれど、なんだか不思議な気持ちになった。

というより、このいま、目の前にした光景にまるで現実感がない。

カルティエのコーナーで立ち止まるふたりが、店員を相手にあれこれと談笑している姿を見ても、それが事実だと澄音は認めたくない。

うやうやしい動作で奥まった場所からケースを取りだしてきた店員が、ダイヤの光るリングを差しだし、それを香川が左の薬指にはめてみせたことも、現実のことなどと思いたくない。

（どういうこと、なのかな）

たしかに以前、宗佑は執拗に見合いを勧《すす》めてくる知人の前で、香川とのことをこう言いきっていた。

――わたしはここにいる香川くんと交際していますし、それなりの予定もありますので。

（あれはほんとだったの？　じゃあなんで昨夜、ぼくにあんなことまでしたの）

ひゅっと喉《のど》が鳴って、澄音は胸を押さえた。まずい、と思った瞬間には独特の咳《せき》がこみあげてきて、口を両手でふさいだままその場に背を向ける。とにかくこの場から離《はな》れたい。宗佑と香川の仲むつまじそうな様子など、これ以上見ていたくはなかった。

澄音はぜいぜいと息を切らしながら、暖房《だんぼう》とひといきれになまぬるいデパートを飛びだし、外に出た。よろけながら咳が出はじめて、思考能力が一気に低下していくなか、恨《うら》みがましいことを考える。

（ぼくとセックスしたその日に、どうしてほかの女のひととデートできるの。それでどうして、指輪選んだりできるんだ）

そればかりじゃない。月花との交際を平然と認め、デートしてみろと言ってみたり。

もうなにもかも、意味がわからない。混乱とショックでますますひきつっていく呼吸に、ついには連続的な咳が止まらなくなってきた。

肺を破りそうな痛みにあえぎながら、常備している吸入器を取りだしたのはもう、習慣的な動作でしかない。

がくがく震《ふる》える手でそれを口元にあてようとしたけれど、あまりにもひどい震えに取り落としてしまった。拾おうとしたとたん眩暈《めまい》まで起きて、その場に膝《ひざ》をついた澄音は地面のうえで拳《こぶし》を握《にぎ》りしめる。

「あんまり、だ……」

はは、とひきつった嗤《わら》いをこぼしながら、澄音は喉の奥でいやな音が鳴るのを知った。

ぜひゅう、と息を吸った瞬間にはひきつけじみた痙攣《けいれん》を起こし、吸入器を拾おうにも視界がきかない。

喉の奥が切れそうな咳が頻発《ひんぱつ》して、胸を掻《か》きむしった。胸の痛みがそのひどい咳に紛《まぎ》れるようで、いっそこのままなにもかもわからなくなってしまえばいいと思った。

(死んじゃいたい)

どうしてこんなにつらいのに、この場で消えてしまえないのだろう。あまりの苦しさに涙《なみだ》ばかりか鼻水も唾液《だえき》も溢《あふ》れだし、うずくまったまま澄音はもがいたが、現実はさらに残酷《ざんこく》だった。

「あの……あなた、だいじょうぶ？」

「ひっ……」

発作《ほっさ》に悶《もだ》えていたところで、都会の無関心なひとびとは足早にとおりすぎるばかりだった。

そしてよりによって、小さく背を丸めた澄音に声をかけてきたのは、カルティエの袋《ふくろ》を提《さ》げた香川そのひとだった。

「え……澄音さん⁉　あなたどうしたの、こんなところで」

問われてももう、澄音は答えることができなかった。ただひゅうひゅうと鳴る喉を押さえ、涙をこぼしながらかぶりを振《ふ》るしかできない。

「わかったわ、いま、喋《しゃべ》れないのね？　落ち着いてね。ゆっくり、無理しないで」

険しい表情になった香川はすぐに周囲を見渡し、澄音の落とした吸入器を拾うと口元にあてがった。それをどうにか吸いこんだ澄音を確認《かくにん》すると、きりっとした顔のまま澄音の背中を撫《な》でてくる。

「ちょっと待ってね、いま先生も近くにいらっしゃるの。すぐ、呼んでくるから」

「いっ……がっ……」

いらない、もう放《ほう》っておいて、そう言いたいのに言葉が出ないまま、立ちあがろうとする彼女のコートの裾を摑《つか》むのが精一杯《せいいっぱい》の澄音の前に、ぬっと黒い影がさした。

（いやだ）

大柄《おおがら》なそれに、宗佑が来たのかと怯《おび》えて身を縮めたけれど、なにか妙《みょう》だと気づく。

立ちすくんだ香川は、澄音の出現と発作に驚《おどろ》いたとき以上に顔を歪《ゆが》めている。そして、じりじりとあとじさる彼女へ、低くかすれた声がかけられた。

「栄美……」

「……なにか、用なの」

押し殺したような暗い声は、宗佑の快活なそれとは似ても似つかなかった。涙にかすむ目を凝《こ》らした澄音の目に、まばらな髭《ひげ》を生やし、どこか荒《すさ》んだ気配の男が映る。

（誰《だれ》……？）

剣呑《けんのん》な気配にも、香川の見たこともないほど緊迫感《きんぱくかん》を漂《ただよ》わせる表情にも戸惑《とまど》い、まだ荒《あ》れた息の下《もと》でふたりを見比べている澄音の頭上で、男はうなった。

「おまえ、本当に結婚《けっこん》する気か」

「あなたには関係のない話でしょう。そこをどいてください、この子がいま、大変なのよ」

「ガキのことなんざどうでもいいんだよ！」

血走った目で怒鳴《どな》った男が腕を伸《の》ばしてきて、香川はさっと身を屈《かが》める。

「きゃあ……っ！」

どん、と衝撃を受けた澄音が目を瞠《みは》ると、腕を振りかぶった男が香川の頭を殴《なぐ》っているのが見えた。しかも勢いまかせだけではなく、あきらかに痛みを与《あた》えるために、何発も。

そして彼女は澄音を庇《かば》うように、細い身体《からだ》で覆《おお》い被《かぶ》さっている。

（なに……なんで）

いったいなにがどうなっているのかわからないまま、澄音がぜいぜいと息を切らしていると、香川の長い髪《かみ》を男は摑み、澄音から引き剝《は》がした。

「い……っ、放して、やめて！」

「冗談《じょうだん》じゃねえ、許さねえからな！　おまえは俺のもんだろうがっ！」

無理矢理に引きずりあげた男が、香川の頬《ほお》を張るのが見えた瞬間《しゅんかん》、澄音は反射的に男の脚《あし》を摑んでいた。

（だめだ、そんなの）

なにを考えてのことでもない。ただ、この暴力的な男から、とっさに澄音を庇ってくれた香川を殴らせたままにはしておけないと、そんな反射的な行動だったのだが。

「なんだこのガキ！　どけ、ばか！」

「げほ……っ！」

乱暴に脚を振り払《はら》った男の靴さきが、鳩尾《みぞおち》にめりこんだ。それ自体はたいした威力《いりょく》はなかったけれど、衝撃に咳の発作はさらにひどいものになり、澄音は地面に這《は》いつくばって呻《うめ》いた。

（あ……やばい、やばい、やばい）

おさまっていなかった発作に加え、いまの暴力でますます咳はひどいことになった。喉から聞こえる音はますますひどくなるのに、少しも肺に空気が入ってこない。

過呼吸の発作を起こしたのだと、死にそうな苦しさのなかで澄音は気づいた。口の周りが痺《しび》れたようになり、強烈《きょうれつ》な不安感に見舞《みま》われ、闇雲《やみくも》な恐怖《きょうふ》に叫《さけ》びたいのに声が出ない。

（死んじゃう、死んじゃうよ）

喘息症状《ぜんそくしょうじょう》のおさまりきらない澄音はストレス障害もわずらっており、緊張《きんちょう》状態になると呼吸ができなくなる。吸いこんでも吸いこんでも酸素が足りなくて、次第《しだい》に手足が痙攣をはじめた。

「ひー……ひー……っ」

「な、なんだ、このガキ」

地面のうえで奇妙《きみよう》に悶える澄音の姿に、男は一瞬だけひるんだようだった。男に捕《つか》まえられたままだった香川は、殴られた顔もかまわず血相を変えて叫ぶ。

「澄音さん！　澄音さんしっかりして……！　誰か、誰か救急車呼んでください！」

「うるせえ、黙《だま》れ、この……！」

香川の悲鳴のような声も、男の怒号《どごう》も、だんだん聞こえなくなってくる。

(酸素、酸素がない、空気がない)

ただ、どうしようもなく息が苦しかった。鼻と口にべったりとしたなにかを押しつけられたような窒息感《ちつそく》、明滅《めいめつ》する視界にもがいて、爪《つめ》が剝がれそうなほどに地面を引っ掻きながら、澄音は呻いた。

「……すけて……っすけ、さ……！」

助けて。助けて宗佑さん。

声にならないそれを、半ば遠くなった意識のままに繰《く》り返していると、ふっと身体が浮《う》きあがる気がした。

「ん……っ」

冷や汗《あせ》を流し、冷たくなった全身がなにかあたたかいものに包まれた。ついで感覚の失《う》せはじめた鼻をつままれ、唇《くちびる》がなにかやわらかいものにふさがれる。

(なに……なんか、あったかい)

行き場がないまま惑っていた空気が、どっと喉《のど》の奥に逆流してくる。ひきつり、吸うことばかりに集中していた呼吸が、膨《ふく》らむ口腔《こうこう》でゆっくりとほどけていく。

「……澄音、だいじょうぶだから」

「ふー……っ、ふ、は、かはっ……」

たったいままで自分の口をふさいでいたものが、静かな声を発した。大きな手のひらが背中を撫で、落ち着けというようにさすっている。

「香川さん、それを貸して」

「は、はい」

水のなかで聞く音のような曖昧《あいまい》なそれらが、頭上でなにか会話を交《か》わしているのがわかった。まだ落ち着ききれない浅い呼吸を繰り返す唇に、今度は紙袋《かみぶくろ》が押しあてられる。

「焦《あせ》らないで、ゆっくり息を吐《は》くんだ。そう、吐いて、吸って……」

自分の吐いた息を吸いなおしていると、その体温を孕《はら》んだ空気が喉の奥をゆるめる気がした。ずいぶんと長い時間それを繰り返し、きりきりと胸を締《し》めつけていた不安感と不快感が、ゆるやかに落ち着いていくのがわかった。

「上手だ、澄音。焦らなくていい。ちゃんとここにいるからね」

こめかみに唇をつけて囁《ささや》かれる声は、きいんと耳鳴りがするようなおぼろな聴覚《ちょうかく》にも、しっかりと響《ひび》いた。幾度《いくど》か、言われたとおりに呼吸を繰り返すと、暗かった視界が戻《もど》ってくる。

「そ……すけ、さん」

「よしよし。苦しかったね、いい子だ、もう平気だから」

見慣れたやさしい笑顔《えがお》にほっとすると同時に、どっと涙《なみだ》が溢《あふ》れてきた。無意識のまま、まだ痺れたような手を伸ばして宗佑の胸のあたりを摑むと、指を握《にぎ》られた。

「ここは、感覚ある？　痺れてない？」

「平気……」

ゆっくりした声で問われる。うなずくとほっとしたようにしっかりと抱《だ》きしめなおされる。

とたん、数回激しい咳《せき》が出て、宗佑の長い腕《うで》は強く澄音を包んだまま、立ちあがった。ぐらりと動いた視界に怯えてしがみつくと、澄音を抱きかかえたままの宗佑は強い声を発する。

「申し訳ない、香川さん。そちらに付き添《そ》いたいけれど、いまはさきにこの子を病院に」

「いえ、わたしはだいじょうぶですから。それより澄音さんを」

どうにか澄音が目を凝らすと、殴られた頰をハンカチで押さえた香川は毅然《きぜん》とした態度でいた。あの男はどうなったのかと不安になったけれど、ひさしぶりのひどい発作にもう頭もろくにまわらない。

「放《はな》せ、放せよこらぁ！　栄美、てめえ亭主《ていしゅ》になにしてくれてんだよ、その男は誰だ！　栄美、おい、栄美ぃ……！」

なにか遠くで見苦しい叫びが聞こえた気がしたけれど、もう澄音にはよくわからない。

「澄音さん、こんな状態なのにわたしを庇ってくださったんです。おなかも蹴《け》られていたようです。……ほんとうに、申し訳ありません」

「……そう。いいえ。そういう子だから」

苦い声で交《か》わされる会話の意味ももう摑《つか》み取れないまま、ただ頰をすり寄せるようにして抱いてくる宗佑の腕だけが、たしかだった。

＊　＊　＊

目を覚ました澄音は、自室のベッドに寝《ね》かされていた。地面に転がり汚《よご》れたコートも制服もなく、ご丁寧《ていねい》に寝間着《ねまき》に着替《きが》えさせられていた。

「いま、なんじ……」

声を発してみると、ひどいかすれかただった。口のなかも苦く粘《ねば》りつくようで、唇を動かすとぱりぱりと音がする。まるで何日も喋《しゃべ》っていなかったようだと驚《おどろ》き、ベッドを降りようとしたとたん、かくりと脚が沈《しず》む。

「あ、あれ……？」

床《ゆか》にへたりこむようにして崩《くず》れ落ち、まるで腰《こし》が立たない自分の状態に驚いた。いったいなにがどうして、と思いながら、そういえば新宿で倒《たお》れたのだったとようやく思いだした。

(あのあと……そうだ)

発作《ほっさ》を起こして宗佑の車に乗せられ、かかりつけの医者に運ばれた澄音は「ショックから来る過呼吸の発作だ」と診断《しんだん》され、念のためにと鎮静剤《ちんせいざい》を処方された。

振《ふ》り払われるついでに蹴られた腹については軽い打撲《だぼく》程度のもので痛みもなく、念のために検査をするかと言われたが、そこまではいらないと澄音は断った。

診《み》てもらわなくてもいいのかと念押しをする宗佑に、とにかくゆっくり眠《ねむ》りたいと訴《うった》えた。宗佑が来てくれたからか、薬が効いてきたのか、発作に体力を使ったせいなのか、走る車のなかで澄音はぼんやりと身体《からだ》を弛緩《しかん》させきっていた。

全身を緊張させた発作に咳、地面に転げたせいもあって明日には筋肉痛になるだろうという予感はあったが、そのときはただ倦怠《けんたい》感しか覚えてはいなかった。

——なんであんなところにいたのか知りたいが、とにかく、話はあとだ。寝ていなさい。

囁くような声で言われ、うなずいたところまでは覚えている。

澄音も問いたいことはいくらもあったが、とにかく眠くてしかたなかった。あれはおそらく鎮静剤のせいだろう、縫《ぬ》い合わせたように瞼《まぶた》も口も重たくて、指一本動かすのにも億劫《おっくう》でしかたがなく、ずぶずぶと眠りに沈んでいく。

なめらかに走る車のなかには、宗佑のにおいが満ちていた。整髪《せいはつ》料とフレグランス、煙草《たばこ》は吸わない彼からはいつも、澄音にとってはかぐわしいにおいしかしない。

嗅《か》ぎ慣れたそのにおいに包まれるまま、澄音は意識を失うような眠りに落ちていき——気づけば、自分のベッドのうえにいた、というわけだ。

めまぐるしかった一日を思いだし、ベッドサイドの時計を見れば、時刻は午後の三時をまわったところだった。

（なんか、あんまり時間経《た》ってないのかな？）

よくよく見れば部屋のなかもカーテンからこぼれる日差しにぼんやりと明るい。ずいぶんぐっすり寝た気がしたのだが、どうして――と考えたあと、はたと気づく。

（違《ちが》う、こんな時間のわけがない）

午後の授業をひとつこなしたあとに学校を早退して、新宿に辿《たど》りつくまでに最低でも三十分以上はかかっている。その後も新宿付近で迷ったり、宗佑らをつけていったりとしていたのだ、どう考えてもその時点で、三時はすぎていた。

「じゃあこれ、いったい……」

はっとして澄音は視線をめぐらせ、よろけながら立ちあがると壁《かべ》にかけてあったコートを探《さぐ》る。目当てのものはすぐに見つかり、力の入らない手で時計表示を確認《かくにん》した携帯《けいたい》の時計では、記憶《きおく》にあるよりも二日ほどすぎた日付が記されていた。

「うっそ……」

まる二日間倒れていたということか。愕然《がくぜん》としながら次に気づいたのは、メールの着信サイン。明滅しているそれにあわてててメールを開いてみると、月花からのものだ。

いったいなにが起きたのか、心配していると綴《つづ》られるそれは七通にわたっている。最初の二通は澄音が早退した日のもの、残りは一昨日《おととい》のもので、順繰《じゅんぐ》りに文面を読み最後の一通を開いた澄音は、すっと胃の奥に冷たいものを覚えた。

『さっきあんたんち電話したら、宗佑さんが澄音は熱出して寝てるって言ってたけど、それほんとなのかな。とにかく、これ見れたら無事かどうかだけ返事ちょうだい』

（そうだった……）

寝起《ねお》きのぼんやりとした頭で忘れていたが、せんだって月花には澄音と宗佑の間になにが起きたのかを知られていたのだ。それでいきなり連絡《れんらく》が取れなくなったとなれば、彼女の心配もあたりまえの話だったし、なにより、このさきをどうやってすごせばいいのかという、大きな問題を置き去りにしていた。

（あれ、待てよ。でも、なんかその前に、なにかあったような）

倒れる前に起きたあれこれは、情報量が多すぎたせいかいまひとつはっきりしない。ともかく月花に無事を知らせるメールを書かねばと澄音はあわてて文面を作成する。

『ごめんね、寝たっきりだったみたい。もうだいじょうぶだから』

短いけれど、まずは連絡をつけるのが先決だ。あとは電話でもいいやと送信したところで、部屋のドアがノックもなしにいきなり開かれた。

「っ……！」

「ああ……澄音、起きたのか？」

なにもやましいことはないのだが、反射的に携帯をうしろ手に隠《かく》し、澄音は無言のままこくこくとうなずいた。

「だめだよ、ちゃんとベッドに入って寝ていなさい。二日も意識がなかったんだから」

「あ、そ……そう、なの？」

ぎこちなく顔を強《こわ》ばらせて問いかけると、やはりひどい声がした。宗佑はふっと息をついて眉《まゆ》をひそめ、とにかく横になっていろと言った。

「何度も言うだろう、薄着《うすぎ》はだめだよ、ちゃんと布団《ふとん》をかけて。ああ、そうだ。喉《のど》が渇《かわ》いただろう。なにか持ってくるから」

「う、うん」

うなずくと、執拗《しつよう》にベッドに入っているように言い置いて部屋を出た彼が、すぐに冷えたスポーツドリンクを手に戻《もど》ってくる。

「飲みなさい。あんまり一気にごくごくやるんじゃないよ、噎《む》せるから」

「ありがとう」

ペットボトルに口をつけてみると、自分がおそろしく喉が渇いていたことに気がついた。不快な粘つきを洗い流すような清涼《せいりょう》飲料水をあっという間に飲み干してしまい、予想していたのだろう宗佑にすぐ二本目を差しだされて、それも七割方澄音は飲んでしまった。

「あー……生き返った感じ」

急激に身体が潤《うるお》い、意味もなく目がじわりと潤《うる》む。ほっと息をついて呟《つぶや》けば、宗佑が一瞬《いっしゅん》ひどく険しい目をして、その不機嫌《ふきげん》そうな表情に澄音はびくりとした。

「え、なに……宗佑さん、なんか、怒《おこ》ってる？」

「べつに、怒ってはいないけれどね」

どうしたの、と澄音が首をかしげれば、宗佑は投げやりな声で言った。あきらかに怒っているじゃないかと気まずくなりつつ、はっといまの時刻を思いだす。

まだこの時間は宗佑の事務所は開いているはずだ。もしかして心配して仕事を休んだのではないかと気づき、おずおずと澄音は口を開いた。

「あ、もしかしてお仕事の邪魔《じゃま》したかな。起きたから、もうついていてくれなくても――」

「そんなことは考えなくてもいい」

言いさした言葉は、切って捨てるようなため息混じりの声にふさがれた。

(どうしたんだろ……？)

どこかひどく疲《つか》れたような宗佑の顔は、あまり見たことのないたぐいのものだった。先日とはまた少し違った意味で、見慣れない彼の姿に戸惑《とまど》っていると、手のなかの携帯が着信音を奏《かな》でる。

「あ、うわ……っ」

不意打ちのようなそれにびくっと澄音が飛びあがると、宗佑はさらに声を低くした。

「起きて携帯なんかいじって、また熱がぶり返したらどうするんだ」

「え、あ、違うよ」

貸しなさい、と大きな手を差しだされたけれど、澄音はかぶりを振り、背後にまわしたままの手を強く握《にぎ》る。逃《に》げるようにあとじさったのも、まるで宗佑に抗《あらが》うような態度を取ったのも、反抗《はんこう》するつもりではなくただ、その怒《いか》りを滲《にじ》ませた気配がおそろしいからだった。

「……澄音。メールなんかしていたら、寝《ね》られないだろう」

「あ、あ、あの……月花に、もう平気だって言っただけで、これも、その返事で」

なにも遊んでいたわけではないし、いま起きたばかりだ。そう言おうとしても、喉の奥に声が絡《から》んでうまく伝えられない。ただ小さく身を縮め、かぶりを振るばかりの澄音に業《ごう》を煮《に》やしたように、宗佑は大股《おおまた》に近寄ってきた。

「あっ……！」

「目が疲れるから携帯はしばらく没収《ぼっしゅう》するよ」

言うなり、手にしていた携帯が奪《うば》いとられる。宗佑らしからぬ乱暴な所作に、不快さより驚《おどろ》きがさきに立った。

「べ、べつに遊んでいたわけじゃないよ。ただ、月花が心配してるから――」

「月花ちゃんには俺から説明をしておいたんだから、いいだろう」

「そんな……」

「それからしばらく、出歩かないでおとなしく家にいること、いいね？」

反論はいっさい許さないという語気の強さに、澄音は唖然《あぜん》としてしまう。

いままで澄音に対して、目の前の彼は小言じみたことや、お説教をしたことがないわけではない。けれどそれはあくまでソフトで、こんなふうに上から決めつけるような物言いをしたことはなかった。

いや――一度だけ、それこそ先日の強引《ごういん》なセックスの前には、少なからず強引ではあったけれど、それ以外は総じて「なぜそうしなければならないのか」という理屈《りくつ》を説き、「澄音のためなのだから」という言葉で締《し》めくくられていたはずだ。

（どうしちゃったの、宗佑さん）

あまりに強行に決めつけてくる宗佑にも面くらいつつ、澄音はぼそぼそと反論する。

「もう熱も下がったし、おおげさだよ」

「なにがおおげさだ。あんなひどい発作《ほっさ》はひさしぶりだろう。おまけに熱も高かったんだ」

苦い顔の宗佑にため息混じりに告げられて、分の悪さに澄音は肩《かた》をすくめた。

入院するほどではないと言われたものの、たしかに二日も寝こんでいたというのはここ数年にはなかったことだし、自分が意識不明だったのも事実なだけに返す言葉がない。

「ごめん、なさい」

うなだれて詫《わ》びると、宗佑は苦々しげに顔を歪《ゆが》める。もとが端整《たんせい》な作りをしているだけに、宗佑が不機嫌な顔をすると異様な迫力《はくりょく》が増す。睨《にら》まれ、澄音がまたびくりと震《ふる》えた瞬間、彼は深々と息をついた。

「言っただろう。俺は意識がないままぐったりしてる澄音なんか二度と見たくないと」

「あ……」

かすれた声で言う、宗佑の腕《うで》が伸《の》びてくる。抱《だ》きしめる仕種《しぐさ》はいつもどおりにやさしいものなのに、腕にこもる力は痛いほどに強い。

「久々に肝《きも》が冷えたよ。頼《たの》むから、おとなしくして。……俺は澄音がどうにかなったら、生きていけない」

「そん、な」

悲痛なものさえ滲む声に、ずいぶんと心配をかけたことを知った。よく見れば宗佑はふだんのぴしりとした格好をしておらず、シャツもどこかよれていて、目も赤い。

「宗佑さん、もしかして寝てない？」

「澄音になにかあったらと思うと、眠《ねむ》れなかった」

小さなころから手をかけさせた宗佑には、今回のことでいろいろと苦い記憶《きおく》を思いださせてしまったらしい。腕のなかに閉じこめるように、頭から抱《かか》えこんだ宗佑は苦しげな声で告げた。

「医者は、知恵熱《ちえねつ》みたいなものだからと言ったし、過呼吸で死んだりしないこともわかってる。それでも澄音が苦しそうにしていると、俺がつらいよ」

「ごめんなさい、心配かけて」

呟いて長い腕をさすると、ますます抱擁《ほうよう》はきつくなる。

あれほど苦しかった呼吸も、いまはすっかり落ち着いている。宗佑に抱きしめられている時間は澄音にとって絶対の安心を保証するものだった。

そして同時に、心がきしむほどのときめきを与《あた》えてくれる。

（でも……このままじゃだめだ）

この腕が心地よければいいほどに、自分のものではないつらさが忘れられない。

彼がどんなつもりかは知らないけれども、香川のことがあるのはたしかだ。

（あきらめないと、だめなんだ）

香川はあの男に襲《おそ》われた瞬間、自分が逃げるよりもさきに澄音を護《まも》ろうとしてくれた。

とっさの行動だけに、そこに香川というひとの高潔さとやさしさを見た気がして、だから澄音も、せめて殴《なぐ》られた女性を庇《かば》おうと思ったのだ。

だからこれ以上、宗佑の抱擁の甘さを覚えたくない。息苦しくせつなく、それでも放《はな》してほしくないこの腕から、自分でちゃんと出ていかなければ。

澄音は、どうにか笑《え》みを作って、宗佑の肩を軽く叩《たた》いた。

「ね、わかった。ちゃんとおとなしくするから、宗佑さん。放して」

「いやだ」

「いやだって言われても……」

こういうのは、よくないよ。そう言いたいけれど言えないのは、本当は放してなどほしくないからだ。唇《くちびる》を嚙《か》み、力なくかぶりを振《ふ》って澄音は広い胸を押し返す。

「も……もう、寝るよ」

「そうだね、そうしたほうがいい。疲れただろうし、それに」

「……それに？」

代わりに、彼がもっとも納得《なっとく》しそうな言い訳を口にすると、微笑《ほほえ》んだ宗佑は、澄音が思ってもないことを言ってのけた。

「だいたい、あんなことをした翌朝に、意地を張るから倒《たお》れるんだろう」

「え……」

一瞬、なにを言われたのかわからなかった。きょとんと目を瞠《みは》り宗佑の顔を見あげていると、少し意地悪く笑った彼は澄音の首筋にそっと触《ふ》れる。

「コンシーラーとは考えたね。さすが月花ちゃんだ、しっかり見えるようにつけたことに気づいたかな」

はっと澄音が息を呑《の》んだのは、長い指が撫《な》でた場所には先日、宗佑がつけた口づけの痕《あと》があったことを思いだしたからだ。

「な、なに……どういうこと？」

「どういうことって、なにが」

いまのいままで、まるでなにもなかったような態度を取った彼が、自分からあの件を蒸《む》し返すとは思わなかった。驚き、また不安になりつつ声をうわずらせると、大きな手のひらが頬《ほお》を包む。

（どうして……？）

いとおしげに髪《かみ》を梳《す》く手はむかしから知っているそれのようでいて、耳のうしろや首筋をついでのように撫でていく仕種が、かつてとはまるで色を違《たが》えているのに気づく。

ただ子どもを甘やかそうとするだけではない、あきらかに性感を刺激《しげき》する慰撫《いぶ》に、澄音は小さく震える。そして、あえぐように口を開くと、思いきって問いかけた。

「そ……宗佑さん、あのこと、なかったことにするつもりじゃないの」

「誰《だれ》がそんなことを言ったのかな？」

まるで彼の意図が読めず、おどおどと問えば、咎《とが》めるように軽く額をぶつけられた。痛みのない、こすりつけるような仕種はまるで、額同士で口づけをするかのような甘さを孕《はら》んでいる。

おまけに宗佑は、ひそめた声で笑いながら、こんなことを言う。

「おばかさんだね、澄音。ちょっと意地悪したらすぐに信じて」

「い……意地悪？」

「ひとを試《ため》すようなことをするから、お仕置きしたつもりだったんだけどね」

ちょっとお灸《きゅう》が効きすぎたかなと笑う宗佑に、澄音は啞然となる。まさかと宗佑を見つめると、きれいな瞳《ひとみ》がからかうように細くなった。

「じゃ……じゃあ……あれって……まさか」

呆然《ぼうぜん》としながら息を吞むと、今度こそおかしそうに宗佑は笑いだした。

「澄音が本当に月花ちゃんとつきあうわけがないことくらい、最初からわかってたよ。それで、俺になにかを言わせたいってことも」

「そ……れは」

「おや、違《ちが》うのかな？」

あっさり指摘《してき》する宗佑の前でかあっと頰が熱くなって、うろうろと視線をさまよわせると、こめかみにやわらかなキスを落とされた。肌《はだ》を軽く吸って離すそれにも、痺《しび》れるような熱がこみあげて、くたりと力が抜《ぬ》けていく。

「嘘《うそ》をつくのが下手だからね、澄音は。みんな顔に出る。まあ俺がそう育てたんだけど……」

つきあうことになったと宣言したとたん、嬉《うれ》しげだったり誇《ほこ》らしげな顔をすればさすがに信じただろうと宗佑は苦笑《くしょう》する。

「それが、おどおどと試すように上目遣《うわめづか》いで反応をうかがっているようじゃあね。それに、いくらなんでももう少しは『らしい』話をでっちあげるべきだったんじゃないかな」

「う……あ、あれは、月花が……いまさらぽっと出の彼女なんか嘘くさいって」

「どっちにしても、同じだよ。だいたい、あの子と澄音じゃあ、仲がよすぎて男女の仲になるにはむずかしすぎる」

最初から、澄音のあさはかな計略も全部お見通しだったと笑われて、恥《は》ずかしくなった。

月花を相手に選ぶあたりがお粗末《そまつ》で、小さなころからふたりを見知った宗佑には、嘘はすべて見抜かれていたらしい。

「ただ、あまりにも見え見えなんで、逆に戸惑《とまど》ったよ。一瞬だけ、まさかとも思ったけどね。だからお返しにこちらも嘘をついてみた。これでおあいこだろう?」

「で……でも、そんな……ひどい」

あんなすごいことをされた翌朝、なんでもない顔で月花とつきあうのを応援《おうえん》するなどと言ってのけて。突《つ》き放された気がして哀《かな》しくて、あんなに悩《なや》んで。

それが全部嘘でしたと言われても、傷ついたのは事実だった。

「ぼく、ほんとにつらかったのに」

「そうだね。歩くのは、きつかっただろう?　そういうふうに、したから」

なじると、宗佑は悪びれるどころか、けろりと言ってのける。

「慣れていない澄音に、あんなに何度もしたら、てっきり途中《とちゅう》で音をあげると思った。朝だって、歩くのもつらかっただろう？」

わざと激しく抱《だ》いたのだとまで教えられ、澄音は耳まで赤くなった。どこまで計算尽《づ》くだったのだろうと悔《くや》しくもなり、また恥ずかしい。

「でもまさかあそこまで意地を張るとは思わなかったよ。泣いて俺に問いつめるくらいするかと思っていたのに」

そうしたら意地悪な嘘をばらして、ちゃんと話をしようと思ったのだと、ずるい大人は笑い、しかし少しだけため息をついてみせる。

「それにね。澄音もひっかかりすぎだ。だいたい、なんで俺がああまでひどい男だなんてすぐに信じこめるの。それもちょっとショックだったんだけど」

だがさすがにその言いぐさはないだろう。誤解を与える要素を山ほど出しておいて、素直《すなお》になれというほうがよほど無茶な要求だ。なにより、大きな問題がまだ、残っている。

「だって、香川さんが」

「香川さん？　彼女がなに」

なにって、と澄音は口ごもる。言わせるつもりかと上目に睨《にら》むと、またじんわり涙《なみだ》が浮《う》かんできた。だがもう、ここまで来たらなにもかもをはっきりさせなければ気が済まない。

「け……結婚《けっこん》するんでしょ？」

一瞬だけ喉《のど》に言葉がつまったけれど、あとはひといきに、言ってのけた。そして発した声はそのまま澄音の胸に突き刺《さ》さる。

「だから……ぼくとこんなことするのも、あ、遊びとか、なんかの間違い、とか……」

できれば顔を見て恨《うら》み言のひとつも言ってやろうと思ったけれど、そこまでの根性《こんじょう》はなかった。うつむき、唇を噛みしめながら涙声《なみだごえ》になる澄音に、宗佑は平静な声でこう言った。

「さて。結婚って、なんのことかな」

「ごまかさなくてもいいよ。前にも、お客さんにつきあってるって言ってたし、カルティエでふたりで指輪、買ってた。う、腕《うで》も組んでたし……ちゃんと、知ってるから」

ぼそぼそと小さく言いつのり、それでも未練がましく宗佑の腕だけを握《にぎ》りしめる。自分はいったいどうしたいのだろうかと、澄音は自嘲《じちょう》した。

「それで？　知ってるから？　結婚するまでは遊んでくれとでも言うつもり？」

「そ……」

考えられるなかでもっとも最低な、けれどもっとも現実味のある提案を宗佑が口にした瞬間《しゅんかん》、心臓に針が刺さったかのように痛くなった。呼吸が一瞬止まりそうになり、大きく肩《かた》を震《ふる》わせた澄音が硬直《こうちょく》していると、宗佑は深々と息をつく。

「あのね澄音。さっきから聞いているときみのなかで俺は、いったいどういう人間だと見られていたのかわからなくなるよ」

「宗佑、さん？」

「ついでに言えば、そんな不倫《ふりん》じみたことをする子に育てた覚えもありません」

鹿爪《しかつめ》らしい顔も、それが限界だったようだ、ふっと噴《ふ》きだした宗佑はしょうがないなと笑いながら、澄音の頭を軽く叩《たた》く。

「まず最初から話を整理しようか。カルティエのリングは俺が買ったわけではなくて、彼女とその婚約者《こんやくしゃ》が注文していたものを取りに行った」

「え……」

「腕を組んでいたのは、あのひとがいま妊娠《にんしん》中で、安定期に入っているわけではないから。そんな状態だっていうのに、女のひとはヒールの高い靴《くつ》を履《は》きたがる。怖《こわ》くて見ていられないから手を貸した、そういうこと」

思いも寄らなかったことに澄音は呆気《あっけ》にとられ、目を丸くしたまままじまじと宗佑を見る。

「だ……だって、前に宗佑さん、お客さんに、香川さんとつきあってるって」

「ああ。あのひとはお見合いが趣味《しゅみ》だからね……あまりにしつこいんで、香川さんに頼《たの》みこんで、口裏をあわせてもらっただけのことだよ。ついでに、あのひとの前ではそれらしい態度で接してくれと」

「それらしい、態度？」

「いかにも彼女らしく見えるように、服を整えてもらったりね。むろんふだんではそんなことをしたりしないから、香川さんもいつも、苦笑いだったけれど」

以前見かけた、マフラーをなおしたりといかにも親密な仕種《しぐさ》は、疑り深い仲人《なこうど》志願者にあきらめさせるためだった。香川が笑《え》みを浮かべていたのも、茶番につきあわされる呆《あき》れからだったと教えられ、澄音はなんだか身体中の力が抜ける気分だった。

（ぼく、だまされてたのか……）

他人からそう見えるようにと振《ふ》る舞《ま》っているのだから、澄音が勘違《かんちが》いしても当然のことだった。宗佑にしてみれば、それらの出来事は澄音がいるとは気づかずにのことだったのだから、しかたがなかったのだろう。

まさかそこまで勘違いしているとは思わなかったと、彼も困り顔をしている。

「そんなわけで、あの買いものに俺がわざわざつきあったのは、彼女に借りがあったからだ。それから、……危険もあったからね」

声のトーンを落とした宗佑の言葉に、いまのいままで頭から飛んでいた事実を思いだし、澄音はいまさらながら青ざめる。

「あの、香川さんはだいじょうぶだったのかな？　なんか、殴《なぐ》られてたけど……あれ、なんだったの？」

いまさらながらおろおろして問いかけると、なだめるように宗佑はその頬《ほお》を撫《な》でた。

「あれは彼女の前の旦那《だんな》さん。……いつもあの調子のひとでね」

「え。香川さん、結婚してたの？」

「ああ。暴力が原因でだいぶ以前に離婚《りこん》したんだけれど、あちらは納得《なっとく》していないようでね」

最近はつきまとい行為《こうい》のようなことも増えていて、警察にもストーカー被害《ひがい》の相談をしていたそうだ。だが、陰湿《いんしつ》な相手はなかなかこれといった行動に出ないので、警察側としてもまだ事件として立件したり、警告を発するまでに至らないと判断していたらしい。

「いつもなら香川さんの彼――これが、おなかの子のお父さんになるひとだけれどね。そのひとが出かけるときなどは一緒《いっしょ》にいるんだけど」

「なにか、都合が悪かったの？」

「そのとおり。結納《ゆいのう》も目前だというのに、急な出張で一週間、出ることになったそうだ」

仕事の都合で、その間は彼女につきあえない。おまけに元旦那のほうは逐一《ちくいち》行動を見張っているから、怖くてひとりで出歩けないと、香川から宗佑が相談されたのだそうだ。

「結婚指輪などを調達するなんていったら、どんな行動を起こすやら、ということで俺がつきあったわけだ。ただ……俺がちょっと店に用事があってね。空気が悪いって香川さんが言うからさきに出てもらって、一瞬目を離《はな》した隙《すき》に、あんなことになったんだけど」

「だいじょうぶ、なの？」

「傷害の現行犯逮捕《たいほ》になるからね。俺も一緒だったから証言はしたし問題はない。念のため香川さんも検査したけど、彼女もおなかのお子さんも無事だ」

弁護士の証言となれば、それはたしかなものだろう。よかった、と胸を撫で下ろして息をついた澄音に、宗佑のほうが問いかけてくる。

「澄音こそ、あの日なんであんなところにいたの？」

「あれは……具合悪くて、学校早退したら、乗るバス間違えて……」

ぼそぼそと、情けなくも迷子《まいご》になりかけた自分のことを暴露《ばくろ》すると、宗佑は呆れかえったようにため息をついた。

「そんなあぶなっかしい子がよくもまあ、嘘《うそ》とはいえ同棲《どうせい》だなんだと言えたものだね。月花ちゃんもいい迷惑《めいわく》だ」

「な、なんだよ。それとこれと関係ないじゃないか。それに、月花だって迷惑とか言わなかったし！」

図星だけに、澄音はむっと口を尖《とが》らせる。そのさまをおもしろそうに眺《なが》めて、宗佑はからかうような声を出した。

「じゃあ、彼女はなんて言ったの」

「……澄音が、大人になって就職も結婚もできなかったら、面倒《めんどう》見てやるって……」

「はは！　それはまた」

口にしながらものすごく情けなくなったけれど、それ以上にまた噴きだした宗佑に腹が立つ。

単純な勘違いの積み重ねだったとはいえ、ここ数日の澄音の精神状態はぼろぼろだったのだ。

それをばかだと笑われてばかりで、正直けっこう傷ついている。

だからだろうか、思ってもないことを主張したくなった。

「な、なんだよ！　このさきのことなんかわかんないだろ、ぼくだっていつかすごい健康になって身体《からだ》も大きくなって、ばりばりのかっこいい男になったりするかもしれないだろ！」

「はいはい、そうだね。可能性は否《いな》めないね」

「それでちゃんと、かわいい彼女とかできて、本当につきあうかもしれないじゃないか！」

いなされるのが悔《くや》しくなって澄音がさらに言いつのれば、これもあっさり却下《きやっか》される。

「彼女ねえ。それは無理だろう」

「どうして！」

「俺が邪魔《じやま》するから」

さらっと言われた言葉を理解するより早く、顔が赤くなった。そのままもう一度抱《だ》き寄せられてしまうと、もう逆らう気力も残っていない。

「試《ため》したりしなくたって、俺は澄音のものだったよ。出会ってからずっとだ」

「宗佑さん……」

「俺が大事に大事に育ててきたんだ。いまさらどこの誰《だれ》が横やりを入れたところで、渡《わた》す気はない。澄音が……本当はべつの誰かを好きになってもね。譲《ゆず》らないよ」

いたずらっぽく笑って自分を離そうとしない宗佑に少しだけひるみつつ、長いこと待ったと言われてはもう止まらない。

「ちゃんと言っただろう。俺は世界でいちばん澄音が大事で、大好きだよ。ただし、女の子とつきあうのだけはあきらめなさい」

「月花と……つきあうの、反対しないって言ったくせに」

本当はすぐにうなずきたい。けれどさすがに振り回された事実が腹立たしくて素直《すなお》になりきれずにいると、尖った唇《くちびる》をそっと盗《ぬす》まれた。

「澄音、もう俺は、嘘はやめたよ」

「宗佑さん……」

「月花ちゃんと俺と、どっちが好きか言ってごらん」

くらべようもないと知っているくせに、宗佑は意地悪く問いかけてくる。赤くなったまま上目に睨《にら》むと、彼はその目もとをやさしく撫でて、言った。

「俺だけだって、言ってごらん。女の子とつきあったりしないって。その代わり、この腕《うで》のなかにいると約束するなら、なんでもしてあげる」

そこまで譲歩《じょうほ》されてしまえば、張る意地もない。

宗佑が自分を求めてくれるのならば、なにもいらない。声にならないままかぶりを振って、今度こそなんのわだかまりもなく、澄音は彼の首筋に腕をまわした。

「ぼく、ぼくだって宗佑さんしかいらない、宗佑さんがいい……！」

「そうだね。知ってるよ。ちゃんと、わかってた」

でも澄音はわかっていなかったようだけど。

意地悪くつけ加えられたひとことに、恨《うら》みがましい気分にもなる。

「だって、宗佑さんがやさしいのはむかしからずっと、だから……」

澄音自身、彼に対する恋心《こいごころ》がいつから芽生えたのかなどはっきりとはわからない。

ただ気づけば好きで好きでたまらなくて、身体が成長するにつれて、触《ふ》れられることに胸を騒《さわ》がせ、そのうちにキスが欲しくなった。

香川とのことを知ったときには、本当に胸が張り裂《さ》けるという言葉の意味を、体感した。

「お兄さんみたいな感じで、いたし。宗佑さんもそうなんだろうって、家族なんだと思ってるだろうって……だから、わかんなかったよ」

「お兄さん、ね」

うまく気持ちを伝えられるかどうかわからないまま、澄音がたどたどしく言葉を綴《つづ》ると宗佑は複雑そうに笑う。そしてまたもや、澄音の度肝《どぎも》を抜《ぬ》く発言をするのだ。

「まあでも澄音。ふつう、やさしいお兄さんは、恥《は》ずかしがる男の子を無理にお風呂《ふろ》に入れたりしないんじゃないのかな」

「え……えっ？」

ひどくいまさらのことを、いたずらっぽく告げられて面くらう。どういう意味だろうかと戸《と》惑《まど》っていれば、宗佑の手が澄音を引き寄せた。

「ただ過保護なだけじゃなくて、少しばかりじれったくて、意地悪をしたと言ったら怒《おこ》る？」

怒るもなにも、考えもつかなかった。どこまで子ども扱《あつか》いだと思って哀《かな》しかったあれは、まさか、ひょっとして。

「せ……セクハラ……？」

涼《すず》しげに笑う男におよそ不似合いな単語をおずおず口にすると、宗佑は否定もせずにっこりと、相変わらず王子さまのような顔で微笑《ほほえ》む。

「俺を意識して、真っ赤になってる澄音はかわいかったよ」

「う、そ……」

「嘘じゃない。……早くもっと、同じくらい俺を好きになればいいと思ってた」

こんなふうに、と唇を重ねられて、目がまわる。思った以上にひとの悪い宗佑に、ずるいとかひどいとか言いたいことはたくさんあるけれど、もうなにもかもわからない。

(だって宗佑さんが、ぼくを好きだって……)

信じられないくらいの幸運の前に、ただ眩暈《めまい》を覚えているしかできやしない。

何度もついばまれているうちに、宗佑の舌が澄音の唇をつついてくる。うっとりとキスに浸《ひた》っていたけれど、そのなまめかしい合図にはっとして、澄音は広い胸を押し返した。

「あ……だめ」

「どうして」

「ふ、二日、お風呂入ってないよ……歯も磨《みが》いてない」

汚《きたな》いよ、と口ごもれば、彼はそんなもの気にしないと笑った。

「澄音のおむつだって、俺が替《か》えたのに?」

「そっ……それとこれとはべつだよ! もう赤ちゃんじゃないんだからっ」

なんて恥ずかしい話をするんだと目をつり上げると、宗佑はくすくすと笑った。

「宗佑さん……?」

「そうだね、もう赤ちゃんじゃなかった」

するりと手のひらが這《は》わされたのは、澄音の脚《あし》の間だ。思わせぶりな台詞《せりふ》と仕種《しぐさ》に頬《ほお》が痛いほど熱くなって、のぼせたような顔で見あげた彼はきれいな形の唇をやんわりと笑《え》ませる。

「ちゃんと大人の形になりかけてる。……あとは俺が、全部、そうしてあげる」

「あ……や」

ゆるゆると撫《な》でられて、身体が震《ふる》えた。宗佑の触れた場所からいけないものが伝わってきて、腰《こし》の奥がずうんと重くなってくる。

「きれいにしてあげるよ、澄音。むかしみたいに歯も磨いてあげようか。それから……もっとほかのこともね」

「ば、ばか……」

耳朶《みみたぶ》を嚙《か》まれて囁《ささや》かれると、もう澄音に抗《あらが》う術《すべ》はない。どこまでもずるい大人を睨んでも、彼はただ笑うだけだった。

「その前になにか食べよう。おなかにやさしいものを用意してあるから」

「食べたくないよ」

こんな気分で食事ができるわけもない。そう思って小さく訴《うった》えると「だめ」と彼は言う。

「ちゃんと食べて、体力を回復してもらわないと、俺がいろいろ困る」

「こま、困るって」

「まさかここまで来て、お預けはないだろう？」

しゃあしゃあという厚顔な大人に、もはや勝てるはずもない。

真っ赤に茹《ゆ》であがり、なすがままになる澄音を横抱《よこだ》きにすると、そのまま立ちあがった宗佑は、揺《ゆ》るぎない足取りで歩いていった。

＊　＊　＊

浴室のタイルに、溢《あふ》れた湯が流れていく。数回にわたり溢れるそれは、忙《せわ》しない水音とともに激しく跳《は》ねあがり、切れ切れに響《ひび》く声と同じリズムで水音を立てた。

「あ、あ、あ……っ、だめ、宗佑さん、だめっ」

宗佑と風呂に入ったことはもう数えきれないほどにあった。

幼いころは無邪気《むじゃき》に、少し長じてからはいろいろな意味で複雑な気分でいたけれど、これほど嬉《うれ》しくて恥ずかしかったのははじめての経験だった。

頭から足のさきまで丁寧《ていねい》に洗われ――歯磨きだけはさすがに自分ですると固辞したが――宣言どおりきれいにされたあと、澄音はずっと浴室に甘い声を響かせ続けている。

「ああ、ん……も、おし、り、だめぇ……！」

「いい子だから我慢《がまん》しなさい」

あとで楽なようにと、浴槽《よくそう》のなかで背中から抱《だ》かれたまま、まだ強《こわ》ばるうしろを延々といじられた。入り口付近をきれいな指で何度もこねるようにして、感触《かんしょく》をなじませたあとにはゆっくりと指を忍《しの》ばせてくる。

「だめ、そこ、そこ……あんっ、あ、あ、んっ」

泣きじゃくって、おかしくなると言ったのに、宗佑は少しもやめてくれなかった。そのくせ、澄音の過敏《かびん》な性器には指一本触れてはくれず、お湯のなかで幼げなそれはぴんと張りつめたままゆらゆら揺れている。

「この間は少し乱暴にしたからね。今日は絶対に痛くないようにする」

そんなふうに宣言されたけれど、宗佑の思いやりはありがたいのか恥ずかしすぎてつらいのか、もはや澄音にはわからない。ただ、暴発しそうな身体《からだ》の頂点を何度も反らされ、羞恥心《しゅうちしん》も理性も意地もなにもかも、風呂から溢れる湯水のように流れて消えていくばかりだ。

「も、い……痛く、ても、いいからぁ……！」

「だめだよ。またそうやって無理したら、発作《ほっさ》を起こすかもしれないだろう」

尻《しり》の奥にある一点を押し揉《も》まれると、腰が抜けてしまってどこにも力が入らない。おまけにすさまじいまでの射精感が襲《おそ》ってくるくせに、そこの刺激《しげき》だけでは達することもできない。

「なんでそんなにいやなの？」

「だっ……恥ずかし……」

「なにが恥ずかしいの。澄音の裸《はだか》なんかもう知ってるだろう」

「違《ちが》う、これ、えっ……あっ、あう！　なか、いじっちゃやだ……っ」

敏感なところをつんと突《つ》かれて、びくっと震えた。反応の鋭《するど》い場所をあっさりと宗佑は探《さぐ》り当て、そこばかりをしつこく指でこすってくる。

「も、つらい……」

ぜいぜいと胸をあえがせ、もう苦しいと訴えるのに、宗佑は少しも聞き入れない。

「だいじょうぶ、澄音の身体のことはわかってる。まだここは、危ない音はしてない」

喉《のど》から心臓のあたりまで、気管支が見えているかのようにするりと指先でなぞり、色づいて過敏になった肌《はだ》を震わせた宗佑は、そのままスライドした指で乳首を押しつぶした。

「ひっあっ！　だ、だめ、胸、だめっ」

「ここをもう好きになったみたいだね。よく締《し》まる……」

「うあ、あー……っ！」

きゅう、とひねり潰《つぶ》すようにされると、澄音の尻は宗佑の指をきつく締めつける。

とぎれがちにやってくる快感のパルスは予想もつかないリズムだから、いつまでも慣れきらず、不安で、そして――気持ちいい。

けれど、長すぎるそれに澄音の身体がついていけないのも事実だった。

「も、ほんとに、疲《つか》れ、た……っ」

「ああ……のぼせそう？」

もともと体力のない澄音は、次第《しだい》に疲労感《ひろうかん》のほうがひどくなってくる。病《や》み上がりでいることをふだんなら誰《だれ》より――澄音自身よりも気遣《きづか》うはずの宗佑らしからぬ執拗《しつよう》さに、息も絶え絶えにさせられて、ようやく許されるころには澄音のあそこは痺《しび》れたようにほころんでいた。

ぐったりとしたまま風呂《ふろ》からあがらされ、濡《ぬ》れた身体を拭《ふ》いた宗佑にバスタオルでくるまれたまま、寝室《しんしつ》に運ばれる。

浴室に向かうときにはほの明るかった室内は、すでに夕暮れをすぎ、すっかり夜のとばりが降りていた。

「ほら、これ飲んで」

「んー……」

シーツに沈《しず》みこんだ身体を抱き起こされて、さきほどの飲みさしを口元にあてがわれた。残っていたスポーツドリンクを一気に飲み干すと、少しだけ身体の熱がおさまる。

「本当に疲れたなら、やめてもいいけど。どうする？」

「意地悪……」

力が入らないのは、疲れたせいだけではない。もうどこもかしこも感じすぎていて、身じろぎにシーツが肌をこすることさえ過敏に受けとめてしまうからだ。

あんまりいじめないでくれと目を潤《うる》ませれば、くすくすと笑った宗佑は「お預けするからだろう」と悪びれない。

「さて。もう、キスしてもいい？」

「うん……」

あらためて言われると恥《は》ずかしい。こくんとうなずいて目を閉じると、やわらかなそれが重なってくる。ふと、過呼吸の発作を起こしたとき澄音の口をふさいだのはこれだったのかと気づいて、少しだけ恥ずかしいなと思った。

(香川さんに、見られたんだ)

ただの応急処置と思っただろうけれど、澄音にとって宗佑と唇《くちびる》を重ねることはキス以外のなにものでもない。

火照《ほて》る頬を撫でられながら、唇の隙間《すきま》を少し舐《な》められた。口を開けろと言われているのがわかったので、おずおずと隙間を作ればねっとりしたものが滑《すべ》りこんでくる。あたたかく濡れたそれにいまさら驚《おどろ》き、びくりとひるめば宗佑が首筋に手を滑らせ、後頭部を包みこんだ。

「怖《こわ》がらなくていいから、少し舌を出してごらん」

「う、ん……」

ぎこちなくうなずき、言われたとおりにするとさきのほうだけを少し舐められた。くすぐったいような感触に身じろぎながら、それでもうなじを撫でる手に徐々《じょじょ》に緊張《きんちょう》はほどけていく。

「……本当は、少しずつこういうのから教えたかった」

「なにが……？」

少しだけ苦い笑《え》みを浮《う》かべ、宗佑が囁いてくる。

「あんな、いっぺんになにもかもをすませるんじゃなくね。澄音がもっと大人になったら、ゆっくり進めていこうと思っていたよ」

「大人……って、だって、ぼく、もう」

「せめて二十歳《はたち》まではと思ったんだ。けどしかたないね、こうなったものは」

言葉を切り、なにがしかたないのか問うつもりで尖《とが》った澄音の唇がまたふさがれる。

「ん、んん……っ」

「俺も、いまさらもう、待てそうにない」

悪い大人でごめん、などと少しも悪びれず言われて、どうしてか胸がときめいた。

口のなかを舐められるという行為《こうい》は、あらためて考えるとすさまじいものだなと思った。

(あ、キス、してる)

興奮に滲《にじ》む唾液《だえき》の量も、震《ふる》える粘膜《ねんまく》もなにもかも知られて、ゆっくりと胸をさする宗佑の手が乳首をかすめるたびに息をつめるさまさえ、感じとられてしまう。

「んん!」

深く口づけたまま両方の乳首をつねられた。びくっと身体が強ばり、四肢《しし》を突っ張らせて呻《うめ》いた澄音の舌は宗佑の口のなかで転がされるままで、尖った小さな突起《とっき》を引っぱるようにされるたび、半端《はんぱ》に疼《うず》いた身体が跳ねる。

(うそ、なんで……)

ぴりぴりと伝わる刺激が、腰《こし》の奥を直撃《ちょくげき》する。ことに舌の先端《せんたん》を噛《か》みながら胸をきつく扱《あつか》われると、さきほどまで宗佑に拡げられていた場所がきゅうっと物欲しげに反応する。

「はっ……あ、宗佑……さん」

「んん?」

キスをほどくと、口の周りがべたべたに濡れていた。あわててそれを拭《ぬぐ》い取ろうとするより早く、宗佑の舌が溢《あふ》れた唾液を舐め取り、頬《ほお》を伝って首筋に口づけてくる。

「あ、痕《あと》、とか。もう、つけないで、ね?」

くすくすと笑って、軽くついばむだけの動作を繰《く》り返す宗佑にほっとしたのもつかの間、体側を両手で辿《たど》った彼の指が腋下《えきか》に触《ふ》れ、澄音はもぞりと身体をよじる。

「了解《りょうかい》」

（わ、なんか変）

体毛の薄《うす》い澄音はそこにも産毛《うぶげ》程度のものしかない。それをわざと指の腹で撫《な》で梳《す》くようにされると、ぞくぞくとしたものがこみあげてきた。

「く、くすぐったい……」

「そう？」

どうにもじっとしていられないような刺激にもじもじしながら、なぜか笑ってしまいそうな顔を堪《こら》えた。宗佑もまた笑っていて、ふざけてじゃれついているのかな、と澄音がほっと息をついたのは一瞬《いっしゅん》のことだった。

「くすぐったいってことは、ここが敏感なんだ」

「あ、ひゃ……っ」

ぐいっと二の腕《うで》を摑《つか》んだ宗佑が腕をあげさせる。いったいなにを、と思っている間に腕の内側にキスを落とされ、そのまま尖らせた舌で一気に腋《わき》までをなぞられた。

「そ、そんなとこ、誰でもびんか……っ、あ、や、やだ、舐め……っひ！」

びくん、と澄音の細い身体が跳《は》ねる。腕のつけ根を、さきほど指にいたずらされたささやかな体毛ごと、拡げた舌でねっとりと舐《ねぶ》られ、生理的な恥ずかしさも相まって澄音はうわずった声をあげた。

「いやっ……やー……それ、いや」

「どうして？」

「へん、変だから……」

「なにも変じゃないだろう」

やわらかい皮膚《ひふ》に軽く歯を立てられると、背筋になにかむずがゆいものが走る。落ち着かなくてひっきりなしに身体《からだ》をよじらせていると、あえぐ胸元《むなもと》を不意打ちでつねられた。

「あう！」

そのとたん、曖昧《あいまい》な刺激《しげき》は強烈《きょうれつ》な快楽に変わる。そのまま唇は体側を滑り落ち、薄くやわらかな腹部までを辿った。

「あ、あ、あっ」

臍《へそ》のくぼみ、浮き出た骨、ありとあらゆる場所に指と唇と舌が触れ、反応の激しい場所にはことに執拗な愛撫《あいぶ》をほどこされた。

びりびりするほどに強い電流が、性器と、彼の手で淫《みだ》らな場所に変わったところへと流れていき、ほったらかされたままの脚《あし》の間がじんわりと濡れた。

（あそこ、痛い……少し、出ちゃった）

うずうずと腰《こし》を振《ふ》ってしまうのは、じれったくてたまらないからだ。羞恥《しゅうち》よりなにより、そのもどかしさがたまらなくて手を伸《の》ばすと、宗佑に手首を摑み取られる。

「だめだよ、澄音。なにしてるの」

「も、や……も、ここ……」

張りつめきって痛がゆいそこを押さえようとしたのを咎められ、涙を浮かべて澄音はかぶりを振る。

「そこがどうしたの？　ちゃんと言って」

「そんな……宗佑さん、ひどいっ……」

先日も思ったことだが、宗佑はこういうときには性格が変わったように意地が悪い。いつも日常のことならば澄音が言う前から気をまわしてすべて察してくれるのに、こんな露骨《ろこつ》な状態になっても少しも触《さわ》ってくれない。

「なんで、そんな意地が悪いんだよ」

「いじめてるわけじゃないよ。澄音の声が聞きたいだけ」

洟《はな》をすすって、あんまりだと訴《うった》えればやさしいキスになだめられる。だまされないと思うのに、宗佑に髪《かみ》を撫でられると条件反射のように言うことを聞いてしまいたくなる。

「ねえ澄音。かわいい声で、おねだりされたい。そういうのはだめかな？」

「うう……」

ついでに言えばかなり宗佑はエッチなのかもしれない。にっこり笑ってとんでもないことを言われてしまうと、澄音は茹《ゆ》であがりつつ逆らえない。

「言って。そこがどうなの」

「ここ……か、痒《かゆ》い……」

「痒いの？　掻《か》く？　それともさする？」

「も、わかん、ないっ……」

ちょい、と濡《ぬ》れた先端を指でつつかれ、そのままくりくりといじられていると、なにがなんだかわからなくなる。腰をよじって悶《もだ》えながら、宗佑の広い肩《かた》に縋《すが》った澄音は泣き声で訴えた。

「なんか、して、なんでもいいからしてっ……」

「ふふ。わかんないのか……かわいいね」

「ああ、ああ、あん！」

くすりと笑った宗佑は、今度は焦《じ》らさずに大きな手でそれを包んだ。そのまま激しくこすりたてられ、澄音はもう自制を吹《ふ》き飛ばしてただあえぐ。

「あん、も、で、ちゃうっ」

「まだだよ、だめ」

「やだっ……！」

なにをどうされているのかわからないほど、複雑な愛撫が不慣れな性器にほどこされる。あげく射精直前で手を止められ、じれると再開されての繰り返しに泣きだした澄音は、気づけば大きく脚を開いたまま腰をうねらせていた。

「ねえ、澄音。この間みたいにされたくない？」

「はっ、はっ……あ、あー……され、たい、されたいっ」

囁《ささや》いてくる言葉を繰り返す以外、もうなにもできない。ただ腹の奥に渦巻《うずま》いた熱を吐《は》きだしたくてたまらず、宗佑の命じるままに、はしたなく卑猥《ひわい》なねだる言葉を口にした。

「す……吸って……う、うしろもっ」

「舐《な》めてほしい？」

「ん、ん、ほしっ……ああ！」

開ききった脚の間に顔を埋《うず》められ、この間とは違《ちが》って直《じか》に感じる口腔《こうこう》の感触《かんしょく》に、澄音は結局数秒も持たずに遂情《すいじょう》した。

「ああ、あ、だめー……も、だめ……」

射精し、力の抜《ぬ》けた身体をさらに割り開かれて、浴室でさんざんやわらかくされた場所まで、自分の吐きだしたものを乗せた舌に侵食《しんしょく》される。

(恥《は》ずかしい、もう、変)

火照《ほて》って痛い頬をシーツにこすりつけ、泣き濡れてあえぎながら、宗佑の指と舌の動きだけしかわからなくなってくる。もうだめ、もういや、と何度も繰り返し、けれど一度も本気で逃《に》げだそうとは思わなかった。

(ぬるぬるする、なんか、すごいことされてる)

ほころんだ場所につながるためのジェルを塗《ぬ》りつけられ、最初は少しもったりしていたそれも、澄音の熱に溶《と》けてたらたらと脚を伝っている。何度も塗りつけられたそれがすごい音を立てて、そのいやらしい響《ひび》きにもたまらなくなった。

（でも、もっと欲しい……もっと）

自分の身体の奥に、熾火《おきび》のようにちろちろと燃えるものがある。あの日宗佑がはじめて点《とも》したその微弱《びじゃく》な火は、彼の与《あた》える熱風のような愛撫で煽《あお》られ、やがて全身を炙《あぶ》るような耐《た》え難い炎《ほのお》に変化する。

（指が、すごい。でも、指じゃ……足りない）

ぬちぬちと音を立てて指を出し入れされるそこが、物足りないと疼《うず》いている。もっと強く激しい刺激を欲《ほっ》している。

「もお、き、て、もうっ……」

「入れたい？」

「ん、ん、いれたいっ……！」

汗《あせ》だくになってうなずいた澄音の目尻《めじり》にキスをして、宗佑は細い膝《ひざ》に手をかけた。そのままさらに両脚《りょうあし》を拡げられ、体勢のすさまじさに澄音はきつく目を瞑《つぶ》る。

「……だめだよ澄音、こっちをちゃんと見て」

「や……だ」

恥ずかしい、いやだと何度も言ったのに、顎《あご》を摑んだ宗佑は微笑《ほほえ》んだままかぶりを振った。

そして、逃げる澄音の顎を捕《と》らえ、見なさいと視線を固定させる。

「いいから。……ほら、見て」

「ひ……」

大きく開いた脚の間、濡れて光る澄音の性器と下生え。そのさらに奥に、宗佑のあれが押しあてられている。あまつさえ、ぬるぬると場所をたしかめるように澄音の敏感《びんかん》な粘膜《ねんまく》を滑《すべ》る。

「ここに入れるよ。わかるね？　力を抜いていて」

「や、や……あー……あー……！」

ぐっと腰《こし》を押され、ゆっくりと飲みこまされていくのが、わかる。

強烈で、卑猥で、目がちかちかした。同時に、体感するそれと目でたしかめた光景の連動に、脳が沸騰《ふっとう》しそうに興奮もした。

「怖《こわ》くないだろう？　入っちゃう」

「は、はひっ……はい、っちゃ、あああ」

すごい、入ってくる、それだけしか考えられずにいるうちに、宗佑はどんどん澄音のなかをいっぱいにする。

「あたたかくて、いっぱい濡れてるよ。とても気持ちいい」

「いや……あ」

恥ずかしいから言わないでと泣きべそをかいたのに、宗佑は「そこ」がどう動いて、どんなふうなのか、澄音の耳に囁きかけてくる。

「ほら、音がする……どんな感じ？」

「やっ、ひ……ぐ、ぐち、ぐちって」

「そうだね、びっしょりだ……」

滴《したた》るほどジェルを塗りつけ、濡らしたのは宗佑なのに、そんなことを言われると澄音が勝手にはしたなく、濡れたみたいな気持ちになる。心理的な部分では間違いではないからよけい羞《しゅう》恥《ち》を覚え、澄音はすくみあがった。だがそのことでますますなかにいる宗佑を締《し》めつけてしまうから、もうどうしていいのかわからない。

「そ……こ、いや、あ」

「どうして？」

「へ、んな声、出るっ……」

小刻みに動いたあと、大きく揺《ゆ》さぶられると「ああ、ああ」と譫言《うわごと》めいた声が勝手に漏《も》れていく。欲に溺《おぼ》れきった、獣《けもの》のような意味を成さない響きを羞《は》じて澄音が口をつぐむたび、宗佑はますます揺さぶってきた。

「いい子だね澄音。こんなにやわらかくなって……俺を飲みこんでる」

「ああ、だめ、はず、かし、恥ずかしい、あ——……っ！」

「恥ずかしいと感じるの？」

それでまたいちいち指摘《してき》されるからいたたまれない。どうしてそんなことばかり言うのかと、かぶりを振《ふ》って澄音は泣いた。

「も、やだ、宗佑さんっ……」

「全部を知りたいだけだよ、澄音。そして全部知ってほしい。なにも怖がることはないし、傷つかなくてもいい」

やわらかい声で言われながら、宗佑を包んだ澄音の腰をゆるゆると撫《な》でられる。

「澄音がいちばんいやらしくなる、そういう場所が知りたい」

「や……」

「俺だけのかわいい顔を、もっと見たい。俺しかしらない、いやらしい声を聞きたい。そういうのはべつに、悪いことじゃないだろう?」

「あっ、あっ、あっ……だ、だって、こんな、こんなの変っ」

耳のなかを舐めながら囁かれ、腰を揺すられて声があがる。かわいいよ、と繰《く》り返し頭を撫でられて、どんどん意識が遠くなる。

「だいじょうぶ。澄音だけがおかしいんじゃないから」

「ほ……んと、に?」

「ああ。待ちきれなかった自分は少し悔《くや》しいけれどね……しかたない。こんなに、よくちゃ」

いささか不本意だがと笑って、宗佑が腰を動かした。しっかりと身体《からだ》を抱《かか》えこまれ、つむじに口づけながら髪《かみ》を梳《す》き撫でる彼の息も荒《あら》くて、澄音はじんわりとした歓喜《かんき》を覚える。

「ぼ、く、気持ちいい?」

「すごく……いいよ」

いつもとは逆に、甘えるような声で宗佑がねだってくる。鼻先を頬《ほお》にこすりつけ、小さく息をついて気持ちよさを教えてくれる。

「だから、もっとしてもいい……?」

かすかな声が、宗佑の優美な唇《くちびる》からこぼれたその瞬間《しゅんかん》、羞恥もためらいもなにもかもが吹《ふ》き飛んで、澄音は広い背中に爪《つめ》を立てた。

「し、して……もっと、して」

「澄音……」

「ぼくを、宗佑さんの、好きなように」

好きなように変えて、もう全部食べてしまって、骨まで残さないで。訴《うった》える唇をそのまま吸われて、ひときわ大きくベッドがきしんだ。

そのままずいぶん長いこと、いろんなことをされた。何度もすると疲《つか》れるからと言いながら、その瞬間を引き延ばす宗佑のやりかたは甘いけれど意地悪で、澄音はずっと乱れたままになる。

「だめっ、そこ、かき混ぜない、でっ」

「ああ、わかった。こうするのが好きなんだね」

腰を少しあげて、自分でも動くように言われた。そうするともっと深いところに宗佑があたって、なにがどうなったのかわからないままに激しく揺さぶられる。

「上手だ澄音、そのまま、腰を振って」

「いや、あっ、いっいっ、いっちゃうからぁ……！」

ぐちゅぐちゅぐちゅ、と激しく腰をまわされて、叫《さけ》んだ瞬間には射精していた。がくがくと痙攣《けいれん》する身体を、それでも離《はな》してはもらえないまま、低く呻《うめ》いた宗佑が促《うなが》してくる。

「澄音……なかに出してって、言って。いっぱい出してって」

「ああ、ああっ……だし、て、あん、なかにぃ……出してっ、いっぱい、いっぱいっ」

なにを言っているのか、もうわからなかった。ただずっととぎれることのない絶頂感が続いて、意識が真っ白になった瞬間、最奥《さいおう》に熱が溢《あふ》れるのを知った。

「あ、あぁ——……！」

宗佑が流しこんだそれに押しだされるようにして、なまめかしい悲鳴をあげた澄音は、達したばかりの自分のそれがひくひくと震《ふる》えて彼の腹部にこすりつけられるのを知る。

たらりと溢れてきたのは欲望の残滓《ざんし》で、先日の行為《こうい》ではたどり着けなかったところに自分がいってしまったことに気づかされた。

「はっ……あ……あ」

「澄音」

ぐったりとしたまま息を切らしていると、いとおしげに名を呼んだ宗佑がこめかみに伝う汗《あせ》を舐《な》め、そのまま口づけてくる。

「もう一度、念のため言っておくよ。俺以外に、キスもセックスも許しちゃいけない」

「しな……いよ……」

いまさらなにを言いだすのかと、胸をあえがせながら眉《まゆ》をひそめる。どうしてこう、宗佑は夢見心地の気分に水を差すようなことばかり口にするのかと思い、澄音が口を尖《とが》らせると、そこに長い指が触《ふ》れた。

「わかってるかな。これは命令でもなんでもないんだよ。俺のお願いだ」

「お願い……？」

とろりと眠《ねむ》たげな瞼《まぶた》を押し上げ、どうにか宗佑を見やると、思う以上に真摯《しんし》なまなざしがこちらを見つめている。

「そう。……頼《たの》むから、俺以外の人間を誰《だれ》も好きにならないでくれって、そういうお願い」

「そ……」

うやうやしいような仕種《しぐさ》で手を取られ、甲《こう》に口づける宗佑は言葉どおり、澄音の心を請《こ》うのだと告げる。命令ではなく、懇願《こんがん》だと語るのは強い力と、そのまなざしだ。

「ついでに、狂言《きょうげん》でももう、誰かとつきあうなんて言わないでくれ。嘘《うそ》とわかっていても……少しは、つらかったよ」

「ご、めん……っ」

胸がいっぱいでなにも言えないままでいると、やんわりと微笑《ほほえ》んだ宗佑は澄音に口づけてくる。ひとしきりゆったりと舌を舐められたあとに、澄音は涙《なみだ》ぐんで告げた。

「宗佑さんしか、好きじゃないよ。誰も、ほかのひとなんか好きにならないよ」

汗に湿《しめ》って乱れた髪さえも、彼の端整《たんせい》さを少しも損《そこ》なわない。

「宗佑さんがいなくなったら、ぼく……死んじゃうよ、きっと。そのくらい、好き」

「……そう。ありがとう、澄音」

愛してるよと囁《ささや》く声に、胸が震えた。そのままゆっくりとつながりをほどかれそうになって、いやだと澄音はしがみつく。

「もっと、したい」

「こら、もう休みなさい。病《や》み上がりのくせに」

「いやだ……離れたくない」

「澄音？　聞きわけがないね」

困ったような声で、わざと怖《こわ》い顔をされてもなにも怖くない。宗佑だって口ではたしなめながら、澄音の腰《こし》を抱《だ》いた腕《うで》に、また力をこめている。

だから澄音は安心して、彼の好きなかわいいおねだりをすることができる。

「な、なんでもしてくれるって……言ったじゃないか」

「……まったく。わがままを言う」

「宗佑さんは、意地が悪いよ」

お互《たが》いに本気ではない文句を言いあって、ふっと笑う。視線が絡《から》んだ瞬間その笑みさえもほどけて、しっかりと抱きあったままの深いキスは、とろけるほどに気持ちがよかった。

そのまま、澄音の身体を知り尽《つ》くした男の手管に酔《よ》わされ、泣かされて、このうえない幸福な時間はすぎていった。


翌朝、目が覚めるなり彼の腕のなかにいたことを知ると、澄音は一瞬だけうかがうように宗佑の表情を覗《のぞ》き見る。

じっと寝顔《ねがお》を見つめていたらしい宗佑は口を開いた。

「……おはよう、澄音」

「おは、よ……」

もしもこれで、先日のようにまたつれないことを言われたら、立ち直れない。あれがひと晩の夢だったらどうしようかとかすかに怯《おび》えていた澄音の前で、彼は意外なことを言う。

「さて。昨夜言い忘れたけどね、もうしばらく、学校はお休みしなさい」

「え、ええ？　でも、もう熱も下がったよ」

「じゃ、自分で起きてごらん」

どういうことだと首をかしげながら、澄音はそろそろとベッドの下に脚《あし》を落とす。

「う、うわ!?」

昨晩の比ではない脱力感《だつりょくかん》で、澄音は床《ゆか》に這《は》いつくばった。本当に腰が抜《ぬ》けていることに気づかされ、呆然《ぼうぜん》としていると、喉《のど》奥で笑った宗佑が長い腕を伸《の》ばしてくる。

「わかったね？　体力も考えないでおねだりした澄音くん。今日は俺と一緒《いっしょ》に遅寝《おそね》すること」

「え、そ、宗佑さんは……？」

「香川さんもしばらく休むしね。事務所を閉めても仕事はできるよ。それに、どっちにしろもう、学校には間に合わない」

宗佑の言葉をたしかめるように時計を見れば、とうに登校時刻はすぎていた。たしかにこれではいまさら登校してもしかたがないだろう。

おいで、と腕のなかに包みなおされて、真っ赤になったまま澄音は広い胸に顔を埋《うず》める。

「……保護者がそれでいいのかな」

ズル休みを推奨《すいしょう》するのはどうだろう、と小さな声で告げれば、しゃあしゃあと宗佑は言ってのける。

「昨日で保護者はやめたからね。恋人《こいびと》はわがままを言っていいんです」

「詭弁《きべん》だよ、弁護士さん」

あまりの居直りぶりにおかしくなって澄音が笑うと、朝の白い光のなかで宗佑は甘く微笑んだ。その表情が、あきらかにいままでとは違《ちが》う熱を孕《はら》んでいて、澄音は安堵《あんど》とときめきを同時に覚える。

「ああ、それからついでに。あとで居間にプレゼントがあるから、それを開けてごらん」

「え、なに……？」

内緒《ないしょ》、と言って宗佑は腕を強くし、澄音の薄《うす》い腰をやさしく撫《な》でた。気になる発言に目を丸くしつつも、いまはプレゼントよりもこの抱擁《ほうよう》が欲しいから、澄音もじっと動かない。

あとになって、宗佑が香川から目を離した一瞬というのが、カルティエのロードスターを衝《しょう》動買《どうが》いし、それが「澄音に似合いそうだったから」という理由だと知って目をまわすのだが、いまはなにも知らず、ただぬくもりを堪能《たんのう》するばかりだ。

（手に入れた……）

ずっとこうして抱きしめてほしいと思っていた。庇護《ひご》する対象だからではなく、かわいそうな子どもということでもなく、ただ澄音を澄音として、宗佑に愛してほしかったのだ。

目を閉じると、やさしい口づけが飽《あ》かず与《あた》えられ、澄音もまたそれに応《こた》える。この腕のなかにはなんの不安も、揺《ゆ》らぎもない。どこまでも閉じこめられ、うずくまっていたい。

「宗佑さん、好き……」

本当の意味で初恋の実った朝、澄音はどこまでも幸福だった。

＊　＊　＊

後日。

宗佑の事務所にふらりと現れた凱風は、開口いちばん叔父《おじ》に向かってこう告げた。

「なあ。あんたどういうつもり」

「なにがだ？」

対峙《たいじ》する宗佑は穏《おだ》やかな笑《え》みを浮《う》かべたままで、手元の書類になにごとかを書きつけていた。

凱風はつかつかとデスクに歩み寄り、その書類の上に手をつく。

「澄音のことだよ。とぼけんな。結局手をつけるんだったら、最初からストレートにいっとけよ。俺やら月花やら、明石まで巻きこむな」

強い声を発した凱風は、なにか苛立《いらだ》ちをこらえきれないような目をしている。顔立ちに類似《るいじ》点は少ないが、長身とその獣《けもの》めいた目の色素の薄さだけは、宗佑のものとよく似ていた。

「――勘《かん》違いするなよ凱風」

乱雑な仕種で仕事の邪魔《じゃま》をした甥《おい》の手を軽く払《はら》って、宗佑は静かに笑んだまま告げる。

「俺は誰も巻きこんでやしない。それに言っておくが、俺にとって月花ちゃんもおまえも、『澄音に付随《ふずい》するなにか』であって、個々人としての感情などどうでもいいんだ。だから巻きこんだもなにもない」

主客が違っている以上、そこに対して払う気遣《きづか》いもなにも、あらかじめ存在するはずがない。そう言ってのければ、とくに意外でもなかったのだろう。舌打ちをして凱風は身体《からだ》を離《はな》し、目の前のソファにどさりと腰かける。

「……あんたと血がつながってることが、ときどき薄ら寒いよ」

「そうか？　ひねくれた態度に関しては、我ながら血族だなと思うけれどね」

どういう意味だと睨《にら》んでくる凱風に、宗佑はうっすらと微笑むまま、もう一度書類に目を落とした。

「ひとつ忠告だ。欲しいものがあるなら、感情をぶつけて遠ざけるより、全身で甘く接するほうが、結局は手にしやすい」

「……そうやって澄音を、あんた以外見えなくしたわけ？」

いらいらとした凱風の声に、宗佑は隠《かく》すつもりもないと肯定《こうてい》の意を表す。

「十何年かけての遠大な計画だったけれどね。あたりまえだろう？　俺は出会ったその日から、あの子しか見ていない」

「って、それ二歳だろが！　このロリコンホモ……！」

「育てる楽しみと言ってほしいなあ。澄音を、あんなにきれいにしたのは俺なんだから」

なにがおかしいのかと、自信に満ちた笑みを浮かべて宗佑は告げる。

顔立ちはきれいなのに、病気にむくんで、肌《はだ》も荒《あ》れるままほったらかされた澄音。

愛されない自分を哀《かな》しんで、そのくせひねくれることもしないでじっとじっと小さくなっていたいじらしい澄音。

その姿はまるで、彼に読みきかせてやった童話、みにくいアヒルの子そのままだった。

――おにいちゃん。これ読んで。

身体が弱くて、ひとと同じ遊びもできなくて、本を読むしか楽しみのない、荒れた肌の顔色の悪い子ども。だが熱に潤《うる》む純粋《じゅんすい》にきらきらした瞳《ひとみ》は、虚飾《きょしょく》にまみれ自己主張の激しい女たちよりよほど、宗佑の目にはうつくしかった。

もともとの造りはけっして悪くない澄音だ。健康にさえなれば誰《だれ》よりもきれいになる予感はあったし、彼の両親も心根はともかく顔だけはうつくしかった。

なにより顔かたちは本人の心を反映する。見目を整えることは澄音の心にとっても大事なはずだ。少なくとも、発疹《はっしん》のひどい顔を羞《は》じていつもおどおどしている彼の態度が哀《あわ》れでならなかったし、あのままうつむいてばかりいれば、いずれ気持ちも卑屈《ひくつ》に歪《ゆが》んでしまうと思った。

（そんなことはいけない。これはきれいなまま磨《みが》かなければ）

手のなかで死にかけた子どもを、何度も助けた。そのたび、宗佑だけだと慕《した》うまなざしが、ぞっとするほどの歓喜《かんき》をくれた。これは爪《つめ》のさきまで自分のものだと、そう実感させてくれるのがたまらなかった。

「こちらを意識して、恋をしてくれるまで、ずいぶん待った」

「どうせ、そうなるように追いこんだんだろ」

「人聞きが悪い。選んだのは澄音だよ。俺はただ待っただけだ」

澄音に告げたとおり、恥《は》ずかしがる彼にわざとスキンシップ過多に接し、体温の甘さと恥ずかしさを教えたのは自分だ。むしろもう少し早くその萌芽《ほうが》が現れるかと思っていたのに、清潔に育てすぎたせいか少しばかりおくてになってしまって、手に入れるまでずいぶんとかかってしまった。

だがそれでも、宗佑はなにひとつ、言葉も態度も、保護者の範《はん》を超《こ》えるものは示していない。

「病気を治して、肌を磨いて。理想のとおり、心もきれいな子になった」

純粋で控《ひか》えめでまっさらに澄音を育てる、そのために凱風や月花という、ある意味防波堤《ぼうはてい》にもなる、したたかな連中をそばに配置した。そうしたなにもかもが、宗佑の手駒《てごま》だった。

「選択肢《せんたくし》はいくらでもあった。おまえだって月花ちゃんだって、それこそ明石くんだって。そうじゃなくても学校にはたくさんのひとがいる。そのなかの誰かを澄音が選んだときには、しかたないとも思っていたよ」

「……よく言うよ、自信満々だったくせに」

「まあ、俺以上にあれを大事にできる人間はいないとは思ってた。それは認める」

そうしてどっぷりと宗佑の愛情に浸《ひた》った澄音が、ほかの誰を相手にしたところで満足するはずもないことは、予測はしていた。けれどあくまでそれは想像の範疇《はんちゅう》内のことだった。

「けれど、本当にあの子は言ってくれたよ。俺がいなきゃ生きていけないとね」

不確定要素はこの世界のなかにはあまりにも多い。またそうした不安がなければ、いま宗佑のなかに満ちた歓喜の説明はつかない。

「俺は澄音にすべてを捧《ささ》げると決めている。形は歪んでいてもね。そしてあの子は俺を選んだ。だから、あれは俺のものだよ。そして俺も、あの子のものだ」

いまさらほかの誰に渡《わた》すものかと、やわらかな微笑《びしょう》に危険なものを滲《にじ》ませた叔父へ、凱風はぶるりと身震《みぶる》いした。

「……俺は澄音に、心底同情するね」

こんな男に執着《しゅうちゃく》されて、かわいそうに。そう呟《つぶや》いた凱風に向けて、宗佑はくすくすと笑った。

「じゃあ俺も明石くんに同情しよう。この程度の男に振《ふ》り回されてかわいそうに」

「どういう意味だよ」

少しつつけばすぐに食ってかかる。こういうところが、凱風は青い。わざわざ澄音が学校にいる時間を狙《ねら》ってくるあたり、心根のやさしさがよくわかる。だが、そのくせ奥底には似たものを抱《かか》えているから、心のままに動く宗佑を嫌悪《けんお》し、また最大に理解もしている。

「自分の胸に問いなさい。つまらない意地を張ると、なくすものは大きい」

ゆったりと笑んでやれば、凱風は嫌悪もあらわに顔を歪める。図星なのだろう。

「……だからってあんたみてえに、腹黒になれねえよ」

「俺のきれいな部分は全部澄音のものだからね。おまえに見せる余地はない」

さらりと返すと、苛立ちもあらわに椅子《いす》を蹴《け》る。すらりと伸《の》びた四肢《しし》は野生の獣のように優《ゆう》雅《が》で、飢《う》えたなにかを探しているようだ。

「最後に忠告しとくけどな。月花を甘く見るなよ」

「うん？」

「あいつも、誰かの思惑《おもわく》で振り回されるのはきらいだからな。ついでに……澄音に執着してんのが、自分だけと思うな。人間はコマじゃないんだ。澄音だって、いつまでも目隠《めかく》しされた赤ん坊《ぼう》じゃねえぜ」

一矢《いっし》報《むく》いるつもりだったのか、それだけを告げて凱風は部屋を出て行った。

「甘いね、凱風」

くすりと笑う宗佑の表情に、甥の残した言葉による動揺《どうよう》などどこにも見られない。

「それすらも計算のうち——と言っているのに、なぜわからないのかな」

あの勝ち気な美少女が、おそらくは自分の次くらいに澄音に対して情を抱《いだ》いていることなど、とっくに知っている。それでいて彼女特有のプライドで、澄音の前に情を請《こ》うたりできないことも、当然宗佑にはお見通しだ。

そして、もうひとつ。

「澄音もむろん、赤ん坊などではないよ」

宗佑の歪みなど、本当は澄音は気づいている。完璧《かんぺき》を装《よそお》ったところでいずれ破綻《はたん》することがわからないほど宗佑は愚《おろ》かではないし、このところでおのれの薄暗《うすぐら》い感情について、あえて見せつけた部分もあった。

けれどあのかわいい子どもは、みずからあえて目を閉じているのだ。眠《ねむ》り姫《ひめ》の目を覚ますのは、王子のキスでもなんでもなく、ただ本人の意思にかかっている。

「まあ、目を覚ましたところでなにも、変わらない」

なぜなら彼は、宗佑の腕《うで》のなかで眠ることを選んだのだ。どこにもいけなくなる、恋《こい》という檻《おり》をみずから選んで、飛びこんできた。

終結のない初恋、そのなかにふたりゆったりと浸って、どこまでも甘いだけの恋をすればいい。

毒リンゴを齧《かじ》る瞬間《しゅんかん》も分かち合えたなら、同じ棺《ひつぎ》のなかで永遠の夢を見られるのだから。

「……愛してるよ、澄音」

静かに微笑《ほほえ》み、宗佑は心からの愛の言葉を、いまはこの場にいない最愛の少年へと囁《ささや》きかけた。

END

恋は乱反射する。 3rd Party〈第三者〉

きんという耳鳴りに、手足の痺《しび》れがはじまって、ああ、またかと緒方澄音《おがたすみと》は思う。

小さいころからのこととはいえ、発作《ほっさ》を起こしたあとしばらくは、この倦怠《けんたい》感と不快感にしばらく苛《さいな》まれるのだ。だが、ひとにそれを気取らせない程度には慣れていると思ったのに、隣《となり》にいる青年はすぐに気づいて声をかけてくる。

「歩くの速くないかな?」

気遣《きづか》う声に「平気です」と返したのに、長い脚《あし》はゆっくりと速度を落とす。

いま澄音の隣を歩く彼の名は、白崎克幸《しろさきかつゆき》という。澄音の親戚《しんせき》である井上凱風《いのうえがいち》の先輩《せんぱい》で、聖上学院大学の四年生だ。赤みがかった金色という派手な髪《かみ》色に、よく見ればきれいな顔立ちをワイルドに演出する、丁寧《ていねい》に手入れし計算しつくした髭《ひげ》。耳や眉《まゆ》を飾《かざ》るピアスやセンスの光る服装も長身に似合って、表情はいつでもひとを食ったような笑顔《えがお》だ。

澄音からすると、底が知れなくてちょっと怖《こわ》そうな感じだけれど、くっきりした大きな目はとてもきれいに澄んでいる。

(このひとにまで、面倒《めんどう》かけるなんて)

白崎と澄音は、さして親しいわけでもない。榎本月花《えのもとるか》や井上凱風を経由した、知りあい程度の関係だし、正直、そう何回も口をきいたことがあるわけでもないのだ。

「ご迷惑《めいわく》かけて、すみません……」

たまたま、仕事で早く帰らなければならなくなった月花に頼《たの》みこまれたというだけで、迎《むか》えが来るまでの間まるでエスコートでもするかのように、親切に送ってくれる。申し訳なくて、澄音は小さくため息をついた。すると白崎は、なだめるように澄音の小さな頭を軽く叩《たた》く。

「気にしなくていいよ」

からっと笑ってくれるけれど、気分は晴れない。ただ申し訳なさだけを覚えて身を縮めた。

そもそも、この日の澄音は、朝から機嫌《きげん》が悪かった。

このところの冷えこみに、もともと虚弱《きょじゃく》な身体《からだ》は数日の間疲労感《ひろうかん》と微熱《びねつ》を覚え続けていた。

それにくわえ、不器用な澄音としては苦手このうえない家庭科の調理実習があったもので、立ちっぱなしの作業はつらいわ、いろいろ失敗するわで、精神的にもひどく滅入《めい》っていたのだ。

気分がローになるとそのまま体調に直結してしまう。いったいいつになったら丈夫《じょうぶ》になるのか、とほとほと情けなくなりながら、小さなため息をついた瞬間、うっかり咳《せき》が出はじめた。

「寒くない？」

「だいじょうぶです。そちらこそ、だいじょうぶですか？」

「俺は平気よ、鍛《きた》えてるから」

彼の貸してくれたボア付きのジャケットは、軽くて暖かい。小柄《こがら》な澄音が纏《まと》えばコートのようになってしまう大きなそれには、白崎らしく少しスパイシーで甘いフレグランス、そして煙草《たばこ》のにおいが染《し》みついていた。

ぱっと見るといかにも遊んでいる悪い男、といった風貌《ふうぼう》の白崎だけれど、気遣う態度も声もとてもやさしい。そしてなにより、病人を目の前にしても、ごくふつうの態度で接してくれているのがありがたい。

ふと湧《わ》いた疑念にちらちらと視線を送っていると、目顔で「なに？」と問われた。不躾《ぶしつけ》だっただろうかと羞《は》じつつ、思いきって訊《たず》ねてみる。

「白崎さんって、病気のひととか、慣れてますか」

「……どうして？」

急になんだ、というように白崎は目を瞠《みは》る。自分で切りだしただけにいまさら『べつに』と言うのも変で、澄音は以前から思っていたことを口にした。

「変なこと言ってすみません。ただ、ぼく、こうじゃないですか。ふつう発作をはじめて見たひととかって、知っててもびっくりするみたいで……」

思わずため息をつくのは、いつまで経《た》っても特別扱《あつか》いされてしまう自分の情けなさにだ。

「明石くんとかも、すごい驚《おどろ》かせちゃったことあるし」

「ああ。あいつ、本人が頑丈《がんじょう》だからね。突発事項《とっぱつじこう》に弱いしな」

あははと軽く笑う白崎が、うじうじしたことを言う澄音に頓着《とんちゃく》しないのもほっとした。そして、このざっくばらんな態度はもしかすると、ひどく繊細《せんさい》な気遣いの裏返しなのかと思う。

なんだか妙《みょう》に、居心地がいい。それはおそらく、白崎が澄音になんの興味も持っていないのだと知れるからだ。ただの親切、それ以上でも以下でもない薄《うす》い情に、ほっとしている。

それはこのところ——いや、長いこと向けられてきた濃密《のうみつ》で細やかな愛情の注がれかたに、そしてその変化に、ほんの少し澄音が疲《つか》れているせいかもしれない。

だからだろうか、少しばかり喋《しゃべ》りすぎてしまったのは。

「月花とか、凱風くんはもう、ぼくが慣れさせせちゃったんだけど……白崎さん、すごくふつうだったから。めずらしいと思って」

そのひとことを告げると、ふっと白崎は遠い目をした。

「昔ね。……親戚のひとが、入院してたことあったから」

「……ああ、そうなんですか」

一瞬だけ目を伏《ふ》せてみせる彼に、どきりとする。もしかするとなにか、触《ふ》れてはいけないことに触れてしまったのだろうか。澄音は内心どぎまぎとしつつ、問いかける。

「どうかしましたか？」

「ああ、いや。なんでもないよ。……あ、あれお迎えじゃない？」

ふっと笑みを浮《う》かべた白崎は、もういつもどおりの明るい彼だった。その表情にごまかされたわけではなかったが、一瞬の間を追及《ついきゅう》するより、白崎の長い指が示したさきの光景に、澄音は意識を奪《うば》われる。

いつものように、質のいいスリーピースを着こなした彼——宇梶宗佑《うかじそうすけ》が、少し急《せ》いた足取りで近づいてくる。思わず身がまえた澄音に気づいてか否《いな》か、飄々《ひょうひょう》とした容姿に似合いの、軽《かろ》やかな声がする。

「ほら、お迎え来たよ。澄音くん」

背中を軽く叩いた青年に知らず縋《すが》るような目を向けた澄音に、白崎は苦笑《くしょう》を浮かべる。そしてごく小さな声で、澄音にそっと耳打ちをして、背中を軽く押してくれる。

「……けんかしたなら、仲直りは早くね。これは俺の経験則から」

見透《みす》かしたようなことを言われて、びくっとした。うなずくこともできず、どうしてと目を瞠ったあとに、つい先刻月花が口にした小言を思いだす。

――……あのね、宗佑さんとけんかしたんだか知らないけど、そのせいで発作起こしたくせにそんなこと言ってる場合じゃないでしょ。

白崎と偶然《ぐうぜん》行き会うまでは、仕事に遅刻《ちこく》しそうなくせに、月花はぎりぎりまで付き添《そ》ってくれていた。いつでも、自分はあの幼馴染《おさななじ》みに迷惑をかけてばかりで、そのくせ澄音はつっけんどんに、こんなことを言ってしまった。

――違《ちが》うよ。宗佑さんは関係ないんだ。それより月花、仕事だろう？　行きなよ。

ふてくされたような声を発した自分が、なによりいやだ。だが、宗佑と揉《も》めた理由についてを口にするとなると、彼女にそれを言わないわけにいかなくなるのだ。

宗佑とのけんかの一因に、月花の言いだしたことが関係してしまっているからだ。

（もうほんとに、どうしようもない）

事情も言いたくない、けれど気分は晴れない。そんなこんなで八つ当たりをする羽目になってしまって、月花にもどう詫《わ》びたらいいのだろうと思う。

「澄音くんみたいなかわいい子が、思いつめてる顔は、あんまり見たくないからね」

「そんな……」

しょんぼりうつむいていると、冗談《じょうだん》めかしたことを白崎が言う。軟派《なんぱ》な台詞《せりふ》に笑ってしまって、澄音はようやく少し肩《かた》の力を抜《ぬ》いた。

「澄音！　また、発作を起こしたって？」

少し硬《かた》い表情の宗佑が足早に近づいてきても、澄音は顔をあげられないでいた。言葉を返したのは、だから隣にいた白崎だ。

「ああ、ご心配なく。さしてひどくはないらしいですよ。……だよね？」

「……はい」

こくりとうなずき、澄音はもぞもぞと借りたままだった上着を脱《ぬ》いだ。心配そうにその姿を眺《なが》めたあと、宗佑は白崎へと向き直る。

「失礼。そちらは……？」

「はじめまして。俺は白崎と言います。宗佑さん……ですよね？　井上くんや月花ちゃんからお話はかねがね」

すっと姿勢を正して挨拶《あいさつ》をする白崎の如才《じょさい》なさに、澄音は少し感心した。見目のとおり軽薄《けいはく》な男ではないらしいと思っていたが、この年齢《ねんれい》で、見るからに大人でエリート、といった宗佑相手にまるで怯《ひる》まないのはずいぶんめずらしい気がする。

「ああ、これはどうも。宇梶宗佑です。ついていてくださったんですか」

「偶然、居合わせまして。月花ちゃんが仕事に行くというので、それまでは付き添いをと」

「それは、澄音がお世話をかけました。あらためてお礼を」

「いえいえ。かまわないから、早く連れてってあげてください。……またな？　澄音くん」

にやっと笑って澄音の髪《かみ》をくしゃくしゃと撫《な》でる。

そんな白崎の視線が宗佑に向けられ、なにかを企《たくら》むようにいたずらっぽく笑いながらのものであることは知らぬまま、澄音は複雑な面持《おもも》ちで、うつむいたままだった。

＊　＊　＊

ほっそりとした喉《のど》から、ことりと咳の音がする。暖房《だんぼう》を入れた車内は少しだけ空気が乾燥《かんそう》していて、喉が妙にいがらっぽかった。

なめらかに走る車のなか、助手席に座った澄音は、ん、ん、と無理になにかを飲みくだすような音をさせて、体力を消耗《しょうもう》する咳が出ないようにつとめる。

「苦しかったら、すぐに言いなさい」

宗佑の穏《おだ》やかな声に対して、澄音は沈黙《ちんもく》で答えた。この車に乗せられたあとからずっと、喘《ぜん》息《そく》の発作《ほっさ》に苦しいからというだけでもなく、意固地に口をつぐんでいる。

十六歳年上の、保護者でもある男はその態度にやれやれと嘆息《たんそく》したあと、まだ少しそそけている頬《ほお》にそっと指先で触れてくる。

子どもをからかうような、小動物の反応をたしかめるような手つきに、澄音はびくりと震《ふる》えて傍《かたわ》らの男を睨《にら》んだ。

「……っ、なに」

「なにって。熱はないかと思っただけだよ」

「ないよ。だるいだけだから、気にしなくていい」

ふてくされたような言いざまにも力はない。もともと、澄音の声はその名前のとおりの響《ひび》きだ。甘く細い、少年期特有の不安定ななめらかさでは、どれほど機嫌《きげん》を悪くしようが迫力《はくりょく》には欠ける。疲れたような顔で助手席のシートに小さな身体《からだ》を埋《うず》めている状態では、なおのこと。

だが、この日澄音がぐったりとしている要因を知っている宗佑は、その気だるそうなさまさえもいとおしいと言いたげに頰をゆるませる。

「まあ、そうだね。昨日の今日だ、だるくもなるだろう」

しらっと揶揄《やゆ》されて、横顔に視線を突《つ》き刺《さ》してやる。だが、大きな潤《うる》んだ目で非難してくる子どもの鋭利《えいり》な視線にも、宗佑は動じることもない。

「だから意地を張らずに迎《むか》えを待てと言ったのに。どうして自分で帰ろうとしたの？」

「……ぼく、いやだって、言ったよ」

会話のつながりがないことをわかっていて、澄音は問いには答えず恨《うら》み言を口にする。

「今日は、家庭科の実習があるから、立ってないといけないから……しつこいの、やだって」

内容の恥《は》ずかしさに耳まで赤くなりながら、鞄《かばん》をぎゅっと胸に抱《だ》いた。そうしながら、走る車の振動《しんどう》が腰《こし》に響くことさえ恥ずかしいと思う。

股関節《こかんせつ》も腰も、なんとなく重だるい。おかげで今日はさんざんな目にあったのだ。

「そうか。いまは男子も家庭科があるんだったね。なにを作ったの？」

「宗佑さん、ぼくの話聞いてる？」

「最初にこっちの質問を無視したのは澄音だろう？　なにを作ったの？」

明晰《めいせき》な頭脳と知識をフル回転させ、弁舌《べんぜつ》をもってして相手をやりこめる職業の男相手に、澄音の抗議《こうぎ》も皮肉もまったく通じそうにない。おまけに気力でも押し負けて、澄音は渋々《しぶしぶ》口を割った。

「今日は、パン焼いた……」

「そう。おいしくできた？」

まったくなにごともなかったかのように問う男に、ふくれたまま澄音は鞄を開く。そこには、半分つぶれたような状態のロールパンが、ビニールに入っていた。

「……食べてみれば」

「俺にくれるの？」

「誰《だれ》かさんのおかげで、食欲なんかないから！」

真っ赤になりながら、見透かされたのが恥ずかしかった。

この実習のおかげで、酷使《こくし》された足腰は疲弊《ひへい》しきってつらくなり、その要因を考えれば腹立たしいやら恥ずかしいやらで、結果としては発作を起こしてしまったのだ。

つくづく、精神的な部分がそのまま出てしまう自分の身体が恨めしい。

「食べさせてくれるかな、澄音。いま運転中で、手がふさがってる」

「家に戻《もど》ってからでいいじゃないか」

「いま食べたい」

一瞬《いっしゅん》だけちらりと視線を流した宗佑の目の色に気づくと、澄音はさらに赤くなった。その表情は昨晩の、もういや、もうだめと哀願《あいがん》したのに少しも聞き入れてくれない、強引《ごういん》でいやらしい恋人《こいびと》の顔そのものだったからだ。

その目で見られると、澄音に勝ち目はない。渋々とひとくちサイズにパンをちぎり、彼の口元に運ぶと、指ごとぱくりと食べられた。

「いたっ……」

引き抜こうとすると、噛《か》んだまま舌先で指をちろりと舐《な》められる。放《はな》せともがいても、摑《つか》んでくる力は強く、真っ赤になったままか細い声で抗議するのが関の山だ。

「指……食べないで……」

「おいしいよ」

手がふさがっていると言ったくせに、ひとくちぶんのパンを飲みくだした男は澄音の手首を摑んだまま、その指をゆったり舐めて味わい、爪先《つまさき》にキスを落とした。それが、仲直りしようと告げているような気がして、澄音はふっと息をつく。

空気の甘さに、これならばと思う。もしかしたら少しは宗佑も譲歩《じょうほ》を向けてくれるのではと期待を持ち、澄音はおずおずと切りだした。

「ねえ、宗佑さん、お願いだから」

「聞けない」

だが、全部を言う前に、その願いは切って捨てられる。ひやりとした却下《きゃっか》に震えあがりながら、澄音はここしばらく何度も口にしたそれを繰《く》り返す。

「どうして？　卒業旅行。行きたいんだ、……痛いっ」

とたん、今度は本気で噛まれた。肉に食いこむ歯の痛みに小さな悲鳴をあげると、そっけないくらいに手が解放される。振《ふ》り仰《あお》いだ横顔は冷たく、なんの表情も浮《う》かべてはいない。

この無表情は、宗佑の拒絶《きょぜつ》だ。見知った、厳しくなんの譲歩も見せない表情に怯《ひる》みつつ、澄音はなおも食い下がった。

「どうしてだめだって言うのかわからない。月花と、クラスの何人かで旅行するだけだよ。近場の温泉で、春休みに、ほんの二日だけだし」

「遠出なんかして、身体にいいわけないだろう。途中《とちゅう》で倒《たお》れでもしたらどうするんだ。どうしても行きたいなら俺が連れていくから、それまで待ちなさい」

「それじゃ意味がないんだよ……！」

言いたいことが伝わらない、あるいはあえてはぐらかされている。それがもどかしくて、澄音は声を荒《あら》らげる。ここが車のなかでなければ地団駄《じだんだ》を踏《ふ》んでいただろう。

「聞きわけがないよ、澄音」

「宗佑さんだって、一方的だよ！　修学旅行だって行けなかったから、こういうのきっと、最後のチャンスなのにっ」

幼いころから病弱だった澄音は、そういう集団での行事にほとんど参加した覚えがない。団体行動では迷惑《めいわく》になるからと、事前に参加を控《ひか》えたこともあれば、いざ行こうと思ったら緊張《きんちょう》からくるものか、熱を出して結局行けなかったりと、そんなパターンが大半だったからだ。

それでも、以前よりはだいぶ体力もついたし、なにより大学に入ったら、こうした『クラスの行事』的な集団旅行はぐんと減ることも知っている。むろん、ゼミやサークルに所属すれば似たようなことはあるだろうけれども、それはどこかニュアンスが違《ちが》うように思えるのだ。同じ年齢《ねんれい》、同じクラスで年単位、一緒《いっしょ》の空間を共有した友人たちと、せめて最後に思い出を作りたいと思う。

なにより、休みがちで、さしてひと好きがするタイプでもない自分を誘《さそ》ってくれたのが、たとえ高嶺《たかね》の花の月花目当《と》てのことだとしてもかまわないし、むしろそれくらいのほうが気楽だ。温泉のある旅館に泊まって観光するというのも、修学旅行じみて少し心を動かされた。それにまた、澄音は澄音でどうしてもあの旅行に参加したい理由があった。

「月花にだって頼《たの》まれたんだよ。もう少し彼氏のふりしててって。だから、どうしても行きたいんだ」

澄音と月花の擬装《ぎそう》交際は、いまだに続いている。一時期は宗佑を焦《あせ》らせるためだと言い張っていた月花ながら、実際のところは校内で寄ってくる変な虫除《むしよ》けの意味もあったのだと、最近になって澄音は気づいた。

――ねえ、お願い。一緒に行ってよ。あたしだってたまにはああいう遊びしたいんだけど、ひとりじゃやばいんだもん。

附属《ふぞく》高校ではほとんどの人間がエスカレーター式で聖上学院大学へと持ちあがるのだが、なかには外部の大学を受けるものもいる。どうやら、卒業を目前にしてそのうちの何人かは月花にあからさまなコナをかけているらしいのだが、月花にはそれがわずらわしくてしかたないらしいのだ。

――それに、つきあってるのに一緒に旅行にも行かないなんて、変でしょ？

いろいろ協力してやったんだから、たまには役に立ってくれ。そんなことを言われて、借りばかり多い幼馴染《おさななじ》みの頼みを澄音が断れるわけもない。

しかし――じつのところは、あまりに強固に反対する宗佑への意地のほうが、いまでは強い。

「だから、だめだって言っても、勝手に行くから」

こんなにも彼に逆らったことなど、ろくにない。本当は、大好きな宗佑に逆らいたくなどないけれど、このところ澄音は反抗《はんこう》してばかりだ。きっと睨《にら》んで言い放つと、隣《となり》にいる男はハンドルをきりながら、深々と嘆息《たんそく》した。

車酔《くるまよ》いしやすい澄音のために安全運転を心がける男は、フロントに目を向けたままこちらを振り返ることもない。澄音もまた、ぷいと窓の外を向いたまま、口を引き結ぶ。

そして無言の反抗を向ける間に、車は彼らの自宅へとたどり着いた。

沈黙《ちんもく》を続けるだけでも疲《つか》れてしまって、気づけば助手席のドアを開けた宗佑に腕《うで》を取られている。うやうやしく姫君《ひめぎみ》を扱《あつか》うような態度に、無意識のまま身を委《ゆだ》ねそうになって、そんな自分を情けなく思った。

肩《かた》を抱《だ》いたまま自宅のドアをくぐらされた。大きな手を振りほどく気力もないし、触《ふ》れられれば澄音の意地などあっけなくもろく崩《くず》れていく。

「ただいま……」

沈黙に間が保《も》たず、小さな声で呟《つぶや》く。うしろで施錠《せじょう》をすませた宗佑が追ってくる気配を感じながら、澄音は自室へと向かった。

ベッドのうえに鞄《かばん》を放《ほう》りだし、制服から着替《きが》えようとネクタイに手をかける。だが、ドアのそばで腕を組んだまま、じっと見ている宗佑の視線に、気が散ってしかたがない。

「……なに？　着替えるんだけど」

「今日、一緒にいたのは誰？」

出ていってくれと言外に告げたら、まるで関係のない言葉が返ってきた。

「誰って……自己紹介《しょうかい》してたじゃないか。白崎さんだよ。凱風くんの先輩《せんぱい》で、月花とも、明石くんとも知りあいで……」

「ずいぶん、仲良くしていたみたいに見えたから。澄音の交友範囲《はんい》に、ああいうタイプがいるとは思わなかったからね」

そのひとことに、ぴくりと澄音の眉《まゆ》が寄せられる。いったいなんだというのだと、半端《はんぱ》にはどきかけたネクタイを摑む手が強《こわ》ばった。

無言のまま宗佑を睨みつけると、彼はふっと息をつき、視線をはずして呟いた。

「どうして澄音は、最近、そう怒《おこ》ってばっかりなのかな」

「それは、宗佑さんが……っ」

「俺が、なに?」

いちいち、口を出すから。行動を制限するような真似《まね》をするから。ここしばらく何度も口論になった原因をひとつひとつあげつらねてやろうかと思って、澄音は口をつぐんだ。そうでないと、なんだか自分でも考えもつかない、ひどいことを言ってしまいそうだったからだ。

以前から、門限も決められていたし、行動するにも必ず月花や凱風を伴《ともな》うか、そうでなければ宗佑と一緒にいるようにと言われていた。それは身体《からだ》の心配をされていたのもわかっているし、実際澄音はおそろしく世間知らずだ。いつぞやはたかが新宿に行っただけで迷子になりかけたくらいだし、そういうところは自分でもどうしようもないと思う。

けれど近ごろの宗佑は、少しばかり行きすぎている。どうでもこちらの交友関係をすべて把《は》握《あく》したがったり、ひどくそれが執拗《しつよう》だったり。

(なんか、変だよ……)

いったいなにがどうしてしまったんだ。眉をひそめ、どうにか穏便《おんびん》に伝える方法はないかと言葉を探す澄音より早く、宗佑はもっとも問題で、かついちばん澄音が触《さわ》りたくない事柄《ことがら》を持ちだした。

「毎日セックスばかりするからきらい？　澄音が恥《は》ずかしがって泣いてもやめないから？」

「……だから、そういうこと言わないでくれって言ってるだろ！」

かっと頬《ほお》が熱くなる。近ごろ宗佑はこうして澄音を追いつめてばかりだ。そっぽを向いて赤くなった顔を背《そむ》けると、宗佑は喉《のど》奥で声を転がすように笑う。おかげで澄音はよけい、恥ずかしくなる。

（そんな声で笑って、ずるい）

夜、ベッドのうえで聞かせるのと同じ種類の笑い声に、腰《こし》の奥に疼痛《とうつう》が走り抜《ぬ》ける。無意識に全身を震《ふる》わせた澄音は一瞬《いっしゅん》で、昨晩の淫《みだ》らな記憶《きおく》に引きずりこまれる自分を知った。

――もういや、できない、入れちゃ、やっ。

すすり泣いて懇願《こんがん》したのに、ちっともやめてくれなかった。気が遠くなるほど揺《ゆ》さぶられ、澄音はもうろうとするまま好きなだけ貪《むさぼ》られていた。

思いつめるほどには彼を好きで、ああいう行為《こうい》もきらいじゃない。けれど最近の求められかたが、どこか澄音を不安にさせてばかりだから、どうしたって素直《すなお》になれない。

「すっかりきらわれたね。哀《かな》しいな」

「嘘《うそ》ばっかり……」

どうやったって自分が彼を嫌いになることなどないと、確信しているかのような笑いがしゃくに障《さわ》る。余裕《よゆう》の態度にも思えるし、わざとらしくはずされた視線が向かなければ、こんなに怒っているのにやはり、寂《さび》しいとも思う。

そんなふうに、夢中でいる澄音を知っているくせに、どうして。

「……そんな顔をしないでくれないか、澄音」

ゆっくりと近づいてきた宗佑から、結局は逃《に》げるそぶりもできない自分を弱いなと思いながら、腕を伸《の》ばされると拒《こば》めない。頬を両手に包まれ、顔をあげるようやさしくうながされながら、拗《す》ねた声を発するだけだ。

「そんな顔って、どんな顔だよ」

「俺を拒絶《きょぜつ》する顔」

していうわけがない。ただ自分は拗ねているだけで、そんなのもきっとお見通しのくせに、弱いふりした困り声など出さないでほしい。

「最近、笑ってくれないね。どうすればいいんだろう」

抱きしめながらため息をつく、広い胸の居心地はあまりにも澄音に快い。生まれてほんの少ししてからずっと、この腕のなかにいたからだ。やわらかな拘束《こうそく》は、束縛《そくばく》と安寧《あんねい》を同時に澄音に与《あた》え、じわじわと喉を絞《し》めあげるような苦しさと甘さを教えこむ。

「俺はきみをこんなに愛しているのに、どうすればいいんだろう……？」

呟くような声が、嬉《うれ》しくて哀しい。またわかってもらえないと、微妙《びみょう》にずれたままの気持ちがせつなくて、澄音は眉をひそめたまましじっと宗佑の鼓動《こどう》を聞いている。

どうすればいいのだろうなんて、自分が聞きたいくらいだ。

端整《たんせい》で理知的で背の高い宗佑は、弁護士という職につき、三十四歳の若さでみずからの事務

所をも持っている。なにもできないことなどないほどに完璧《かんぺき》な大人の男性で、澄音の英雄《えいゆう》で、小さなころ読み聞かせてくれた童話の中に出てくる、頼《たの》もしい王子さまそのものだった。

けれどその完璧なはずのひとは、近ごろひどいアンバランスさで澄音を不安定にする。

「宗佑さんこそ、どうしちゃったの？　なんで、最近そんなふうなのさ」

「そんなふうって？」

「前より、なんか、いろいろ……し、しつこくなった」

「たがはずれた俺はきらい？　澄音に夢中なだけなのに」

そういうことが言いたいんじゃない。懸命《けんめい》に澄音はかぶりを振《ふ》って、もどかしく言葉を探す。

以前には、こんなに縛《しば》りつけたりしなかった。むろん、彼に独占欲《どくせんよく》を見せつけられるのは澄音としてもくすぐったいし嬉しいと思う。だが、以前にも増して行動の制限が激しい気がするのは、気のせいなんかではない。

(なんか違《ちが》うんだ、なんか)

うまく言えない自分に焦《じ》れながら、まるで閉じこめてしまおうとしている宗佑に小さく抗《あらが》う。

思うよりもあっさりと抱擁《ほうよう》はほどけ、拍子抜《ひょうしぬ》けすると同時に寂しくなった。

「宗佑さん、そんなじゃなかったでしょう？　どうして、なんでもかんでもだめって言うのか、わかんないよ。ぼくがふつうにしてるのは、いけない？」

誰《だれ》よりも澄音を楽にしてくれたのは宗佑だった。甘やかし、慈《いつく》しみ、大事に大事に護ってくれていたひとなのに、それを息苦しく感じるのはどうしてなのかわからない。

「じゃあ澄音は、俺が嫉妬《しっと》してはおかしいと思う？」

「質問に質問で答えないでよ」

意図的に話をずらさないでくれと睨《にら》んで、澄音は真剣《しんけん》に訴《うった》えた。

「嫉妬とかじゃないでしょう。だって宗佑さんが嫉妬する理由なんかどこにもないじゃないか」

「どうして？　かわいい恋人《こいびと》が、いつだって俺の目の届かないところにいるのが苛立《いらだ》たしい、そう思うのはいけない？」

だから質問で答えるなというのに。澄音は苛立ちを御《ぎょ》せなくなり、地団駄《じだんだ》を踏《ふ》みたくなる。

「だっておかしいよ。そんな愛情なんておかしいよ」

「なにがおかしい？　俺は澄音をぜんぶ、そのまま愛してるだけだよ」

「全部って、なに？」

どんな甘いことを言われても、どこか言葉だけが上滑《うわすべ》りしているようで、怖《こわ》くて怖くてしかたない。どうしてこんなふうになってしまったのだろう。

——俺だけだって、言ってごらん。女の子とつきあったりしないって。その代わり、この腕《うで》のなかにいると約束するなら、なんでもしてあげる。

囁《ささや》かれて、心も身体もつないで、有頂天《うちょうてん》になったあの日から、まださほど経《た》ってもいない。

なのにどうしてこんなに、息苦しい時間をすごさなければならないのだろう。

気持ちをたしかめあって、これからはきっと穏《おだ》やかに過ごせると思っていたのに、あれ以来宗佑の拘束はむしろ、エスカレートする一方だ。

「ぼくの全部ってなに？　なんか、最近、わかんない。宗佑さんの言う、愛してるってなに？」

なにか、根っこの見えない話にじりじりと焦れったくなりながら、論点が違うのだと、ただそれだけはわかっている。けれど、経験値も語彙《ごい》もまるでかなわない宗佑に、どう言えばこの違和感《いわかん》を伝えられるのかわからない。

「どうして宗佑さんは、ぼくを好きなのかも、なんだかよく、わかんなくなる」

どういう意味だと宗佑が凛々《りり》しい眉《まゆ》をひそめた。うまく言えないけれどと指を揉《も》みながら、澄音は懸命に胸の裡《うち》を理解してくれと訴える。

「いまみたいなんじゃ、ぜんぜん、信じてもらえてない気がする。それじゃ、ぼくも、信じられないよ」

「……きみがそれを信じないというのなら、本当に愛なんかどこにもないんだろうね」

わざとらしいような嘆息《たんそく》、大仰《おおぎょう》な言葉に澄音はごまかされないとかぶりを振った。

「じゃあぼくはどうしてればいいの？　お人形みたいに全部言うことききかないとだめなのかな」

「それこそどういう意味？」

なにもかも宗佑に決められていることが、いままでは苦痛でもなんでもなかった。するなと言われたことはしなかったし、やれと言われればそのとおりにした。なのにいま、澄音はどうしても、抗いたいのだ。

「でも、ぼくだって全部が全部、宗佑さんの言うとおりにばかりなんか、できないよ。そうしたら、宗佑さんはいやなんだろ？」

「そんなことを言ってはいないよ。澄音をいやになることなんてあり得ない」

「嘘だ。だめだとか言うし、機嫌《きげん》悪くなるじゃないか」

「俺はどんな澄音だってかわいいと思ってるよ。機嫌が悪く見えたなら、それは俺が感情をセーブできてないからで、澄音自身について否定しているわけじゃない」

諭《さと》すような言葉に丸めこまれそうになり、そうじゃないのにと身をよじりながら、澄音はなおも言いつのった。

「じゃあ、たとえば宗佑さんは、ぼくが宗佑さん以外の誰かを好きになったり、宗佑さんよりもっとずっとごつい、……たとえば白崎さんみたいな、ああいう見た目になって、それでもいままでと同じに好き？」

「またいきなり極端《きょくたん》な話になるね」

こんな話をしたいわけではないと思いながら、愚《ぐ》にもつかないたとえをした。すると宗佑はあっさりと、広い肩《かた》を竦《すく》めてみせる。

「まあ、そこまで仮定すれば、それはまるで同じ、とはいかないだろうね」

自分で訊《き》いておいてショックを受けている澄音に、ばかだね、と宗佑は笑いかける。

「もしも、という話をしはじめたらきりがない。もしも遠縁《とおえん》じゃなかったらそもそも俺と澄音は出会ってもいない。きみは十八歳をすぎてもその身長のままだし、身体《からだ》も健《すこ》やかとは言いがたい」

「それは……そうだけど」

「悪魔《あくま》の証明を知っているかい？　ないものをないと証明するのは不可能に近い。だってそこに『ない』のだから。いま目の前にないだけで、世界のどこかに、『あるかもしれない』可能性がある以上、証明できない」

まだ本題に届いていかない。こんな話をしたいわけじゃない。そう思いながら、宗佑の綴《つづ》る雄弁《ゆうべん》な言葉と、なめらかな声に呑《の》まれそうになる。

（怖いのは、それなんだ）

いつでもこの腕のなかは、居心地がよすぎる。宗佑はすべてが正しくて、澄音はただそこにいるだけでよくなる。

なにも考えず、なにも疑わず、愛《め》でられるだけでいればよくなる。

けれどそれだけでは物足りないと最近、感じているのだ。なにもそれは、このやさしい腕から逃《のが》れようというのではなく。

「宗佑さん、だから――」

頼むから話を聞いてくれと言いかけた澄音の言葉を制するように、宗佑は淡々《たんたん》と言葉を綴る。

「ときどき、自分でも思うよ。こんなばかばかしい、まるで本当に親鳥のように、ちゃんと見守ってきたはずなのに……なにをトチ狂《くる》っているんだってね」

「宗佑、さん……？」

自嘲《じちょう》気味の声に、驚《おどろ》いた。宗佑が自分で自分を貶《おとし》めるようなことを言うのははじめてで、澄音はどうすればいいかわからない。

「最初に会ったとき、きみは二歳で、吐《は》いたものを喉《のど》につまらせて……いまにも、死にそうだった」

かつて、凱風から聞かされたことをはじめて宗佑が口にした。とくに動じた様子もない澄音に「知っていたのかな」とやさしく問う彼は、そっと澄音の頬《ほお》を撫《な》でる。

「凱風くんに、前に聞いた」

「そう。それで俺はとても慌《あわ》てた。慌てて、どうしていいかわからないまま澄音を抱《だ》きあげたら、買ったばかりのシャツにきみは、またすごく吐いてくれて、びっくりした」

なにがおかしいのか、くっと喉を震《ふる》わせて笑う宗佑に澄音は肩を竦める。まったく記憶《きおく》にないころのこととはいえ、出会い頭《がしら》からそんな迷惑《めいわく》を彼にかけていたのが、恥《は》ずかしくてたまらなかった。

「き、汚《きたな》くしてごめんなさい……」

「うん、まあそれはとても驚いたんだけれどね。……不思議だった、汚いと思わなかったから。それよりも、喉につまっていたのを吐きだした澄音がちゃんと泣いてくれて、ほっとした」

そのあとは慌てて医者に走った、となつかしそうに笑う宗佑に、澄音は不思議になってくる。

宗佑が澄音と出会ったのは、彼がいまの澄音と同じくらいの歳《とし》のころだ。いきなり現れた親《しん》戚《せき》の赤ん坊《ぼう》、それものっけで吐瀉物《としゃぶつ》まみれにさせた子どもに、どうして彼はそんなにも、鷹揚《おうよう》に親身にいられたのだろうか。

「宗佑さんは……子どもが好きなの？」

前々からの疑問を口にしてみると、意外な言葉が返ってくる。

「正直いえば、澄音と会うまで大嫌《だいきら》いだったね」

「え……」

「いまもそれは大差がないかな。澄音以外の子どもとなると、やっぱり苦手だ」

きっぱりと言われて、澄音はどう言っていいのかわからなくなる。ならばなぜ自分は特別だったのだろうか、そんな疑問がどうしても、胸の奥にあった。

「嘘《うそ》だと思うなら、凱風に訊いてごらん。あいつが小さいころ、俺がどういう態度で接していたか、いちばんよく知っているから」

「それは……まあ……」

澄音は思わず『想像がつく』と口ごもる。

凱風は叔父《おじ》である宗佑のことが、あまり得手ではないらしい。話題に出るとなんとなく顔を歪《ゆが》めるし『あの陰険《いんけん》二重人格』とまで澄音の前で罵《ののし》ることもある。兄弟のような近しさのあるふたりだから口悪く言うのかと思っていたが、最近どうもあれは本音らしいと気づいた。

あげく宗佑は、ふだんの爽《さわ》やかで穏《おだ》やかな人格をかなぐり捨てたように、けろりとひどいことを言ってのけるのだ。

「子どもは苦手だよ。汚いし、くさいし、うるさい。すぐに泣くし、理性的な話は通じない。それなのに、澄音だけはどうにかしてやろうと、本気で思った。そういう自分が不思議だった」

引き取るに至っては、偽善《ぎぜん》的な美談の主そのもののようじゃないかとおかしくてたまらなかった。見たこともない冷めた目をして、宗佑は自分を嘲笑《あざわら》う。

「澄音、俺はね、きみ以外には案外と、やさしくない男だよ」

あっさり告げられて、澄音はまさかと言うことができなかった。ときおり、澄音に絡《から》んで周囲に投げかける言葉や態度のなかに、おそろしく利己的な宗佑のことは感じとっていたからだ。そして――特別扱《あつか》いされる自分をこっそり、喜んでいたからだ。

「子どもなんか嫌いなのにどうしてと言われても、俺にもわからないよ。ただ、この子は……俺のものだなと、そう思っただけだ」

だからいまも、困ったように苦笑《くしょう》する宗佑の声を否定できない。怖《こわ》いと思うのに、嬉《うれ》しくてたまらないから、ただじっと長い腕《うで》のなかにおさまってしまう。

「らしくないと言われても、これが俺なんだよ。本当はね」

甘い毒のような声を聞くだけで、澄音は爪先《つまさき》までが痺《しび》れて、頼《たよ》りなく全身の力が抜《ぬ》けていく。

「本当なら、澄音がすべていいように、きみが望むままにいさせてやりたいと、本当に思ってもいる。けれど、どうにも、ままならない」

「宗佑、さん」

ぎゅっと澄音の肩を摑《つか》んで、少し苦しげな息の下《もと》、宗佑は言葉を綴る。脳のなかに直接染《し》みいってくるようなそれに、澄音はくらくらと酔《よ》わされる。

「無条件の愛情なんて信じられない。そう思ってたのは俺だよ澄音。けれど、きみに出会ってしまって、俺は変わらざるを得なくなった」

いや、その瞬間《しゅんかん》すべてが変わってしまったのだと、彼は穏やかにさえ響《ひび》く声で語る。そして澄音は、なにも言葉が出てこない。

「さっきいろいろ、澄音は言っていたけどね。きみがもしも、俺よりもずっと背が高く健康で、友人らもたくさんいて、そしてほかの誰《だれ》かを愛するような青年になったとしても」

そっと頰を包み、見つめられるだけでおかしくなりそうなまなざしで、澄音を捕《と》らえた。

「たぶんそれでも、俺はきみを愛しているんだよ」

「そ……」

色の薄《うす》い目の奥に、ふうっと吸いこまれそうになりながら囁《ささや》かれた言葉は、すとんと胸に落ちてくる。

「少し引いた位置から、きみを慈《いつく》しみながら、手に入らなかったと嘆《なげ》きながらそれでも、きっと愛してるんだよ」

第三者という、永遠に交われないその位置に立ちすくみながら、それでも澄音の幸福を祈《いの》りながら。言いつつ、宗佑はこみあげてくる笑いをこらえきれないように小さく喉を鳴らす。

「……いっそ、殺してやりたいけどね」

「え……」

肩《かた》を摑んだまま、狂気《きょうき》を孕《はら》んだ言葉を吐き捨てる宗佑に呑《の》まれて、澄音は一歩も動けない。

歌うような声で、どこまでも甘く、宗佑は澄音に愛を告げる。

「俺のものにならない澄音なんか殺してやりたいけどね。でもできない。俺はきみがとても大事だから」

「宗佑さん……」

「俺の意のままになんかならなくて、腹が立っても、信じてもらえなくても、大事なんだよ。おかげで素直《すなお》になにかを示そうにも……自分でもどうすればいいのかわからない」

わかりづらいものを示している自覚はある。むしろ猫《ねこ》をかぶって彼の保護者たれと努めていた時期のほうが、まだ子どもには理解しやすいものであっただろう。

そんなことのすべてをわかっていてなお、御《ぎょ》せないものがあると知ったのだと、宗佑はいっそほがらかに宣言してみせる。

「けれど、この手の内から羽ばたいていく日を思えば、俺は胸が張り裂《さ》ける。たかがともだちとの旅行ひとつで取り乱して、おかしくなる。……ばかみたいだな」

自嘲するような彼の声に、澄音は必死でかぶりを振《ふ》った。

（これじゃ、だめなのに）

また自分ばかりが心地よくされる、そのことに焦《じ》れていたはずなのに、言葉もなにも出なくなる。歯がみをするかのような宗佑の声が、彼自身苦さを覚えていると気づいてしまうからだ。

そして、それこそがいやなのだと、彼の甘さに溺《おぼ》れそうになりながら、澄音はあえいだ。

「ぼくだって、宗佑さんのこと、好きだけど。いまのままじゃ、きらいになる」

「……澄音？」

「どうして、いじめてたしかめるのさ？　ぼくの言うこと信じてくれない？　どこに行っても、誰といたって、ほかのひとなんか誰も好きにならないのに」

口にしてやっと、澄音は自分の不満がこれだったのだと気づいた。

嫉妬《しっと》されるのがいやなのではない。縛《しば》られるのが苦しいんじゃない。

まるで、一方的に愛情を押しつけて——澄音からはなにも返っていないと言わんばかりの彼が、いやだったのだ。

離《はな》れていくものを必死に繋《つな》ぎとめるかのような態度や、わざと意地悪く接して反応をたしかめるような、そんな宗佑が、哀《かな》しかったのだ。

そんなことをしなくても、自分のいちばんはずっと宗佑で、それ以外あり得ないのに。

「もっと信じて。ちゃんと」

「むずかしいことだね。俺は澄音を信じてるよ」

「そうじゃなくて、自分がちゃんと好かれてるって信じて！」

だだっ子のように叫《さけ》ぶと、宗佑が目を丸くする。意外だと言いたげな顔に、歯がゆくなった。

(自信たっぷりのくせに、なんでそこだけなにも信じてないんだよ)

親鳥のようにと宗佑は言った。事実その表現はあっていると思う。無償《むしょう》で、見返りを求めていない、そういうたぐいのものをずっと彼は自分にくれていた。

だからなのだろうか、澄音がそれを返そうと懸命《けんめい》なのに、どこかで彼は見えていないのだ。

「ややこしい言いかたばっかりしてないで、ちゃんとぼくのこと見てくれよ」

宗佑が理論武装して、そのうえやけくそにならなければ告げられないというのなら、澄音はまるでやわらかいまま、心を両手に乗せて差しだそうと思う。

幼い日、雪遊びをしてかじかんだ赤い手のまま、真っ白なまるいものを『あげる』と彼に差しだしたときのように——扱いひとつで溶《と》けて崩《くず》れるもろいものを、ぼろぼろに傷ついたとしても、全部をさらして見せるから、疑わないでくれと願う。

「どうして、こんなに好きなのに、わかってくんないんだよ！　宗佑さん、ぼくの言うことぜんぜんわかってない！」

「……澄音」

言いつのりながら、つんと鼻の奥が痛くなった。お願いだからわかってくれと、澄音は広い胸に縋《すが》りつく。

どうせ、なにをしていたところで、澄音の頭からこの男の面影《おもかげ》が消えることはないのだ。

今日の実習だってそうだった。パン生地《きじ》をこねる間中、意地悪をした男のおかげで腰《こし》が痛くてつらいのに、試食分以外で食べきれないものを持ち帰るひとはいるかと問われた瞬間、教師の配った ビニール袋《ぶくろ》に手を伸《の》ばしていたのだ。

結局、いつだって自分の隣《となり》で甘く爽やかに笑っている男に食べてほしかったからだ。

そして自分の無意識の行動に気づいた澄音は、なんともいえない複雑な気分に陥《おちい》ったあげく、自己嫌悪《けんお》と宗佑への腹立たしさとを持てあまし、午後の授業の間にすっかり具合が悪くなってしまった。

——おまえのそれって、どこまで病気？

かつて凱風が、心配そうに告げてきた言葉を思いだす。

本当は心のどこかで、自身の不安定さやなにかについて、宗佑に起因するものが大きいことくらい、澄音もわかっているのだ。強くなりきれないのは、いつだって庇護《ひご》されたい自分がいるせいだということも。

けれど宗佑が、そういう澄音を望むなら、一生強くならなくたっていい。対等じゃなくてかまわないし——そもそもそんなおこがましいこと、望んでもいない。

彼が望むなら、ただ愛玩《あいがん》されるだけの生き物でいたっていいのだ。だがそれで、澄音の気持ちを理解してくれなくなるのは、許せない。

「宗佑さんしかいないのに。ほかに誰も好きになれないのに。それで信じてもらえなかったら、どうすればいいかわかんないよ」

この気持ちを無視されることだけは、どうしても許せない。睨《にら》むように赤くなった目で見あげると、少し驚《おどろ》いたような顔の宗佑がいる。

「いなかったら死んじゃうって言ったのに。ちゃんと好きって言ってるのに、ちっとも聞いてない……」

「澄音、それは——」

「自分ばっかりぼくのこと好きみたいに言って。腹立つ！」

わめいて、ぐいぐいと額を彼の胸に押しつける。宗佑の手が彼らしくもなく、おずおずと背中にまわるのを感じたとき、やっと言えた、伝わったとほっと息をつきながら、力を抜《ぬ》いた。

「……俺は、澄音を不安にさせたのかな」

「そうだよ」

「そうか……ごめん」

めずらしく、自信のなさそうな宗佑の声がおかしい。少しだけ目尻《めじり》に涙《なみだ》を溜《た》めながら、澄音は困ったひとだなと笑った。そしてまた、頭がよすぎるのも考え物なのかもしれないなとも。

ありとあらゆることをシミュレーションして動く賢《かしこ》い彼にも、想定外の事態がある。そんなことさえ忘れてしまって、子どもが成長することも計算に入れ損《そこ》ねて、戸惑《とまど》っているような宗佑が、少しだけかわいいと思った。

「逃《に》げないの」

「ちゃんとぼくのこと見ててくれるなら、逃げないよ」

甘えるように頰《ほお》をすり寄せると、額に唇《くちびる》が触《ふ》れた。ひさしぶりの、ただやさしく慈《いつく》しむようなロづけに、じんと指先が痺《しび》れていく。だから澄音もようやく、本当の本音を口にすることができた。

「……旅行だって、本当はどうしても行きたいわけじゃないよ」

「そう?」

宗佑さんと何日も離れるの、やだよ。呟《つぶや》くと、嬉《うれ》しそうな気配が触れた身体《からだ》から伝わった。案外、わかりやすいひとだったんだと嬉しくておかしい。

「でも……月花が、どうしてもって言うし。ちゃんとそういうつきあいしてないと、だめだって思うんだ」

言葉を切り、澄音は顔をあげる。まだ少し複雑そうな宗佑に、自分から伸び上がって唇を求めた。やわらかいキスをもらったあとに、ほっと息をついて口を開く。

「ぼく、もっとちゃんと、大人になりたい」

「どういう意味?」

「宗佑さんが、心配しないでも……ちゃんとしてられるようになりたいんだ。それで、そうなって、手間をかけたりしなくなって、……それでもぼくのこと好きでいてほしいんだ」

うまく伝わるかどうかわからない。けれど懸命に澄音は言葉を探し、訴《うった》える。

どうか誤解をしないでほしい。自立したいわけではなく、澄音はもっと、強欲《ごうよく》なのだ。

「大事にされるの、好きだよ。甘やかしてもらうのも。……パパとか、ママとかが……ぼくのことほっといてくれて、それで宗佑さんに大事にされるの嬉しかった」

「澄音……?」

親が自分を見捨てたことで、宗佑が手に入ったと喜んだ自分はとても汚《きたな》い。そういう部分をさらすことは少し怖《こわ》かった。けれど、宗佑があそこまで言ってくれたのだから、たぶん自分ももっと、全部をさらさなければならないのだと思う。

「でも、身体のこととか、そういうのの心配じゃなくて、もっと、……もっと、恋人《こいびと》、って、だけで、好きって言われたい。いつまでも、赤ちゃんみたいにされてるだけじゃ、やなんだ。……欲張りだから」

自分の望んだ形ではなく求められるのがいやなくらいには、澄音は充分《じゅうぶん》エゴイスティックな自分を知っている。あんまりきれいで大事なもののように扱《あつか》われても、困るのだ。

「宗佑さんが思ってるよりずっと、ずっと前から、好きだから……」

「澄音」

必死になって告白する唇が、不意打ちに盗《ぬす》まれた。どこかいつもより余裕《よゆう》のない宗佑のキスに、澄音も抗《あらが》わずに応《こた》える。

「んん……」

ふっくらした下唇を噛《か》むようにして挟《はさ》まれ、すりあわせては、揉《も》みこむみたいに触れあわされる。澄音の唇のなめらかさと弾力《だんりょく》とを、自分のそれを使ってすべてたしかめるような口づけに、自然と息があがって力がゆるむ。

開いた隙間《すきま》に舌が滑《すべ》りこみ、歯のひとつひとつを舐《な》めるような動きに甘く呻《うめ》いて、澄音もまた彼に習ったとおりに舌を動かし、絡《から》めた。必死になって宗佑の舌を吸っていると、抱《だ》きしめた広い背中がひくりと、手のひらの下でうねるのがわかる。

「……驚いた」

キスが上手になった、とこめかみに唇を寄せた宗佑が、火照《ほて》った耳朶《みみたぶ》を指で揉む。

「お……教えたの、宗佑さん、じゃん」

「そうだね。それに、もうひとつ驚いた」

「なに？」

顔中のあちこちに、笑ったままの彼が口づけてくる。その表情がひさしぶりになごんで見えて、澄音はひどく嬉しい。

「澄音の愛情の質も、俺とよく似てる気がする」

「そう、かな」

「そうみたいだね。ある意味……業《ごう》が深い」

いっそ嬉しげに呟いてまた唇を求めてくる恋人を、赤くなりつつ澄音は拒《こば》まない。

——キスもセックスも、全部俺が教えてあげる。

そう告げられたことはあったけれど、そもそも澄音は宗佑を見て育ったようなものだ。

宗佑は澄音の唯一《ゆいいつ》の家族で、保護者で、理想で、指針で、初恋で——すべてだった。

だから、求め方も与《あた》え方も、奪《うば》うやり方も、彼に似ているのがあたりまえなのかもしれない。

たっぷりと甘いキスで唇を潤《うるお》したあと、このところいらいらしてすっかり忘れていた、宗佑に言うことを聞かせる方法を、澄音は思いだした。

「ね。だから、旅行、行ってもいいでしょう……？」

抱きついて、首をかしげて、潤《うる》んだ目で見あげる。意地を張って言い張るより百倍有用な、素直《すなお》な甘えに、宗佑はついにため息をついた。

「しかたがないね。俺も大人げなかった」

「やったっ」

旅行に行くことそのものより、宗佑の譲歩《じょうほ》と許しが嬉しい。とたんに機嫌《きげん》良く微笑《ほほえ》む澄音の小さな鼻を、鹿爪《しかつめ》らしい顔をした宗佑がつまんだ。

「羽目をはずさないんだよ。それから、温泉は露天《ろてん》はよしなさい。入るなら内風呂《うちぶろ》で。発作《ほっさ》を起こしたらまずいからね。……風呂じゃあ、月花ちゃんもどうしようもないし」

「うん、だいじょうぶ。気をつける」

わかっているからとうなずいて、澄音はぎゅっと宗佑にしがみつく。ありがとうと微笑んで、ひさしぶりに好きなだけ甘えてみせると、やれやれと保護者の顔を取り戻《もど》した男は嘆息《たんそく》する。

「まあ、澄音が嬉しいなら、それはそれでいいけれど。……ほったらかしにされる俺は、どうしようかな」

「え？」

まあしかたがない、と笑う宗佑の言葉に、澄音はふっと目を丸くする。見つめたさき、宗佑は静かに笑っているけれども、どうやらなにかを呑《の》みこんだ顔だとそこで気づいた。

「まあいい。ともかく、食事にしようか。少し遅《おそ》くなったけど、すぐ用意するよ」

「ねえ。待って。宗佑さん」

「うん？」

にわかに不安になったのは、まさかという予想がついたからだ。宗佑は大抵《たいてい》、本当に澄音を喜ばせようとするとき、サプライズのために黙《だま》ってそれを遂行《すいこう》する。

そして、らしくもなく執拗《しつよう》な反対をしてきたのは、なにも感情面ばかりではなく。

「……もしかして、なんか、計画……してた？」

「春休み。卒業祝いに、本当はいろいろ考えていたんだけどね」

隠《かく》しても無駄《むだ》と悟《さと》ったのか、あっさりと宗佑は認めた。ただ、いったいなにを考えていたのかと問うてもしばらくは答えようとしなかったが、澄音が食い下がるとようやく、白状した。

「いや。澄音の高校最後だし、卒業と大学入学祝いもあるから、その時期は休みを取って、近いところででも……と思ってたんだが」

「いつから、いつまで……」

「だから、春休みぶんね。まあ、いまからならキャンセルもできるし」

さらっとしているあたりがひどくあやしい。にわかに胸騒《むなさわ》ぎがして、澄音はそれを追及《ついきゅう》した。

「どこで、なにをっ？　どこのホテル、言って！」

「ペニンシュラ。ハーバービューが空いてたそうだから。スパもあるし、澄音もゆっくりできるかと思ったんだけどね」

宗佑の口調で、それが新規オープンする東京のホテルではないことが知れた。おそらく、『東洋の貴婦人』と呼ばれる、本家香港《ホンコン》のザ・ペニンシュラに違《ちが》いない。

「まさかそれ春休みずっとって……」

「ああ。事務所も長期で休みにしようとね。どうせその時期には、香川さんも大事をとって休みに入ることだし、ちょうどいいかと」

あっさり言われて、澄音は眩暈《めまい》がしてきた。

宗佑のことだから、おそらくスイートくらいはとっているだろう。おまけに三年生の春休みは通常より長い。その期間中泊《と》まりこむとなれば、それはとんでもない額になるはずなのだが、若手のやり手弁護士は気にした様子もないままだ。

「リザーブしていたけど、しかたないね。明日にでも断って――」

「待って待ってちょっと待って！」

真っ青になって澄音は宗佑の服を摑《つか》む。本気でべつに惜《お》しいとも思っていない顔を向けられ、だからどうしていいのかわからなくなる。

「どうして、そういうとこだけ引いちゃうんだよ、そこまで考えてくれてたのに、なんで言わないの⁉」

「びっくりさせようと思ってたんだよ。言っちゃ意味がないだろう」

「そんなのでけんかするほうが、よっぽど意味ないじゃないかっ」

「ああ、それもそうだったね」

いささかずれているとしか思えない宗佑の思いやりに、澄音は少し頭が痛くなってくる。

さんざん言ったばかりだというのに、どうしてこう、彼の愛情は一方的なのだろう。

けれどその押しつけがましさも結局は、きらいになれないのだ。

なぜならそれを澄音が、宗佑の濃《こ》すぎるそれを、持てあますどころか喜んでしまうので。

「もう、いいよ。旅行、行かない」

「え？　どうして」

あきらめたように呟《つぶや》くと、いまさら驚《おどろ》いてみせる。これだもの、と思いつつ澄音は苦笑《くしよう》した。

「だって、せっかく宗佑さんと一緒《いっしょ》にいられるんでしょう。休みの間中」

いまでさえ同居している。さんざんかまわれてまだ足りないかと凱風あたりには呆《あき》れられるかもしれない。けれども、なんだかんだと多忙《たぼう》な宗佑とは休みの日でさえ、一日べったりくっついていることはめずらしいのだ。

「まあ、そのつもりだったけれど。無理することはないよ」

「無理じゃないよ。朝から晩まで宗佑さんとずっと一緒にいるの、いまだってそんなに、ないもん」

長い腕《うで》を摑んで、小さいころのようにすりよって甘える。こうしてくっつくことを許されただけでも、恋人《こいびと》にしてもらえてよかったと思う。以前には意識しすぎてできなかったことを、自分が思うさましてもいいのだと思えるだけでも澄音には嬉《うれ》しい。

だが、大人の男はそれだけでは足りないと言うのだ。

「だから、ブレーキがきかないんだよ」

「え？　あ……」

腰《こし》を抱いていた腕が、ゆっくりと下がって澄音の小さな尻《しり》を撫《な》でた。下から肉を持ちあげるような動きで揉《も》まれ、昨晩いいように開かれた場所がひくりとうごめく。

（まだ、なんか、奥が……）

宗佑の逞《たくま》しいものを長時間受け入れさせられたあとには、あの場所が開ききって戻らないような怖《こわ》さがある。トイレに入るたび、思わず指で触《ふ》れてちゃんと窄《つぼ》まっているのを確認《かくにん》したくなるくらい、そこは宗佑を覚えきっているのだ。

いちばんつらいのは、痛みや疲労感《ひろうかん》よりもこの不思議な身体《からだ》の変化かもしれない。

「もっと小さいころみたいに、澄音を一日中抱いていられたらいいのに」

撫でられていると、ひくひくするそこの動きがだんだん、あのときの蠢動《しゅんどう》に近くなっていってしまう。かすかに息があがって、小さく震《ふる》えながら澄音は宗佑の胸にしがみつく。ただ撫でられるだけで、あそこが宗佑のために綻《ほころ》んで、なんだかじんわり濡《ぬ》れるような錯覚《さっかく》さえある。全身に力が入らなくなって――身体がすべて、宗佑のためのものにゆっくり変化をはじめようとする。

「あ、あのころは、エッチなこと……しなかったよ」

「……あたりまえだろう、それは。なに言ってるの」

ぞくぞくする自分をごまかすために、澄音は雑《ま》ぜ返した。苦笑で返す宗佑はまた、喉《のど》の奥に少し絡《から》まるような色っぽい笑いをもらし、右側の尻をぐっと握《にぎ》ってくる。

「澄音もだいたい、こんなじゃなかっただろう」

「あ！……こ、こんなって、なに」

強く指を食いこまされ、形の変わった尻が開いた。すっと空気が入り口を撫でる感覚に、息を呑んで腰が跳《は》ねる。淫《みだ》らな反応をしたとあからさまにわかるそれに、背中がどっと汗《あせ》をかくほどの羞恥《しゅうち》を覚えた。

「ねえ、こんなって、なに……っ」

「自分でわからない？」

いつのまにか脚《あし》の間に宗佑の腿《もも》が挟《はさ》まっている。ぐらぐらする身体を支えるように、そして澄音のいけないところを、硬《かた》いそこで刺激《しげき》するように。立ったままましがみつき、開かされた脚の間の脈をじんじんと感じながら、制服の縫《ぬ》い目をゆっくり辿《たど》る指にもう、負けそうだ。

（やだ、そこ、撫でられると）

ずっと開いたままになっているところが、もっと、もっと激しくなる。もう澄音の小さな尻が、見てわかるほどにうずうずと動いている。緊張《きんちょう》し、疲《つか》れてゆるんで、つつかれるとまたびくっと。

（見られてる、恥《は》ずかしい）

大きな手でそれを両方摑んだまま、宗佑はあのときのようにぐっと持ちあげ、上下に揺《ゆ》すった。ああ、いや、と声にならない声をあげた澄音の胸が、制服のなかできゅんと尖《とが》ったのを見《み》透《す》かしたように、耳を嚙《か》んだ宗佑が腰を抱《かか》えて胸を密着させてくる。

「あ、ふあっ」

ネクタイピンに乳首がこすれた。隠しようもない濡れた声が細い喉から溢《あふ》れ、思わず縋《すが》りついたのは、幼いころから慕《した》った男の首。潤《うる》みきった目で見つめると、鼻先をそっとこすりつけ、宗佑は甘くひそめた声で囁《ささや》いてくる。

「毎日毎日、そんな目で俺を見るから、襲《おそ》われるんだ。……悪い子だな、澄音」

「だっ……だって……だっ……んっ」

いきなり舌を突《つ》き入れてくる獰猛《どうもう》なキスをされて、喉を開くようにしたまま澄音は受け入れる。本当は宗佑の言うとおりなのだ。たぶん自分のほうが悪い子だ。

つらいとか、いやだとか文句をさんざん言いながら、毎日誘《さそ》って、逃《に》げもしない。

（早く、早く）

口蓋《こうがい》を舐《な》める舌でもっと、全身溶かしてと願いながら、澄音は細い腰をよじった。

そのまま抱えあげられ、ベッドに倒《たお》されるまでの間、水音を立てる口づけは終わる気配もなかった。

＊　＊　＊

連日の行為《こうい》に、澄音のそこはすっかり綻びきって、そのうち形も変わるねと宗佑がなぜか嬉しそうに笑った。怖くてしょうがないのに、どこか嬉しいと思っている自分をごまかせないまま、澄音は大きく脚を開き、あえいでいる。

胸の形も少し、変わった気がする。乳暈《にゅううん》の部分が前より大きくなったような、乳首もずっと膨《ふく》れたまま、いやらしくなったような。いじりやすくなったと宗佑が笑うので、それはそれでいいけれど、誰《だれ》かに見られたらわかってしまうのではないかとちょっと不安だ。

そう言うと、宗佑はくすりと笑って、自分が好きなように変えたそこをきつく吸った。

「見せなきゃいいだろう？　澄音の身体なんか、俺だけ知ってればいい」

「うあっ、あ、あ、あ、あ、……んー、んんー……！」

指でなかをいじられるたび、宗佑の動きにあわせるように声が途切《とぎ》れて溢《う》れる。粘膜《ねんまく》をこすられる独特の快感は、澄音の細い腰を突きださせ、腰骨の形をくっきりと浮きあがらせた。鼠蹊部《そけいぶ》から薄《うす》い下生えまでを舌で辿られながら、浮いた腰の下に手を入れられ、さらに執拗《しつよう》にかき回される。悲鳴じみた声をあげて胸を反らせ、澄音はシーツのうえで激しく髪《かみ》を振《ふ》り乱した。

「もお、やあ……っ」

爪先《つまさき》から脛《すね》に変な力が入って攣《つ》りそうになる。足指を丸め、かかとに力を入れて感覚を逃《のが》すようにシーツをにじりながら、奥まで飲みこんだ指をぎっちりと澄音は食い締《し》めた。

「これじゃ動かせないよ、澄音。指が痛い」

「あ、あ、うそ……うそ……」

動きを制限するようにそれを締めつけているのに、ひくひくと指のさきだけでくすぐってくる。性《しょう》の悪い愛撫《あいぶ》に身悶《みもだ》え、澄音はしゃくりあげた。

「ね、もう、やだ。指は、いや」

「じゃあ、こっち？」

「んんん？　ちがっ、ちがう……！」

震えながら立ちあがったものをいきなりぺろりとひと舐めされ、澄音は全身を突っ張らせて反応する。濡れた先端《せんたん》だけを軽くくわえ、やわやわと唇《くちびる》で締めつけられるのがたまらず、艶《つや》のある髪を両手に摑《つか》んでやめてと訴《うった》えた。

「どうしたいの、澄音。教えて」

「な、んで……いつも、言わせる、の……っ」

知っているくせに。快楽を覚えたはしたない粘膜を、指でこんなにいじめぬいたのは宗佑のくせに、そこがどうしてずっと、疼《うず》いてうねるのかも、全部わかっているくせに。

涙目《なみだめ》で睨《にら》んで見つめると、微笑《ほほえ》んだ男は尖る唇をそっとキスでふさぐ。ずるい、と洟《はな》をすりながら広い背中に腕をまわし、触れあう唇の隙間《すきま》で澄音は願った。

「いれて……あれ、して……」

求めるのはいつでも恥ずかしい。自分はこんなに泣き濡れて顔も真っ赤で、きっとひどくみっともないと思うのに、宗佑はかすかに汗ばんだ程度で余裕《よゆう》のまま笑っている。

無言のままじっと見つめてくる恋人に、こんな程度の言葉では許してもらえないと悟《さと》った。もっと恥ずかしく、もっとあさましくなって求めないと、きっと彼はなにもくれない。

そして彼を唆《そそのか》す方法だけは、いやというほど教えこまれた澄音は、おずおずと細い脚を開き、彼の指が濡らした場所を、きれいな目の前にさらしてみせる。

まだ、指がそこにある。限界の来た性器の奥、かすかに揺らされる淫猥《いんわい》な指づかい。じっと見つめながら骨の形がきれいな手首に指を添《そ》え、抜《ぬ》いて、とせがんだ。

「どうして？　気持ちいいだろう」

「でも、指じゃなくて、宗佑さんがいい」

体感だけで言えば、この器用な指で粘膜の奥をいじられているほうが、快楽の度合いは強い。けれど澄音が欲《ほっ》しているのは、肉体の受ける官能ばかりではないのだ。

「ちゃんと、つながっちゃいたい。ぼくのなか、ちゃんと入ってきて……」

苦しくても、挿入《そうにゅう》されたときの一体感が欲しいのだ。宗佑のあれを自分の体内に取りこんで、脈を感じる瞬間《しゅんかん》、澄音は信じられないくらい満たされる。

（あ、濡れてる……）

ひくついた奥に宗佑を押し当てられ、ぬらりとした感触《かんしょく》だけでこめかみが痺《しび》れた。ぬるり、ぬるりと馴染《なじ》ませるようにこすりつけられると、疼いた腰《こし》が勝手に浮きあがる。早く、と声にならないまま口走り、逞《たくま》しい肩《かた》に手を添える。

「澄音。キスを」

請《こ》われて、抗《あらが》う意味もなく唇を寄せた。そっと開いて待っている彼の唇へ舌をしのばせると、ぬっとそこにも圧力がかかる。なにかに気づき、澄音がもう少し舌を含《ふく》ませると、そのぶんだけ宗佑がなかに入ってくる。

「んん……んん……！」

恥ずかしさをこらえながら、ぬめって熱い口のなかで舌をそよがせる。すると宗佑の熱がさらに奥へと入りこみ、澄音のいちばん感じるやりかたで腰を揺らす。もっと欲しくて、ついにためらいを捨てた澄音が彼の口腔《こうこう》を舐めまわすと、ぐるりと腰がまわった。

「んんう！　んっあ、あっ」

「だめだよ。まだ、キスをやめないで……」

甘くねだる声に、息苦しさから離《はな》れた唇がまた引き合った。二重に響《ひび》く、粘膜と体液が粘《ねば》りつき攪拌《かくはん》される音。快感と苦しさは、澄音の理性を奪《うば》い、思考能力を低下させる。

「んあ……ふあっ、あー……ああ！」

気づけば、ゆったりとしたリズムで抜き差しされていた。ゆら、ゆら、と担《かつ》ぎあげられた自分の脚《あし》が空を泳ぎ、自分たちがなにをしているのかを強く思い知らされた。

（やらしい）

かあっと赤くなると、頬《ほお》をついばまれた。宗佑はぬるついた性器を長い指でこすりながら、ゆらゆらと腰の奥が甘く溶《と》けるようにと刺激《しげき》してくる。少し物足りないと感じれば強く、予測のできないリズムで軽く突かれて、澄音はそのたびに全身に走る微弱《びじゃく》な電気に翻弄《ほんろう》された。

（どうして、こんなに好きなんだろう……）

肌《はだ》を重ね、脚を絡《から》め、唇と下肢《かし》の奥を濡《ぬ》らしながら官能を共有する。それだけでも足りずに、手のひらいっぱいを使って相手の身体《からだ》を撫《な》でさすり、髪を梳《す》いて、愛情を訴える。

全部知りたいし全部欲しい。何度同じことをしても、指が、唇が触《ふ》れるたびに心臓の奥に小さい棘《とげ》が生まれ、破裂《はれつ》しそうな恋心《こいごころ》に突き刺《さ》さる。

「そ……すけ、さん」

名を呼ぶと、かすれた声が返ってくる。ふだんよりも糖度の高いような響きには、奥深く食《は》まされたものと同じく澄音をおかしくするなにかが含まれているようだ。

「なに……？　どうかした？」

（あ……宗佑さんも）

翻弄される時間、いつもせつなくて目を閉じていたから気づかなかった。澄音を抱《だ》く宗佑の目もうっすらと潤み、同じような感情をたたえて見つめてくれている。

「宗佑さんも、気持ちいい……？」

「とてもいい。上手だよ、澄音」

問いかけると、小さく息をついて腰を揺《ゆ》すってくる。こちらを感じさせようとするより、澄音の身体を味わうようなその動き方が卑猥《ひわい》でどきどきした。

品のいい、清潔そうな宗佑がときどき剝《む》きだしの男になる瞬間が、澄音は好きだ。意地悪くてしつこくて、ときにはつらいのに、欲しいと訴えられると腰が砕《くだ》けて、もっとめちゃくちゃにしてほしくなる。

「どうしたの。澄音のあそこ、ぎゅうってなってる」

「や－あ……っ」

「もっとしたい？　こうするのは好き？」

感情に直結した身体が、宗佑をしゃぶるように動いた。揶揄《やゆ》されて恥《は》ずかしく、逃《に》げようとすると「だめだよ」と引き留められる。

「だめだよ、澄音。全部感じて、ごまかさないで。いいところを覚えて」

なにか、なんでもいいから感覚を逃がすものが欲しくて手首を噛《か》んだ。すると咎《とが》めるようにさらに穿《うが》たれて、しかたなく前髪《まえがみ》を握《にぎ》って引く。それも宗佑は許さなかった。

「だめだって言ってるのに……いけない子だ」

「や……あああ、んん！　も、いきたい……」

「まだだよ。今日はゆっくり」

射精できないまま、とろとろとうしろをかき回され続けるのが怖《こわ》かった。はじめて抱かれた日にはもっと鋭敏《えいびん》な痛みを覚えていたはずなのに、澄音のあそこはいまではすっかり宗佑の形を覚えてしまって、指でいじられていると体内にぽっかりと貪欲《どんよく》な虚《うろ》があるのを意識させられる。

もっと、もっとと何度も叫《さけ》んだ。言われるままに腰をうねらせ、締めたり、ゆるめたり、そんなこともできるようになってしまった身体が、嬉《うれ》しくて怖い。

「も、許して……いい子に、するから、許して」

宗佑のためにどこまでも変わろうとする自分が、いちばん怖い。長く引き延ばされる快楽に音をあげながら、彼の好みそうな言葉で哀願《あいがん》すると、甘やかすためのキスと愛撫が訪《おとず》れる。

「いい子だね、いっていいよ……俺の、澄音」

「あっあっ、あ!」

囁《ささや》かれて、目の前がぐらぐらになるほど突《つ》かれて、澄音は頂点へと駆《か》けのぼる。そして空に放《ほう》りだされるようなあの快美で不安な瞬間を、宗佑の腕《うで》のなかで迎《むか》えられるのがたまらない。いく、と叫んだ舌のさきを吸う甘い唇のなかに、溶けて消えてしまいたかった。

＊　＊　＊

数日学校を休んだ澄音の見舞《みま》いと称《しょう》して現れた月花は、なぜか本人のいる自宅ではなく、香川も帰り宗佑しかいない事務所の奥へと訪れていた。

「先日は澄音がお世話になったようだね」

「残念ながらお世話し損《そこ》ねたわ。仕事入っちゃって。まあ、代わりに白崎さん置いてったけど」

仕事帰りなのだろう、最新ファッションとメイクを身につけたままの完全武装の美少女は、いつもどおりの勝ち気な笑《え》みを宗佑に向けてくる。だがその目の色は、澄音を前にしたときよりも数倍鋭《するど》く、スキのないものだ。

「最近、凱風は元気?」

「そこあたしに訊《き》くとこなんですか? ま、念願叶《かな》ってって感じで浮《う》かれてるっぽいけど」

宗佑が甥《おい》の動向について問いかけると、月花は軽く肩を竦《すく》めてみせた。

「ああ、なるほど。明石くんも大変そうだ」

「ほんと大変そう。余裕ないもん凱風。……そゆとこ親戚《しんせき》ですよねー、やっぱし」

宗佑がくすりと笑うと、月花はにやにやとしながら長い脚を組む。デスクに軽く腰を引っかけただけの状態ながら、驚異《きょうい》的に長い脚はソフトデニムのパンツに包まれ、完璧《かんぺき》なラインを描《えが》きだした。

「ともあれ、お見舞いありがとう。ノートも渡《わた》しておくよ。あと二日は起きられないだろうけれど」

「……宗佑さんって、思ってるより余裕《よゆう》、ないんですね。旅行、おかげさまで中止です」

ひやりとした月花の声に、宗佑は無言で笑みを向ける。

「きみこそ、いろいろと画策してくれたようでね。あの子が強く押されると逆らえないのを知っていて、よくもやってくれる」

「なんのことかしら。一応、表面上はあたしの彼氏なんだから、わがまま聞いてもらったっていいと思うの」

ちかりと光る目は、もういっぱしの女だ。やはり男の子よりもいろんな意味で成長は早いものだなと、宗佑は感嘆《かんたん》に近いものを覚えつつ、月花を見つめる。

冷ややかで、獰猛《どうもう》で、強い。澄音に向ける姉のような、ある種母のようなあの甘いやさしさはかけらも見えない。憎悪《ぞうお》に近い強さでこちらに向けられる歯がゆさと悔《くや》しさを、宗佑は鷹揚《おうよう》に笑んで受けとめる。

しかたがない。勝者は恨《うら》まれるものなのだ。それが恋愛沙汰《れんあいざた》ならなおさらのこと。だから月花に殺意じみた目を向けられても、宗佑は取り乱してはいけないのだ。

「宗佑さんだってそうだと思うけど、あたしも澄音を大事にしてきたのよ」

「そうだね、よく知っているよ。とてもよく、やってくれていると思う」

ときおりこちらの予測や計算を飛び越《こ》える真似《まね》をしてくれるけれど、澄音のガードとしての役割は十二分にこなしてくれている彼女を素直《すなお》に褒《ほ》めると、皮肉な笑顔が毒を吐《は》く。

「でもあたし、宗佑さんの思うとおりに動くのはいやなのよ。凱風ほど甘くないわよ」

「そうだろうね」

「あたしが本当は澄音をどう思ってるかなんて、宗佑さんもお見通しでしょう」

「ああ、知ってるよ」

幼少期から大人にまみれていた少女は、男の嘘《うそ》も大人の嘘もとっくに見抜《みぬ》いている。だから宗佑も彼女への礼儀《れいぎ》として、けっして月花を子どもあつかいしない。

食《く》らいついてくるなら百パーセントの力で応戦して、潰《つぶ》してあげようと、どこまでも穏《おだ》やかに微笑《ほほえ》んでみせる。

「擬装《ぎそう》彼女は、楽しかったかい?」

「そうね。思う存分澄音をかわいがれて楽しいわよ。思ったより宗佑さんが動じてくれなくて、それはつまんなかったけど」

くっと嗤《わら》う唇《くちびる》の角度、眇《すが》めた目の睫毛《まつげ》の影《かげ》。どこをとっても完璧な美少女は、完璧な女へとなりかけている。獰猛で怜悧《れいり》な女は、澄音の前で見せる少女らしさなどすでに演技でしかない。

それでも彼女は知らない。本気で澄音が月花を選んだとき、これ以上なくすばらしい相手だと宗佑が思っていたことまでは。

「俺はこの際どうでもいいだろう？　澄音はどうだったの」

「敵をだますには身内から、なんて言ってやったら、あっさり信じてるんだもの。おかげでどうにもできなかった」

ため息をつく唇は鮮《あざ》やかだ。こうしてフルメイクを施《ほどこ》せば、もう年齢《ねんれい》など関係ない。だがこの大人の女の顔を、月花はけっして澄音に見せない。そういうところは、宗佑の目にはだいぶかわいらしく映る。

「本当なら、奪《うば》ってやりたいと思ってるわよ。宗佑さんさえいなければ、あの子はあたしのものなのに」

「チャレンジなら、いくらでもどうぞ」

譲《ゆず》る気はないと微笑むと、月花もまた同じ目で見返してくる。

「いくらだってスキはあるわよ。澄音はあたしがいないとつらいもの」

「それはこちらも同じだと思うけれど？」

余裕の顔で返した宗佑に、それはどうかと月花は挑《いど》む。

「温泉旅行とは考えたけどね。ツメが甘かったかな、月花ちゃん」

「搦《から》め手で行けばどうにかなると思ったのになあ。あたしが甘いんじゃないわよ、宗佑さんが手強《てごわ》いのよ」

「それはどうも」

あの旅行でどうとでも転ぶと知っていたから、月花は強引《ごういん》に澄音を呼び寄せようとしたし、宗佑もまた強行に阻止《そし》した。それはこのふたりが、言葉にしないまま水面下でずっと続けている、ぎりぎりの勝負の延長線上にある。

澄音と出会った当時、月花もまだ八歳だった。けれど生まれて間もなくからプロの仕事をしていた彼女は、そのころにはすでに、たしかな女だった。

澄音という希有《けう》なうつくしさを持った少年を、我がものにしようとし、またその最大の障害が宗佑であると、即時《そくじ》に見抜く程度には。

「いっそ既成《きせい》事実作ってやったってよかったのよ。澄音はあなたの教育のおかげで、まじめだからね。そうなったらどうでもあたしを選ぶしかない」

「そうかもしれないねえ」

「見たくない？　あたしと澄音の赤ちゃん。きっとかわいいわよ」

殺伐《さつばつ》とした会話を、ふたりはどこまでも笑顔のまま続ける。だがそのひとことを勝ち誇《ほこ》って告げる月花に対し、まだまだ甘いと宗佑は微笑んだ。

「月花ちゃんは、澄音のどこがいいのかな」

「ばかみたいに純粋《じゅんすい》で、かわいくて、情けなくて気が弱いの。あたしがいないとこいつ死んじゃうんだって思うこともある。いらいらするけど、でも、いないといやなの」

誰《だれ》よりも澄音に対しての感情を共有している男に向けて、月花は挑むように言い放つ。

「そうだね、おおむね同感だ」

澄音の魅力《みりよく》は、あの弱さにあるのだ。ときとしてひとを苛立《いらだ》たせるほどのあの頼《たよ》りなさは、庇護《ひご》してやりたい欲求が強い人種――宗佑や月花にとって、なくてはならない要素だ。

澄音に対しての保護欲の質が、月花と宗佑はあまりに似ている。出会った瞬間《しゅんかん》、これだと思いつめ、彼を得るためだけに生きていたような節があるところまで。だから宗佑は月花が好ましい。彼女は嫌《きら》いだろうけれども。

「おおむねって、あとはなんなの」

「あの子が、俺を死ぬほど好きなところ。それから……意外にいやらしい、あの身体《からだ》もね」

あえて卑猥《ひわい》に笑ってやると、悔しさと嫉妬《しっと》と嫌悪《けんお》の表情を月花は隠《かく》さない。それでいてさえ、月花はどこまでもうつくしかった。だから傷つけてやりたくもなる。生意気で完璧な、宗佑にとって二番目にお気に入りの子どもを。

「抱《だ》くと、嬉《うれ》しがって泣くんだよ。その顔だけはさすがにきみも知らないだろうけれど」

意趣返《いしゅがえ》しにしてはろこつすぎるそれを告げると、さすがに一瞬、月花は鼻白んだ顔になる。けれどそのあと、苦笑《くしょう》を交えて婉然《えんぜん》と微笑んだ。

「見せてくれるなら、見るわよ」

「それだけはできないな。あれは、俺のものだから」

嬉しい、気持ちいい、と泣きすがる淫《みだ》らな顔を、自分以外の誰に見せるつもりもない。きっぱりと告げながら、ちらりちらりとほのめかす。

「ちょっと残念。かわいいんでしょうに」

「かわいいよ、とてもね。そして、きれいだ。うつろになって、泣いてばかりでね」

この間の言い争いからの流れで、また澄音が熱を出すまで抱いてしまった。休んでいるのもそのせいで、だが、今回ばかりは澄音も文句は言わない。

もうろうとなるまで抱いたおかげで、タガのはずれたのはあちらも同じだったからだ。

はじめて、身体の上に乗せて自分で動くやりかたを教えたら、恥《は》ずかしがって泣きだしたのに、最後には大きく開いた脚《あし》をがくがくさせながら、自慰《じい》じみた真似をして澄音は射精した。

――見ちゃいや、いやあ……！

むろん宗佑がそのなまめいた姿を見逃《みのが》すわけもない。最後の一滴《ひとしずく》が溢《あふ》れる瞬間まで視覚で堪《たん》能《のう》し、そのあとにはたっぷりと、愛情の証《あかし》を細い身体に注いでやって、うしろへの刺激《しげき》だけでいかせてもやった。

「いいなあ。見たいな」

む、と口を尖《とが》らせ、本気で残念そうな月花がおかしい。笑いながら却下《きゃっか》だとかぶりを振《ふ》ると、舌打ちまでしてみせる。

「まあいいわ。そんなんなら顔も見られたくないだろうから、あたし行くね。あんまり、無理はさせないでやってよ」

「身体については心配はないよ」

熱を出したとはいえ、澄音のことを熟知した宗佑のやることだ、身体に負担をかけるやりかたをしているわけではない。あれは大半が知恵熱《ちえねつ》なのだ。

「だいじょうぶ。とても喜んでいるから。傷つけたりはしていないよ」

身体も、心も。そんなへまはしないと告げる宗佑に、月花はさすがにげんなりしたような顔をする。

「……あたし、澄音の本当の欠点って、宗佑さんにべた惚《ぼ》れのところだと思うわ」

「それも同意したいところだけれど、それがなくては澄音じゃないだろう」

憎《にく》みあっているわけでもなく、違《ちが》う方向から真逆のベクトルで澄音という存在を愛《め》でている。

その一点においては、月花は宗佑のこのうえない理解者でもある。

「ねえ、もういっそ早く死んでくれない？　そしたらもらうから」

「はは！　いいねきみは」

悪意なくけろりと告げられ、宗佑は軽《かろ》やかに笑ってみせる。

結局は宗佑もこの勝ち気な少女が嫌いではない。そして彼女も、それはしかりだ。だから、めったなことでは他人に見せない本音の部分を分かちあえる。

「いずれそんな日が来たら澄音を頼《たの》むよ」

「……百まで死にそうにないわね。でも宗佑さんに死なれたら困るの。澄音が泣くから」

「そうだろうね。でも、そのときには、あの子を任せられるのは月花ちゃんしかいない」

憎まれ口を叩《たた》く月花は、ふっと表情を引き締《し》めた。宗佑の言葉が余裕から来る揶揄《やゆ》でもなんでもなく、本気だと知れたからだろう。

「だから宗佑さん、きらいよ。なんだかんだ、澄音至上主義なとこは、敵《かな》わないから」

「お褒《ほ》めに預かって光栄だ。俺は月花ちゃんがけっこう好きだよ」

いまとなってはあり得ないけれど、いつか月花と澄音が結婚《けっこん》することがあった日には、心から喜んであげられたくらいには。

告げると、往年の映画女優のように優雅《ゆうが》に片方の眉《まゆ》をあげ、皮肉に嗤《わら》った月花は無言で髪《かみ》をなびかせ、またねと言って手を振った。

「お姫様《ひめ》によろしく言って。来週には学校出てきてねって」

「承《うけたまわ》りました」

凛《りん》とした背中を向けられた宗佑もまた、同じほどに皮肉な笑《え》みでもってそれを見つめ、なにも知らず眠《ねむ》り続ける姫君のもとに向かうべく、立ちあがった。

END

あとがき

毎度代わり映《ば》えしない挨拶《あいさつ》ですが、崎谷《さきや》です。こんにちは。

さて今回は、雑誌シエルにて連載《れんさい》させていただいたコラボ企画《きかく》『恋は乱反射する。』の小説第一弾《だん》です。同時発行でコミックス、来月には第二弾が出る予定です。こちらのコラボは、

■コミックス・井上凱風《いのうえがいち》×明石頼《あかしらい》・同級生パート『0 or 0〈恋がはじまる〉』
■文庫第一弾・宇梶宗佑《うかじそうすけ》×緒方澄音《おがたすみと》・年上攻《ぜめ》パート『1st Love〈初恋〉』
■文庫第二弾・白崎克幸《しろさきかつゆき》×多村淑実《たむらよしみ》・年下攻パート『2nd to none〈ひけをとらない〉』

となっており、今回の文庫書き下ろしが副題『3rd party〈第三者〉』となっているのは、この並びのせいです。ちなみに文庫第二弾の書き下ろしは『I 4 U〈あなたのための私〉』になる予定です。1〜3は成句なのですが、0と4についてはうまいのが見つからず、造語とこじつけということで、広い心でご勘弁《かんべん》を……。

コラボってことで三組カップルを作るにあたり、あえて年齢《ねんれい》差もばらばらにしてみました。今回収録の宗佑×澄音は、年の差カップルです。しかも大好き育てもの。うきうきわくわくと書いていたわけですが……誤算は、主役片割れ、宗佑でした。

弁護士でお金持ちでハンサムでスマートで甘々の攻めに、病弱やや引っ込み思案、一途《いちず》でけなげな美少年という、ある意味ではBL的スーパー王道カップルで、ここまでこってこてなのは自分でも書いたことないというくらいなのですが……そのう、そもそもあんまり王道的攻めを書くのが得手ではない（つか、うまく書けない）わたくしでして。いままでにもエリート金持ち系を書くとなぜかヘタレるというのが大半のパターンだったのですが……。

宗佑、ヘタレませんでした。その代わり、主役としてはかつてないほどの、腹の中真っ黒なキャラになりました……。連載中も、なぜ、どうして、と思いつつ、どんどんどんどん、彼が薄笑《うすわら》いを浮《う》かべたまま澄音を振《ふ》り回し、文庫化にあたって大幅《おおはば》に改稿《かいこう》したわけですが、加筆がすんでみれば、雑誌掲載《けいさい》時よりさらに黒いキャラにしあがって、自分で愕然《がくぜん》としました。

担当女史には「なんだろう……宗佑、こんなに乙女《おとめ》の夢が詰《つ》まったキャラなのに、いっそ読後がホラーなのは……」と遠い目で呟《つぶや》かれました。初稿《しょこう》を読んだ友人には「うん、わたし宗佑さんきらいになりそうだな！」と爽《さわ》やかに褒《ほ》められました。澄音がまた、だまされきっていないところが怖《こわ》さの要因ですが、くわえて番外では月花《るか》まで黒くなってしまいました。なんか皆様《みなさま》にきらわれないかといまから戦々恐々《せんせんきょうきょう》です。……ですが。

すみません、ものっすんご楽しく書きました。ごめんなさいごめんなさい。でも澄音はこれで幸せなんだと思います。宗佑も死ぬほど澄音を甘やかすと思います。うん。これはこれで。

まあ宗佑のおかげで、ほか二組の攻めの純情っぷりが際《きわ》だって……い、いいか、な……？

ついでに申しあげますと、この本から五ヶ月連続刊行となります。いや、なんかたまたまなんですが、このコラボの刊行と、その他の本のがぶっ続けになってしまいまして……2005年にも三ヶ月連続刊行をやらせていただいたんですが、今回はさらにボリュームアップです。全員サービスなどもありますので、投げ込みチラシや帯を確認してくださいませね。

さてCMが終わったところで(笑)。今回、相棒となって丸一年以上がっぷり組んだ冬乃郁《ふゆのいく》也《や》さん。いつもさんざっぱら呼び捨てにしとるので、さんってなんだか変ですが。やっとここまで来まして、お疲《つか》れさんでした。なんかこのコラボの間中、あなたを励《はげ》まして叱《しか》って尻《しり》を叩《たた》いていた記憶《きおく》が鮮明《せんめい》なわけですが……いや、それいつもとかわんないかそうか。泣きべそかきつつ最後までがんばってくれてありがとう。来月の文庫もありますが(笑)今後もよろしく。

そして、こけつまろびつ手に手をとって、無茶な企画と進行を一緒《いっしょ》にがんばってくれた担当初稿チェック&アドバイザーR さん坂井《さかい》さんも、毎度のご協力ありがとうです。熊谷さん、お疲れさまでした。でもまだあるね！　終わったら例の店で飲みましょう！　マンガ担当の石井《いしい》さんにも、いろいろお世話になりました！

そしてなにより、読んでくださった皆様に感謝しつつ、これより連続刊行スタートです。最後まで突《つ》っ走《ぱし》りますので、どうぞ、お手にとってくださいませ。

ルビー文庫お読みの方、こんにちは、はじめまして！
挿画＆コミックス担当の冬乃郁也と申します。
今回はコラボ企画楽しく描かせて頂きました。
コミックサイドは、脇役だった井上と明石のカップルのお話で
こちらの二人もちょっとだけ出てきますので、
是非読んでやってください！
崎谷さんのリクエスト＆個人的趣味で（笑）
耳付きにしてみました。

多分こっちは
シェパードとか
澄音は、ちっさい
ヨーキーかな……
冬乃郁也

初出
「恋は乱反射する。1st Love〈初恋〉」『CIEL』2006年1月号・3月号
「恋は乱反射する。3rd Party〈第三者〉」書き下ろし